编委会名单

无悔的追寻

——兵团第十三师文学采风作品集

主　编：扈耕田　张丽娜

中国文联出版社

图书在版编目（CIP）数据

无悔的追寻 / 扈耕田，张丽娜主编．-- 北京 : 中国文联出版社，2024. 10. -- ISBN 978-7-5190-5598-1

Ⅰ．I267

中国国家版本馆 CIP 数据核字第 2024JV6363 号

主　　编　扈耕田　张丽娜
责任编辑　蒋爱民
责任校对　秀点校对
装帧设计　谭　锴

出版发行　中国文联出版社有限公司
社　　址　北京市朝阳区农展馆南里 10 号　　邮编　100125
电　　话　010-85923066（编辑部）　010-85923025（发行部）
经　　销　全国新华书店等
印　　刷　三河市龙大印装有限公司

开　　本　710 毫米 ×1000 毫米　1/16
印　　张　13.75
字　　数　270 千字
版　　次　2024 年 10 月第 1 版第 1 次印刷
定　　价　68.00 元

目 录

人物印记篇

一场关于意义的追寻（代序）

扈耕田

文学是文化，是历史与现实的记忆，也是一种关于意义与价值的追寻。中国文学自“诗言志”始，便自觉地承担起社会教化与文明启智的责任，同时也提供了对于理想、美好、神圣目标的追寻与思考。《无悔的追寻》书稿置于案上，其渊源与成书亦历历在目。

兵团第十三师新星市是一个充满红色历史文化的城市。它位于新疆维吾尔自治区东部，前身为中国人民解放军第一野战军第一兵团第六军第十六师，1953年整编为中国人民解放军新疆军区农业建设第五师，后经多次改编，最终成为现在的第十三师。2021年，设立新星市。至今，这颗新时代的“红星”在祖国的东疆大地已经默默驻守70年。

为庆祝新疆生产建设兵团成立70周年，河南作协、文联和高校的一批文学创作者燃起向兵团献礼的激情与渴望。2023年12月13日，在一场浩大的冬雪后，洛阳冰天雪地。然而正是这种天气，更激发了我们对“瀚海阑干百丈冰”壮观景象的向往，对体验第十三师艰苦卓绝奋斗精神的向往。在洛阳理工学院的精心组织下，早晨5时，河南作家采风团开启了第十三师新星市采风之旅，开启了一场关于文学、关于理想、关于意义的追寻。

第十三师新星市虽然是座年轻的城市，却具有丰富的文化资源与厚重的革命传统。在为期10天的采风中，我们感受到第十三师新星市多样的地理地貌，也看到了大雪覆盖的“西进新疆第一景”庙儿沟，看到苍茫静穆的白杨河、柳树泉的九龙树，尤其为此地建成的现代化的农业科创休闲景区所打动：在严冬的茫茫戈壁，竟有如此绿意满眼、生机盎然的生态园！在地窝子遗址、红星军垦博物馆，我们的灵魂不由地颤动，多少兵团儿女在这里扎根、生长、奉献一生，叶落边疆。他们用“热爱祖国、无私奉献、艰苦创业、开拓进取”的精神，筑起了保卫边疆、建设边疆的坚实屏障。看风光无限，感历史人文，新星市的兵团儿女，是边疆的守护者，是荒原的开拓者，是新时代的筑梦者。而不惧路途遥远，凛冬而至的作家们，是记录者，更是追寻者。

本书按散文篇、纪实文学篇、人物印记篇、诗歌篇四大类进行编纂。散文篇，主要是作者在采风历程中的思想情感和生命体悟以及对第十三师新星市的文化体验。纪实文学篇，是基于历史材料或真人真事创作的报告文学。值得一提的是，河南省援疆工作的徐慧前同志撰写的《岁月无悔——追忆我的三年援疆工作》，翔实细密，情意真挚，“无悔”一词，也成为作品集命名的来源。人物印记篇，主要是第十三师老兵的专题采写，是峥嵘岁月里热血儿女鲜活的群像描摹。诗歌篇，是作者对第十三师新星市璀璨的历史人文的深情咏叹。

本书作者来自不同领域，年龄、身份相差甚大，但对革命精神与兵团文化的追求是一致的。他们有的是国内文学名家，著作等身，声名远驰；有的是河南省各区县的文联骨干，身担基层单位文学发展的要务；有的是初出茅庐的大学生，文坛新秀，清澈机敏；也有长期从事援疆工作、关注兵团文化建设的高校教师，在教书育人的同时，借力专业优势，为边疆文化繁荣贡献绵力。在河南援疆前方指挥部的支持下，由洛阳理工学院和第十三师新星市文旅局共同协调组织，组成的这支兵团军垦文化采风团，联合多位作家勾勒出一幅美丽而神奇的“新星画卷”。

愿以笔为翼，以书为媒，让更多人看见“新星”，爱上“新星”。

应作者要求，本书无意彰显个人，惟愿兵团英雄青史垂名，因此，所有作者简介附于书末，不再逐篇进行介绍。

“河水九盘收数曲，天山千里锁诸关”。数不清的诗词曲赋，文学经典中都有关于大漠天山、边塞英雄的咏叹。边塞诗作为盛唐诗歌的代表，其昂扬的爱 国主义精神、不畏艰险的乐观主义情怀，使其成为中国诗歌巅峰时期的突出代表。至清代，第十三师新星市及哈密市一带的诗歌中，边陲风光、民风民俗、田园生活，数量渐多，展现出与唐代边塞诗不同的风貌。遥远的边疆，已经不再陌生，而是充满了神奇感与亲切感。

《无悔的追寻》本着实录的初衷，表达的是对兵团人、兵团精神的崇敬与向往。书中描绘的既有波澜壮阔的红星史诗，也有感人至深的个人传奇。从军垦战士们拓荒牛般地艰辛创业，到兵团儿女无怨无悔地驻守边疆，每一个故事都凝聚着兵团人的忠诚与担当。

从本书的各类作品中，可以看到兵团人如何从艰苦的创业时期走来，如何在戈壁荒漠中开垦出绿洲，如何在边疆线上坚守岗位，守护着祖国的边疆安全和社会稳定。兵团人的精神，是对恶劣环境的顽强抗争，是对国家使命的忠实履行，是对民族团结、祖国统一的不懈追求。

本书在文采上，虽远未能达到古代先贤佳作的水准，但用朴实的笔调、炽热的情感，生动地再现了兵团人屯垦戍边、保家卫国的坚定信念和奉献精神，用文学之力传递了新时代第十三师英雄的梦想与奋斗，在边疆文学的描写上，也会有独特的价值与意义。

执笔至此，我脑海中仍盘旋着第十三师冬日雪白天地的画面，耳畔萦绕着柳树泉第五连村民们热情的木卡姆。

“忽见天山雪，还疑上苑春”。难忘各位作家不计酬劳、万里采风之慷慨。感谢河南援疆前方指挥部的全面支持与师市文旅局的协调保障。我何其有幸，参与本次文学采风作品集的组织与出版工作，见证新时代的新星市，用文学妙笔，追寻红色基因。愿红星再绽新光芒，愿祖国边疆万世安康！

由于作者群体丰富多样，行文中个别表述、称谓、专有名词使用存在差异。在编纂中我们尽量保持真情原貌，以求完整再现新时代作家群对边疆兵团的切实感受。另外，本书还收录了此次采风之外，部分兵团作者、长期关注兵团发展的作家作品。若有不妥之处，请各位方家斧正。

长歌奋进，赓续前行。在中华人民共和国成立 75 周年之际，谨以此书向祖国献礼！本书得以付梓，离不开第十三师新星市领导、洛阳理工学院领导、洛阳市文联及作协领导的支持。中国文联出版社也为本书的出版，付出了艰辛和努力。

将优秀的文学作品呈现给人民群众，是我们写作的意义与追寻的根本所在。在此谨向相关人员，表示真诚感谢！

2024 年 6 月 25 日于洛阳绿园

散文篇

生命的顿悟

赵克红

“一切都是最好的安排。”这是我们赴新疆新星市采风出发前，在微信群里看到最多的一句话。时令毕竟到了冬季，全国多地下起了大雪。导致飞机不能正常飞行，机票，已改签了多次。这天凌晨，原定从洛阳乘汽车到新郑机场，无奈高速公路封闭，只好改乘高铁。坐上飞机，飞机却迟迟没能起飞，机上的乘务人员广播说：“为保证飞行安全，正在为飞机除冰……”

当飞机平安在哈密机场降落，我悬着的心，才终于落了地。走下飞机，迎接我们的除了好客的当地朋友，还有凛冽的寒风和飘落的雪花。中午匆匆吃过午饭，便去参观了红星一场场史陈列馆，馆内数千张历史照片，是兵团先辈垦荒时的真实写照，上百件军垦开荒时用过的农具、生活用品，穿过的衣物，向我们倾诉着那段艰苦奋斗的苦难岁月。当看到地窝子的照片时，我被深深地震撼了，军垦战士在低矮狭小的地窝子里一住就是十年，在恶劣的环境下，他们用自己的双手创造了美好的生活，改写了人类的历史。讲解员还特别为我们讲述了十三师当时的全国劳模王德、赵秀勤等同志的英雄事迹。

新疆与洛阳有两个小时的时差，我的生物钟依旧没有调拨过来。翌日清晨，早早醒来，站在窗前向外望去，窗外一片银色的世界。

银装素裹的东疆，是冬天有别于其他季节的颜色。按照日程安排，今天我们要去观赏一棵奇特的千年古树。汽车由新星市一路向西行驶，前往 90 公里外的古树所在地——柳树泉农场。相传，清末名将左宗棠“抬棺出征”收复边疆时，曾在此处休憩。路上，向导告诉我们，今天去看的是一棵非同寻常、弥足珍贵的九龙古树，它蔚为壮观，富有灵性，“一根生九树、九树荫成林”，早已成为当地引以为傲的亮丽风景。

坐在行驶的汽车上，我一边欣赏着窗外一望无际的皑皑白雪，一边想象着九龙古树的模样。

汽车行驶近一个小时，由开阔的公路，开进一条窄窄的小路，绵延不绝的天山时隐时现，路的两边，一棵棵高大伟岸的树木，从我的眼前掠过，这些树，树龄至少在百年以上，对此，我有些诧异，正想询问身边的当地人，司机却将汽车缓缓停了下来，我们终于到达目的地。

一边是浩瀚无垠的荒漠戈壁，一边是枝丫连绵的树林。向导指着不远处的树林说，那就是九龙古树了。九龙古树的四周被栏杆围着，栅栏门旁，立着一个蓝色的铁牌，牌子不大，上面写着：“树种名称：柳树；树龄：1500 年；保护单位：柳树泉农场。”

我们踏着积雪，缓步走近九龙古树。这树，彻底颠覆了我固有的认知。谁说，“独木难成林”？在这里，我真真切切地看到的偌大一片柳树林，竟是由一棵树衍生的，它称得上“独木成林”的典范。大自然真是一位神奇的“魔术师”，它鬼斧神工的魔力，让人难以置信！

我从未见到过如此古老、高大、奇特的柳树。在地处东疆天山腹地的柳树泉，九龙古树，坚定地守望着这方土地，也在信守约定似的等待着我们的到来。正所谓“有缘千里来相会”，我相信，九龙古树是有灵性的，它知道我们今天一定会在这里相见。

对于大树，我一向心怀敬畏。仰望它高大的身躯，感悟它的沧桑和美丽。树林里遮天蔽日，比外面的光线要暗许多。阳光穿过枝叶的罅隙，在地上洒下不同形状的光斑。我仔细打量着这几棵千年柳树，默默地触摸它粗糙的皮肤。人生不过百年，在大树面前，人是多么的卑微与渺小……这棵有着 1500 年树龄的九龙古树，虽然久经风霜，但其“华盖浓遮日”“一折一龙盘”的气势，让我从内心发出感叹：“天山脚下，茫茫戈壁腹地，竟有如此奇景！”

可以想见，眼前的九龙古树，是在漫长的时间、空间的嬗变中，才逐渐形成的。起初，它也许是一棵不起眼的小树苗，随着时间的推移，它的个头渐渐长高，树干渐渐变粗，枝叶渐渐繁茂。1500 年，它顽强成长，终于生长成今天葳蕤繁茂的景象。它主干挺拔，树干交集，虬枝错节。粗壮的根系扭曲着，倔强地扎进土地中，吸收着土地丰厚的滋养。有的裸露在外面，还有的突兀高出地平面许多。在树林中行走，恍若在漫长的时光中穿行。

树林中，柳树盘根错节，地面凸凹不平，有时，从一棵树走向另一棵树，需要手脚并用，攀缘着才能抵达。每棵树的主干都格外强壮，支撑起的树枝弯弯曲曲地盘绕在繁密茂盛的叶片中，有的树枝在弯曲之中顺势伸向空中，在状若巨伞的树冠中，好似无数条飞龙腾空而起，直插云霄。这千年老树，枝干枝条枝叶，无拘无束、肆无忌惮地生长着，呈现出万千气象。

饱经沧桑的树身，镌刻着历史的印迹。那褶皱糙状的树干，以及条条粗壮的树纹，记录着它经历的沧桑岁月和它生命的不屈与顽强。古树或凸起、或凹陷、或空心、或疤痕满身、或枝梢断裂……它们一次次以超常的生命，拼尽全力抗击灾难，一次次涅槃重生；它们凌空展开茂密的枝干，高擎着巨大的树冠傲然卓立，阳光下，展示出生命的强大和神性……有的树干，看去显得十分苍老，苍老得树身虬曲鼓凸出岁月的印痕；有的树干，被折断，却化枯为奇，生长出一根根新枝干。其中一株古树树干倾斜，仍顽强地支撑着腰杆，昂首向天，高耸入云，饱经千年的生命，在凄风苦雨侵袭中不屈不挠。望着这一棵棵顽强的生命之树，我不禁为之生发出由衷的敬仰和赞叹。

在历史的长河中，九龙古树所经历的坎坷与不幸是难以计数的。可贵的是，当一次次灾难降临的时候，它一边疗伤，一边顽强生长，历经1500年，终于成为一棵棵遮天蔽日的参天大树，让生命绽放出灿烂的光芒。1500年风风雨雨，谁能数得清它们经历了多少电闪雷鸣？多少风霜雪雨？多少死亡边缘的苦苦挣扎？让人惊奇的是，它们始终拥抱阳光，快乐成长，人间风雨阴晴，兴灭更替，能奈我何？九龙古树，早已具有抗击一切灾难祸患的超强免疫力。坚韧不拔地屹立荒漠戈壁，笑傲天地之间。

九龙古树之所以名“九龙”，是因为这棵柳树裸露在外、状如蟹爪般的根部同时向周边蔓生着九棵分枝，每棵分枝又长成了一棵直径在1.5米左右的独立大树，弯弯曲曲地向四面八方生长，中间的一棵迎天而去，其余8棵枝干插入沙土从四面八方伸出，就像单独长出。整棵九龙古树枝繁叶茂、遮天蔽日，树干“一折一龙盘”的气势让人感叹不已。那“龙头”上的眼睛、鼻子、嘴，“龙颈”上的鳍也是栩栩如生，惟妙惟肖，旁边的一棵树干更像一只张开的“龙爪”……

宽阔的树冠覆盖了周边约300平方米的地方。整棵树犹如九条龙似的“升腾起舞”，神奇的九龙树不仅本身外形奇特，它所处的环境也很独特。九龙树生长在东天山脚下的大漠戈壁腹地，其北、东、西三面都是寸草不生的戈壁沙漠，但在九龙古树靠北的不远处，却突然涌出了一股清甜的、水量相当丰沛的泉水，这股泉水环绕九龙古树一周，形成了一个小小的湖泊后，继续向南流去，受泉水浸润的土地逐渐形成一块绿洲。我见过不少形态的柳树，包括许多其他种类的树，却从未见过像眼前这棵同根而生、并肩而立、直插云霄的树。它们虽已1500岁，但看上去却分明正值盛年，高大的树体，根深叶茂，生机盎然。

万物有灵，各显其性。当地的维吾尔族人，将九龙古树视为圣树，他们爱树护树，把大树像神一样供奉着，当地人还称其为“许愿树”，谁心里有了解不开的疙瘩，过不去的“坎”，哪家人对生活有什么期盼，都会到九龙古树下祈拜，求它护佑使其风调雨顺。我看到，密密麻麻的树枝上挂着许多红布条，布条上画着符咒和祈福的文字。在当地，九龙古树早已在人们心中成为一种神灵的存在和精神象征。

自古以来，九龙古树生命的倔强与高傲的灵魂，让我敬慕。它置身于大漠戈壁中，用一生不变的理想与追求，在荒漠戈壁映照了对生命的热忱和坚守。漫漫岁月，花开叶落，春秋代序，世事的盛衰荣枯，都镌刻在九龙古树的每一道纹理中。

在与九龙古树挥手分离的一瞬间，我的眼前猛然浮现出兵团先辈坚守荒漠戈壁艰苦创业的场景。十三师全国劳模王德、赵秀勤同志的英雄事迹和高贵品质，再一次一幕幕浮现在我的眼前，而九龙古树，不正是兵团先辈精神在它们身上的生动写照吗！

九龙古树，你是一首站立的诗，一曲经久不绝的歌。

跨越千年的情缘

赵克红

时光荏苒，历经沧桑巨变的洛阳城，作为丝绸之路东方起点之一，隐藏着太多无法言说的秘密。

2007年，在发掘隋唐洛阳城外郭城定鼎门遗址时，考古人员发现了90米宽、南北走向的唐代路面，清理出了密集的车辙、动物蹄印、人的脚印等。其中，一个直径20厘米的动物蹄印格外引人注目，后经专家鉴定为骆驼蹄印。千年前雄关古道上的那片骆驼蹄印，至今仿佛仍在诉说着丝绸之路上驼队的往来故事。

哈密古称伊州，是新疆的东大门，有“西域襟喉、中华拱卫”之称，地理位置十分重要，自古就是丝绸之路的咽喉，作为“丝绸之路”上的重镇，远在古代，哈密市就是汉代张骞第一次通西域开通丝绸之路的要塞。哈密市历史悠久，自汉代之后，即是经营西域的前哨阵地，张骞、班超、玄奘、马可·波罗等都曾在此驻足。

公元1世纪至6世纪，洛阳作为中国政治经济文化中心，是继西汉长安之后汉魏时期丝绸之路的东方起点。汉魏洛阳城虽已湮灭，但丝绸之路并未中断，代之而起的是隋唐洛阳城。隋唐时期，中央政府非常重视和西域的关系，花费大量人力、物力、财力，经营西域。隋炀帝就曾两次在洛阳大规模招待以西域人士为主的各国来宾，并举办国际性的贸易大会。2014年6月，汉魏洛阳故城作为“丝绸之路：起始段和天山廊道的路网”中国段首批申遗点，被列入世界文化遗产名录。

时光越千年，千年情相牵。如今的哈密，是洛阳援疆的对口城市，多个文化、教育支援项目不断开展。这两个丝绸之路经济带上的重要节点城市，虽相隔数千里，却再次深度交融，在文旅产业发展上携手并进，上演了一幕以花为媒的佳话。

洛阳牡丹始于隋、盛于唐、甲天下于宋，至今已有1500多年历史。“庭前芍药妖无格，池上芙蕖净少情。唯有牡丹真国色，花开时节动京城。”唐代诗人刘禹锡的《赏牡丹》，不仅写出了牡丹艳压群芳的国色天香，也描绘了民众赏花的热闹场景；“洛阳地脉花最宜，牡丹尤为天下奇。”欧阳修的《洛阳牡丹图》，更是道出了洛阳得天独厚的地理环境和牡丹文化的悠远厚重。今天的牡丹，早已成为洛阳的一张城市名片、一个文化符号。

随着国家“一带一路”倡议的实施，为进一步促进豫哈文化旅游和经贸交流合作，洛阳的援疆干部从2000多公里之外的黄河岸边来到大漠戈壁，他们不仅带来了

“输血”的资金，还带来了“造血”的产业，支援哈密市的园林绿化建设和旅游产业发展。

美好的故事，要从第二个千禧年说起。2002 年，洛阳市与哈密市多次接洽，力促洛阳牡丹在哈密落户安家。当年 10 月 15 日，经过技术人员认真考察，首批从洛阳挑选的 1500 株牡丹种苗和 500 株芍药种苗，被送往位于哈密市东的新疆生产建设兵团，在农十三师红星一场扎根。这批牡丹品种以适应性和抗寒性较强的洛阳红、凤丹为主，还有长势旺盛的胡红、肉芙蓉、银红巧对等多色系的牡丹。次年的 5、6 月这些牡丹相继绽放，向天山脚下的哈密人民展示了国色天香的盛世容颜。

盛开在哈密的洛阳牡丹，联结了两个城市间的友好往来，也加深了城市间的感情。2012 年 10 月，洛阳市又将 17 个品种的牡丹种苗、10 个品种的芍药种苗送往哈密，这 2000 余株种苗分为盆栽、棚栽和露地栽培 3 种方式栽种。受生态条件和气候的影响，牡丹到新疆后面临的最大难题是如何安全越冬。新疆地区光照较强，怎样安然越夏也成了技术难题。洛阳技术人员针对哈密的土质和气候条件，制订详尽的种植养护方案，对修剪、浇水、施肥等关键环节手把手进行技术指导。这一年冬季，洛阳农林科学院的技术人员王二强等，利用土壤、秸秆、草等对牡丹进行遮蔽覆盖，确保牡丹顺利越冬。而在夏季，他们采取遮阳措施，确保这些牡丹成活。经过悉心培育、精心呵护，2013 年 2 月，60 株盆栽牡丹率先盛开，3 月，千余株棚栽牡丹接着开放，4 月中旬达到盛花期，而露地栽培的牡丹和芍药在 5 月底至 6 月中旬在天山脚下依次绽放。牡丹、芍药在哈密盛开，这可是个稀罕事，花开时节，迎来了一批又一批的观赏者，洛阳牡丹带着洛阳人民的深情厚谊，将富贵吉祥送给了哈密人民。

2015 年国庆节前夕，洛阳市牡丹研究院的高级工程师张龙渤成为援疆干部，来到哈密市。他是个牡丹专家，再次将经过筛选的 20 多个品种 5000 株洛阳牡丹，引种至哈密，栽种在哈密市区的西路军纪念园、全民健身广场、大泉湾金道城社区，种植面积约 10 亩。张龙渤利用自身的专业特长和技术经验，采取多种驯化方法和针对性的管理措施，让这批“远嫁”的牡丹克服了水土不服的困难，于 2016 年春季在哈密盛开。

经过多年持续的引种和推广栽培，洛阳和哈密市的技术人员携手攻关，筛选出了一批能够适应寒地环境的牡丹品种，摸索出一套寒地栽种牡丹的养护技术。如今，在哈密市的小区、公园、广场，露地种植的牡丹已达数万株，有数十个品种的牡丹可以枝繁叶茂、正常开花。

洛阳牡丹盛开哈密是援疆的成果之一，援疆的牡丹在哈密落户后，充分发挥了适应性强的特性，花色艳丽、成花率高。每到初夏时节，位于丝绸之路经济带上的哈密牡丹和芍药竞相绽放，哈密街头花香四溢，国色天香的牡丹扮靓了伊州大地。

哈密的市民观赏牡丹，不用千里迢迢去远方，在当地就可以与美丽的牡丹花亲密接触。他们徜徉牡丹花丛、领略牡丹花的雍容华贵，纷纷夸赞说，“从未想到能在戈壁滩上看到这么多，这么好看的牡丹花”。哈密市的张先生将拍下的牡丹花发到朋友圈，立刻就有人回复：“这是哈密吗？哈密怎么会有这么多好看的牡丹？”张先生说，希望哈密有更多的牡丹花和芍药花，希望洛阳与哈密的友谊越来越深厚。

“何人不爱牡丹花，占断城中好物华。疑是洛川神女作，千娇万态破朝霞。”国色天香，花开吉祥，人们喜欢牡丹花，不仅因为它高贵艳丽，还因为牡丹花是吉祥幸福的美好化身、繁荣昌盛的象征。每年 5、6 月，当甲天下的洛阳牡丹洗去铅华谢幕之际，2000 多公里之外的西域哈密，牡丹才刚刚开始修饰容妆，靓丽登场。两座相隔数千里的城市，以花为媒，共同谱写出了丝绸之路经济带上文化交往交流交融的新篇章。

唤醒沉睡的味蕾

赵克红

每次去外地，总喜欢品味一下当地的风味特色，所到之地不同，风味自然也有所不同。这些特色美食无不与当地物产、气候和生活习惯息息相通。

不久前，应邀来到天山东麓的新疆哈密，品尝到一种叫“馕”的美食，它以天山冰川沉淀的雪水、麦面拌和后，烤制而成。制作精细，用料讲究，吃起来香酥可口，不但营养丰富，而且便于携带，适宜储存，尤其适合游牧或长途跋涉时食用。经过岁月的沉淀和一代代人的味蕾沿袭，这种被叫作“馕”的食品，被人们广泛认可，并冠以“美食”的标签。

其实，我最初尝到这种美食，始于少年。当时，家父在新疆工作过两年。每当他探亲回家，总会带些葡萄干、葵花籽、馕之类的特产，在当时食品相对短缺的年代，称得上稀罕物，掰下一块，放在口中咀嚼，那滋味，真是妙不可言。据说，人的味觉是有记忆的，童年时代的味觉，是难以忘却的。这次到哈密，我的味蕾竟然被“馕”再次唤醒。

在哈密一周，自然品味到不少美味，满足口腹之欲的同时，也让我更好地了解和认识了哈密这座西域之城。可以说，这里的每一道菜肴背后都隐藏着一个故事，而那飘香的美味，像是在诉说着一段段陈年往事。怀着好奇，我向当地的朋友询问关于馕的前世今生，令我惊讶的是，在 20 世纪 80 年代，考古人员在 3000 多年前的哈密五堡、2800 年前的且末县扎滚鲁克、2500 年前的鄯善县苏贝希夏等地的墓葬中均发现了形态各异的馕，虽然这些馕与现代意义上的馕存在不少差异，但也足以说明馕在新疆有着悠久的历史。

哈密是通向中国内地的要道，自古就是丝绸之路的咽喉，有“西域襟喉，中华拱卫”和“新疆门户”之称。查阅资料得知，最早关于馕的文字记载见于《后汉书》:“灵帝好胡饼，京师皆食胡饼”，可见，馕在当时也是一种非常流行的美食。随着时代的发展，各民族进一步地交流融合。如今的馕，已经被中国大江南北广为认知和接受。馕不仅作为一种食物遍布祖国各地，更是作为一种文化纽带，把新疆与祖国内地紧紧连在了一起。

不得不承认，对馕，我有种非同寻常的敏感，行走在哈密街头，很远我就能闻到它独特的香味。

一周的采风转眼即逝，在离开哈密的前一天下午，我们一行慕名来到一家当地的特色“营养馕”店，这里生意红火，排队买馕的人络绎不绝，现场制作师傅就有七八个人，二十多米长的案板上各种馕应有尽有。馕，是经过烤制而成的。材质以精面粉为主，辅料有茴香、精盐、芝麻、小苏打、鸡蛋、黄油、纯牛奶、土蜂蜜等。由于馕水分少，储存时间长，制作工艺流程独特，而且不霉不烂便于出远门携带，广受旅游者青睐。

该馕店，位于繁华街道上，这里买馕的队伍，早已排成蜿蜒的长龙，我随着人群缓缓向前移动着脚步，约半小时，终于走到了队伍前面。我的眼神被几个配合默契的打馕师傅吸引，他们紧张而有序地忙碌着，靠外边的一个人先拿起一块发酵后的面团，用一只手轻松地在手掌中翻转几下后，一团团柔软的面团，瞬间便舒展开来，然后，他麻利地抛给下一个人。那人将其摊在案板上，右手执面饼，左手的大拇指飞快地捻搓，面饼在他手中以圆心状飞速地回旋起来，在擀面杖轻巧匀称的碾压下，面团瞬间变成中间薄、四周厚的馕，被快速抛给另一个打馕师傅。师傅娴熟地在上面抹上适量的油，再撒上芝麻和洋葱粒等辅料，接着利落地把馕打进馕坑，再熟练地往馕坑里的馕上泼洒些盐水，最后馕被牢牢地贴在坑壁上。整个过程流畅自然，干脆利索。

这种手工制作的馕，呈不规则形状，在炉火中大约5分钟、正反面烤匀后，焦黄的烤馕，便被打馕人用长长的铁钩子、从冒着热气的红通通的馕坑里钩出，一缕缕诱人的烤香味扑鼻而来。师傅微微向前探腰，把馕装进食品袋，双手递给我。我从师傅手中接过热腾腾的馕，这馕热得还有点烫手，可我实在无法抗拒美味的诱惑，一转身，忍不住沿着金黄色的边缘撕下了一块儿，小心地放进嘴里，顿觉酥软脆香，咸香可口，唇齿间留有浓浓的麦芽香味，这香味绵延至今。

在哈密，馕的种类有很多，而且各有各的烤法，各有各的味道。从形状上分，主要以圆饼为主，兼有椭圆形、三角形、圆形等。有憨态可掬的小动物造型的、有浑圆如铁锅盖造型的、有拙朴如蒲扇造型的，可谓形状各异、大小不同。论味道，有咸的、甜的、淡的，有的咸馕里还放有肉末辣椒酱等。为了体现馕的口感，几乎所有馕的表层，都有一层黑芝麻或白芝麻，这也是馕的主要特色之一。

馕的表面还有各种各样美丽的花纹，这些花纹，古典而雅致，食用时，沿着压纹更容易把馕掰开，咀嚼时也更有松脆感。这些精美别致的花纹图案，像是艺术品，折射出了当地文化所蕴含的浪漫和典雅。这里的馕不仅松脆不油腻，而且还有绕于鼻端、沁人心脾的烤香。

经过漫长时光的浸染，馕已不仅仅是一种食物，它早已成为民俗文化的一种，成为西域饮食习惯和民族团结和谐的象征。馕，让人们感觉到一种平淡生活里知足常乐的幸福。在哈密，有人的地方就有馕，有馕的日子才有滋味。“可以一日无菜，不可一日无馕”“一天不吃馕，心里就发慌……”从这些谚语和民歌中，可以看出，馕在哈密日常生活中占据着多么重要的地位。

馕，看去朴实、家常，给人一种温暖踏实的感觉。在哈密，馕不仅是一道美食，更是一种文化的传承和情感的寄托。有人说，在哈密，茶是馕的绝配。一碗茶，一块馕，大家围坐在一起，谈天说地，朴素简单而又不失乐趣。

给我留下深刻印象的，还有馕背后独特的故事。由于它携带方便，又可以较长时间储存，千百年来成为古丝绸之路、骆驼背上商人食品的首选，承载着不同的故事、信仰和风俗。它将东西方文化紧密地联系在一起。如今，品尝着馕，脑海中，便浮现出一队队满载货物的商队，伴随着驼铃悠扬的叮当声，从远古的黄沙漫道上，向我们缓缓走来……在古老神奇而又漫长的丝路上，馕，早已成了一个醒目的符号，馕香飘过，人们脸上的微笑，才会更加灿烂。

从胡杨的品性说开去

王群芳

胡杨，维吾尔语为托克拉克，意为“最美丽的树”。人们之所以赞美它，不仅因为它是沙漠中最美的风景，更因为它具有极其崇高的审美价值。

我们不妨从胡杨的品性说起，探讨其蕴含的精神价值，和对于当今社会的启迪意义。

我们先看一下胡杨的生存环境吧。

胡杨是最古老的一种杨树，据说早在六千多万年前就开始在地球上生存了。在我国，主要分布在新疆、甘肃、青海、内蒙古等地，适于干旱大陆性气候条件下的沙质土壤，常在沙漠中的河湖边生长，但对水分的依赖度较低，当然严重缺水时，它也将枯死。它喜光、抗热、抗干旱、抗盐碱、抗风沙，而且也抗严寒，可以忍耐零上 45 摄氏度和零下 40 摄氏度的侵袭。由于它对环境具有极强的适应能力，又由于其具有惊人的抗干旱、御风沙、耐盐碱能力，因而被人们赞誉为“沙漠英雄树”。

正是这些“沙漠英雄树”，锁住了流动性沙丘的扩张，保护了河岸，稳定了河床，调节了气候，改良了土壤，造就了一片片绿洲，成为荒漠地区农牧业发展的天然屏障。

回想六十多年前，第一代兵团人挺进戈壁荒滩，住的是地窝子，点的是煤油灯，吃的是窝窝头，喝的是涝坝水，冒着酷暑严寒，迎着狂风沙尘，就为扛起垦田戍边的双重使命。但他们很快就适应了艰苦环境，开始劈山凿石，兴修水渠，挖沟治碱，拓荒造田，在没有先进生产工具的情况下，靠着手捡、人拉、肩挑、背扛，硬是把大片的荒漠变成了良田。他们，不正是令人敬仰的“沙漠英雄”吗？

胡杨是唯一能在大漠成林的珍贵森林资源。它具有旺盛的萌蘖能力，即使在条件恶劣的荒漠戈壁，也能茁壮地成长。胡杨的种子非常小，如果落在干燥的地面，就耐心等待雨水的滋润；如果落在潮湿的地方，当年就能生根发芽。一旦发芽，就拼命地扎根，在极其炎热干旱的情况下，也能长到三十多米高。而当树龄开始老化时，它会自行断脱顶部的枝杈，逐步降低高度，渐渐失去繁茂，直到老死枯干，仍然屹立不倒。有人说胡杨“生而不死一千年，死而不倒一千年，倒而不朽一千年”，虽然有些夸张，但说明它有极其强大的生命力，蕴含着自强不息、坚韧不拔的精神。

一代又一代的兵团人，积极响应党和国家的号召，前赴后继奔赴边疆，扎根边疆，正如一粒粒的胡杨种子，在极端环境中生存繁衍，创造了一个又一个奇迹，建设了一座又一座新城。他们用自己的青春和成就证明了：只有荒凉的沙漠，没有荒凉的人生。

胡杨生长在荒凉无垠的沙漠地带，能在孤独中生存，能在寂寞中成长，没有鲜花的簇拥，缺少百草的陪衬，只有个体间的守望相助和对下一代的默默传承。这，也是胡杨的又一品性。

耐得住寂寞，不为繁华所动；默默地坚守，只为百姓安宁。这，不也正是一代又一代兵团人的可贵品质吗?

胡杨之所以能在沙漠中顽强地生存下来，还在于它深深地扎根大地。因此，它也深深地眷恋着大地。它知道，没有大地的滋养，终将无法生存，所以无论脚下的土地多么贫瘠，它都愿用体内积蓄的有限水分去反哺。而且，为了保护给了它生命的大地，它极力发挥着防风固沙的作用，试图改善着脚下的土壤，努力调节着周边的气候，最大限度地维持着周边的生态平衡，竭尽全力回馈着脚下的土地。

胡杨的这种品性，不也正是一代代兵团人热爱祖国、热爱人民、报效国家、回馈社会的精神体现吗?

胡杨还有更可贵的品性，就是它最终把自身的一切都献给了这个世界。胡杨全身都是宝。它的木质坚硬，抗腐力强，是上等的建筑和家具用材；它的树叶富含蛋白质和盐类，是骆驼、羊的优质饲料；它的木纤维长，又是造纸的好原料；它的叶、花均可入药，树干会排出胡杨碱，既可入药也可食用，还能制造肥皂和其他工业品；它的枝叶经过加工可作肥料，枯枝还是上等的好燃料；它的树型优美，是优良的行道树、庭园树种，也是绿化荒漠的优良树种。胡杨这种品性，不正是舍生忘死、前赴后继、牺牲自己、造福他人的老一辈革命精神写照吗?

“艰苦奋斗、自强不息、扎根边疆、甘于奉献”，这是由胡杨的品性衍生出来的“胡杨精神”。“胡杨精神”体现的不仅是兵团精神、老兵精神，也是我们民族精神、国家精神、时代精神的有机组成部分。如今，“胡杨精神”正感召着一批又一批有志青年奔赴边疆，扎根基层，为边疆的事业发展建功立业，为祖国的繁荣昌盛贡献青春。

忽然想到一首当年十分励志的歌：“毛主席的战士最听党的话，哪里需要到哪里去，哪里艰苦哪安家。祖国要我守边卡，扛起枪杆我就走，打起背包就出发。……毛主席的战士最听党的话，哪里需要到哪里去，哪里艰苦哪安家。祖国要我守边卡，边防线上把根扎，雪山顶上也要发芽。哎，祖国要我守边卡，边防线上把根扎，雪山顶上也要发芽！”

哼着这首歌，我又有点青春萌动了，渴望自己能回到那激情燃烧的岁月！

庙尔沟的雪

王群芳

因为恋着那庙尔沟的雪，昨夜我失眠了。

凌晨，我在微信朋友圈里看到一句话，“洛阳的雪下得有些吝啬”，我即刻回复道，“哈密的雪下得倒是慷慨”。随后，我便回忆起昨天前往庙尔沟赏雪的情景了。

我们是在黄田农场短暂停留之后，乘车前往庙尔沟景区的。汽车行驶在宽敞平坦的道路上，仿佛雪橇滑行在雪地里，让人舒心而又惬意。透过车窗眺望，是无边无垠的雪原，而那积雪之下则是茫茫的戈壁。戈壁上的杂树都傲然挺立着，真有点玉树临风的感觉；几处乱石成堆的地方，则成了黑白相间的雕塑。电线杆在公路边整齐地排列着，也无限地向前延伸着，一直通向那若隐若现、雄伟嵯峨的东天山。

为我们作向导的是一位维吾尔族姑娘，名叫乌尔比姆，她用不太标准的普通话介绍了庙尔沟的来历。庙尔沟，因一座建于北魏时期的古寺庙而得名。唐贞观年间，玄奘去印度取经，途经此地，广施圣水，深得百姓拥戴，人们为了纪念他，又在此修建了佛教寺院。清朝末年，哈密四世回王玉素甫相中了这个地方，遂兴建花园和避暑行宫，在山坡上砌起数十公里的石墙，栽种了各种各样的树木，使这里成为哈密境内一处独有的绿色王国。

绿色，是春、夏、秋的颜色。若不是冬季来这里，是不是就可以享受国王的待遇呢？当然不是了，瞧瞧这令人眩目的雪白吧，完全可以和那苍翠欲滴的绿色相媲美，这迷人的雪白可代表着至高无上的圣洁呢！

路旁有几块刻着红色图案的巨石，乌尔比姆说那是古岩画石。有人建议停车留影，司机照办了，大家从车中蜂拥而出，有的人去琢磨那些岩画，有的人急不可耐地奔向雪地中，摆出各种各样的姿势，让自己成为这茫茫雪野的陪衬。司机善意提醒说，还没到景区呢，不要兴奋得太早了。大家也便收敛了笑容，跺跺脚上积雪，哈哈手中寒气，重新回到了车上。

东天山离我们似乎还很遥远，不过庙尔沟说话间也就到了。

一棵拥有上千年树龄的榆树王向我们招手，大家在它的拥抱下合了个影，就算是到庙尔沟报到了。

这时，漫天的雪花又开始飘落起来，轻轻拍打着人们的脸，瞬间化为沁人心脾的精灵。同行的几位美女作家最为兴奋，尽情展示着她们的婀娜多姿，与漫天飞舞的雪花争芳斗艳。

尽管大家的脸颊都被冻得通红，却没有一个人感觉到冷。每个人胸中都燃着一团火，想要融释这晶莹的世界。可这晶莹的雪的世界，却敞开着它大度的胸怀，簇拥着我们走向雪林深处。

在大雪的装扮之下，所有的林木都成了玉树琼枝，如果不是植物行家，完全分不清是何种树木。乌尔比姆告诉我们，这里的树木以榆树、核桃、杏树、葡萄居多。瞧，那边还有几颗核桃执拗地挂在枝头，完全不顾季节的感受呢。

林中的积雪很厚，踏进去就没了脚踝。往前行走几步，便会感到靴中有丝丝清凉。乌尔比姆说，你们很幸运，是这场大雪之后的第一批访客。的确，不只是在栈道，在林中，在树下，在车辆可以通行的地方，我们还没有发现有人踏过的痕迹呢。

再往前走，庙尔沟西北角有个山丘，便是古烽火台的遗址了。据史书记载，东汉永平年间，班超率兵屯田哈密，为了防御外敌入侵，在此修建了烽火台。后来，这烽火台又成为哈密四世回王玉素甫的观景台。因为风大、雪深、路滑，我们只能远观，没能登高瞭望，感觉有点遗憾。

烽火台右下方是藏宝洞遗址。相传一代天骄成吉思汗率蒙古大军一路西征，沿途掠夺了许多财宝，由于不便携带，遂命手下将士在此开凿了一个藏宝洞。我们走近洞口，往里窥探，感觉深不见底，在白雪的映衬下显得更加神秘，而那些宝物则早已不知归于何人何处了。

藏宝洞的东侧是一段新修的栈道，通往观音佛窟遗址。我们冒着大雪，在栈道上排队留影，笑容亦如那飘洒雪花之灿烂。早年的佛窟，依地势挖凿而建，虽然已经损毁，仍可感觉其肃穆高大。现存的观音佛窟、千手观音佛窟、藏经窟等，已成为错落相连的残垣。倚着栏杆仰望，观音窟中的佛像犹在，窟顶的彩绘还依稀可见。积雪，未能遮盖住这些佛窟的沧桑；闭上眼，还能想象到古时这里的香火缭绕、幕鼓晨钟。

大家披着飘雪，信步走进一片果林，随手摇晃身边的树枝，任由雪片砸向自己，恨不能变成一个雪人，与这漫天飞雪融为一体。乌尔比姆说，春天，这里会开满杏花，白色的、粉色的，一团团、一簇簇，美不胜收；夏天，沟里树木茂盛，绿草如茵，流水潺潺，空气清新，实在是避暑度假的好去处，也因而被称为“东疆夏宫”；秋天，各种各样的野花竞相绽放，树上的果实琳琅满目，会让你体验到采摘的快乐和丰收的喜悦。尽管这里春、夏、秋的景致如此诱人，仍然没能冲淡大家玩雪的兴致。

时间早已过了中午。乌尔比姆带着歉意对我们说，如果不是早已错过了饭点，庙尔沟上面还有一个瀑布，顺着溪谷登上瀑布源头，不仅能欣赏瀑布的壮观，还能领略天山风光以及石林、石笋、圆柏、雪莲等大自然的美景呢。

经她这么一说，大家又都充满了向往，但也只能等下次再来了。

再见吧，庙尔沟。

再见吧，庙尔沟的雪。

大家依依不舍地上了车，告别了美丽的乌尔比姆，告别了云雾缭绕的东天山，朝着一个诱人味蕾的美食村奔去。

哦，拉开窗帘，天色已亮，虽然困顿，但睡意已消，用过早餐，我们又该启程了。

值得铭记的“诸葛亮会”

王群芳

在十三师屯垦戍边的历史上，有几次“诸葛亮会”特别有意义，值得我们永远铭记。

先说一个“用嘴品尝土地”的故事吧。

当年四十七团的战士们在火石泉安营扎寨，要创建现代化的国营农场，可战士们看到的却是白茫茫的盐碱滩。怎么整治这些盐碱呢？经验丰富的肖团长并不慌张，首先命令侦察科去摸清土地的特性和盐碱程度。

侦察科像上了战场一样，立刻兵分五路在火石泉区域展开“侦察”。很快，“侦察结果”出来了，东西南北中都是盐碱地，地下一尺多深的地方还是芒硝层。如此土地上怎么能长出庄稼呢？当时的经验是，挖排碱沟可以治碱。于是，战士们就像当年打日本鬼子那样，在地上挖出一道道沟壕来。可是，沟壕挖出来了，碱水却排不出去。怎么办？肖团长立即召开了“诸葛亮会”，请来一些种地行家会诊。大家说，只有让一道道排碱沟形成排水渠系，才能降低地下水位，做到“碱随水来，碱随水去”。很快，以“除盐灭碱”为中心的挖排碱沟大会战在全团展开。没多久，火石泉大碱滩上渠道纵横，做到了“来水有源，去水有路”。接着，战士们开始分地块进行排碱、洗碱。然而，新的问题又出来了，在没有化验设备的情况下，怎么才能知道地里的盐碱洗干净了呢？

肖团长再次带着侦察科人员到地里摸情况。他心想，看也看了，闻也闻了，捻也捻了，何不再用嘴尝一尝呢！用嘴一尝，果然尝出味道来了。他高兴得像个孩子似的喊：“这土是有味道的，这土是有味道的！”于是，大家都开始吧嗒吧嗒品尝起来，并且现场召开“诸葛亮会”，经过反复品尝和论证，得出了这样的结论：咸味是盐，涩味是碱，凉味是芒硝；如果土壤不咸、不涩、不凉，那就可以种庄稼了！

事实证明，他们的判断是正确的。

从那以后，战士们只要浇洗一次地，就抓把土来尝一尝，直到没有咸、涩、凉三种味道了，这块地才能种庄稼。肖团长在总结大会上不无自豪地说：“我们的土地，是战士们一口一口尝出来的！”

下面，再讲一个整治盐碱滩地的故事。

有一年，杨班长带领全班战士在新开垦的土地上种春小麦。麦苗出土不久，地里便泛起了一层层碱渍，不几天麦苗就发黄枯萎了。杨班长和战士们都急了：“身上掉几斤肉也不能丢了青苗！”“不就是一层碱吗？我就不信这比修建红星渠还难！”杨班长立刻带领战士们用扫帚把地里的盐碱末扫到一起，然后一担一担挑出地外。可是，那地就像是故意捉弄人似的，头天扫干净了，第二天又泛起一片片白，一天又一天，怎么也清扫不净。

忽一日，杨班长在带领大家清扫碱渍时，发现一些结了盐碱壳的地表太硬，用扫帚扫不动，战士们就先用钉齿耙疏松，然后再刮碱清扫，一担一担挑出地外。

第二天，杨班长一走进麦田就发现了奇迹，头天用钉齿耙耙过的地块没有泛起白盐碱末，而其他扫过的地块依然是白花花的一片。杨班长立刻召集全班同志开“诸葛亮会”，决定放下扫帚，拿起钉齿耙再试。结果，奇迹再次出现，耙过的地方不再泛盐碱了。

肖团长听到消息后，立刻带人到杨班长的地里开“诸葛亮会”。经过请来的专家分析讲解，大家才明白，钉齿耙破坏了地表的毛细管，水分蒸发受阻，土壤深层的盐分就无法随水再上升到地表了。

后来，肖团长又组织人员研制出了一种 1.2 米宽、14 个齿的耙子，全团人手一把，一人一天能耙地 30 亩左右，解决了春小麦播种后返碱严重、保苗困难的问题。师里也到团场召开现场会，总结杨班长他们的经验，而新研制的耙子也就成了大名鼎鼎的“防碱耙”。

其实，在早期修建红星渠的过程中也有一些堪称“诸葛亮会”的感人故事。

驻哈密人民解放军在完成了剿匪平叛任务后，开始一手持枪，一手拿锄，肩负起保卫祖国和建设祖国边疆的双重使命。而哈密又是个干旱地区，降水量极小，蒸发性极强，风多沙大，水源奇缺。要发展现代农业，必须兴修水利，引来天山雪水或地下水进行灌溉。那么，修建红星渠之前的周密考察和勘测，又何尝不是“诸葛亮会”呢？

人民解放军明字部全体指战员，于 1952 年八一建军节写了信，上报“红星一渠”开闸放水的消息。信中写道：“在两年来的建设中，我们克服了各种困难，一切都是从无到有，由小到大。在冰天雪地里，我们修起了营房，把天山变成了炸石的战场，把荒山变成了烧石灰的工厂，在千百年无人的戈壁滩上把石头堆得像长城一样。……两年来我们的发明创造有 25 种，改良工具一百余件……”在这些发明创造中，有一个雷管就可炸五六个炮眼的“连环爆破法”，有创造一炮炸下 39 方石头惊人记录的“拉山爆破法”，有提高五倍以上烧石灰装窑效率的“搭板装窑法”，有提高六倍以上罗石灰工作效率的“双体石灰罗”，有极大地提高脱坯速度的“三连坯模”，有极大地节约经费开支的可替代钢铁炉条的“土炉条”，有极大地提高挖渠速度的“两面夹击法”“引水泡地法”“梯形挖渠法”等，这些无不凝聚着广大指战员的集体智慧和心血，又何尝不能称其为“诸葛亮会”呢？

在与大自然的抗争中，十三师的前辈们发扬“一不怕苦，二不怕死”的革命精神，发挥广大指战员的聪明才智，在开荒垦田的过程中创造了一个又一个奇迹，他们的丰功伟绩永远值得我们铭记！

永远的“十三连”

非花非雾

哈密下了一场大雪，整个东天山余脉南北都被整整一条白色羊绒毛毯覆盖起来了。

河南援疆干部王岩一大早就穿上定制的羽绒服、加厚的高腰棉靴，这双靴三年前就买了。那时候，王岩三十余岁，血气方刚，总想在平凡的生活中掀起些波澜，创造些业绩。文物局的工作每日按部就班，看着阳光下自己的影子，能够想见十年后自己的样子。一听说河南启动援疆项目，他就心动了，立即报名，却因种种原因，直到 2023 年 11 月才被批准。

王岩援疆的时间只有三个月，俗称“柔性援疆”，也总算圆了他的梦想。

王岩身材中等略偏高，步履、语调都很沉稳，来到工作单位后，他的任务之一就是接待到十三师红星二场参观的团队。

我们参观红星二场农垦博物馆、与援疆豫兵进行座谈时，他都在场，默默地陪着我们一起听讲解员讲述，听老战士讲话，不时地为我们递上纸笔或者茶水，也主动为我们拍照留影，只是没有多说过一句话。我们上午的的采风结束后，中午一起吃饭，互相推让着烤羊腿与黄萝卜手抓饭，彼此熟络起来，才知道他不过才比我们早来了一个月。

下午，王岩陪采风团一起乘旅游大巴到地窝子去参观。路上，他说：“你们看这条路的两侧种的都是白杨，春夏绿叶如盖，风一吹，它们‘哗哗’地鼓掌，像为顽强抗争的人们喝彩；秋天黄叶若金，为单调而寂寞的盐碱地增添色彩与韵味。白杨高大挺拔，无论风沙再大，都摧不倒它，压不弯它，好像援疆的战士们无论多大的困难都不能让它们低头。”

我们都向车窗外看去，又看到落尽黄叶的白杨高昂着头，直刺雪后碧蓝的天空，没有一点瑟缩畏惧。在它们的中间偶尔夹杂一株胡杨，让人情不自禁地想到“活着不死，死了一千年不倒，倒了一千年不朽”的传说。胡杨林四周是白茫茫的盐碱滩，结成一片硬壳，白花花的，可胡杨把树根努力向下扎，吸收水分，将枝叶向上长，吸收着阳光和空气。胡杨坚强地活着，就像英姿勃勃的屯垦战士守卫着边疆，在微风中频频颔首，向参观者诉说着关于这里的传说。

王岩说：“白杨与胡杨的精神，就是屯垦战士们精神的写照。”

汽车在胡杨夹道的公路上行驶，把积雪轧得吱吱作响。王岩指着路旁一片高高的戈壁梁子，说："这里被当地人称作‘高堡’。这里有上千座坟墓，墓碑都朝向东南，整齐排列。他们都是豫鲁陕甘援疆垦边的年轻战士，参军之时，一个个都是毛头小伙儿，家人盼着他们挺枪冲杀，为国立下汗马功劳，革命胜利后转业回到家乡，娶妻成家，过上幸福的新生活。

"1949 年 9 月，新疆和平解放。六军十六师战士们徒步上千公里，穿越河西走廊，徒步茫茫戈壁，千里迢迢来到哈密。大家那个高兴，终于可以刀枪入库，马放南山过安稳日子了。可让他们面对的是一场没有硝烟的战场。当他们接到就地转业，进行垦田建设的时候，内心的震惊可以想象，家人的牵挂也可以想象。但是他们没有退缩，都义无反顾地冲入没有硝烟却风沙弥漫的盐碱地，开始了一场与天地争斗的战争！我曾经多次到墓地里瞻仰烈士陵墓。一个个眼眶深陷、眼神深邃的老军垦遗像被印刻在瓷砖上，贴在墓碑上。"

胡杨盘枝错节，形成一座幕墙，正好阻住我们探究的视线。微风吹过，胡杨与白杨发出飒飒的响声，好似老兵在列队，昂着头，挺着胸，阔步向前。

大巴里很安静，王岩继续告诉我们说，"团场初创时保留部队建制，成立了 12 个农业连队。老军垦去世了，人们为他们寻找可以安置躯体安放灵魂的地方，发现‘高堡’头枕天山，脚踩戈壁，夕阳西下可以在落日的余晖中仰望着团场。他们的遗像面向东南，正是他们日思夜想的家乡，爹娘生活的地方，他们绝大多数人从十七八岁参军出来，就再也没有回去过呀！

"渐渐地，许多人在忘我奋斗中牺牲了，安葬在‘高堡’的军垦老战士多了起来，形成了一处墓葬群落。有河南老乡来探望，战友不忍说出真相，就说他们调到十三连了。老乡信以为真，回去后还告知家属亲友，他们真的还写信、寄东西到‘十三连’。以至于后来，这些援疆的战士都把牺牲戏称为‘去十三连报到’。团场职工群众也习惯将这里称为‘十三连’。去世的战士埋在‘十三连’，永远坚守在东疆。"

北风吹来，平添了几分悲壮——老兵活着是顶天立地的英雄，老兵走了留下一座不朽丰碑，供后人瞻仰。这里成为他们的归宿。他们早已放弃了落叶归根的想法，何处黄土不埋人。青春给了这片土地，子女后代给了这片土地，死了就埋在这片土地上。都说留下青春的地方最令人怀念，留下奋斗血汗的地方最令人怀念，这里早已成为他们的第二故乡，令他们魂牵梦萦，令他们终生难忘、不弃不离。

他们的墓碑上都只标注有父母是谁，从战火硝烟中夺取的江山，又风里沙里改良耕种，他们的命运与新疆紧紧连在了一起。他们中的许多人还没有成家，没有爱人和子女。王岩说："希望在他们的墓碑上刻上他们生前的部队番号，给他们应得的哀荣，让他们获得更多的瞻仰与敬重！"

我们都支持这一提议。同时也想到，这些年，每年都有老军垦离去。活着他们穿着军装，去世后也穿着军装下葬。他们活着是军垦人，死了保持军垦魂。他们不爱金，不爱银，只爱那身褪了色的绿军装。那身绿军装不愿脱下也脱不下。虽然洗得发白，可那身绿军装有他们不想忘、后代不能忘的历史。

据统计，1950 年，红星二场建场初期，团场有 2000 余名老军垦，至 2018 年年初，团场健在的老军垦仅有 25 人。两千余名老军垦走了，他们的人生画上圆满的句号，留下了他们治理风沙盐碱土地，留下至今还坚固可用的红星渠，留下了鲜活的平中蕴奇的让人深深感怀的故事。

“十三连”是他们最后的编制，是他们的归身地和心灵的归依之地，啊，永远的十三连!

王岩说:“老军垦风餐露宿，从战火硝烟中走来，投入一场修渠垦荒的新战役，他们披荆斩棘、修渠引水、开荒治碱。艰苦的工作环境和繁重的劳动，让许多军垦战士早早离开了人世。仰望一座座黄土堆成的冢包，心潮起伏，倍感屯垦之艰辛，老战士不为名不为利，奋斗一生默默长眠于天山脚下，无怨无悔，令人敬佩。”

老军垦故事里，李宝山老人的事迹尤其感人：七十多年前，他在炎热的夏天来到团场的，怀着一颗火热的心投入红星渠的修建。2014 年入冬他重病住院，在弥留之际，他拿出 5000 元当作“特殊党费”捐献给团场，用于水利建设。他留下遗嘱，百年后埋在“十三连”。12 月，寒风凛冽，老人走完了自己的人生历程。皑皑白雪为他送行，家人将他葬在“十三连”离红星渠较近的地方。让他时时聆听渠水“哗哗”奔腾流淌声，让那悦耳动听的声音在另一个世界给他做伴。

钟吉林是红星二场水管所配水员，也是红星渠的守渠人。在放水期间，他每天都要从“十三连”经过，因为那里埋着他的父亲钟声宏。闲暇时，钟吉林喜欢拿条洁白的毛巾在渠水打湿，亲手将父亲的墓碑擦干净。父亲修渠时，没有水洗；开荒治理盐碱时，没有时间洗，现在钟吉林来到“十三连”埋葬父亲的坟前，要补上那段遗忘的时空，让父亲天天干干净净。

徐祇则是在世老兵中年龄最高的，曾任中国人民解放军第一野战军六军十六师四十七团（红星二场前身）副团长。他身先士卒抱过石头、磨过陶粉、烧过石灰，指挥军垦战士修建红星渠。1952 年，因工作需要调离新疆。红星二场工作时间虽短，人越老记忆越清晰，人越老越留恋。2015 年 9 月，徐祇则让儿孙代表他来到红星二场，重温老军垦的创业故事。他们在“十三连”路口停车，凭吊长眠在此的军垦老战士。临上车时，他们装了一布兜“十三连”的黄土，灌了一瓶红星渠水，郑重其事地装进旅行包，带给老人，缓解他的思乡之情。让黄土唤醒老人迟钝的记忆，让渠水激活老人衰退的味蕾。

从红星二场场部到“十三连”，仅仅 3 公里，几分钟的车程。转眼间我们就过了“十三连”，来到被大雪覆盖的地窝子区。这短短的一段路，“十三连”战士们走了一辈子，他们留在大地上的脚印，是多么惊天动地的辉煌篇章！

转眼已是2024年2月，临近王岩援疆三个月期满之时，他依然坚守着“阵地”，这不也是一代代援疆者的“胡杨精神”吗？他的朋友圈发了一张哈密民居房檐下的三米大冰柱，并赋诗一首：“房悬八尺冰，雪压翠竹青。已过正月半，何时闻春风！”

一代代援疆的豫人们，春天的脚步声已经由远及近，终将度过玉门关，万紫千红终将开遍战士、干部们奋斗过奉献过的新星市！

河南老乡在哈密

徐礼军

在全国各地援建新疆的宏伟工程中，河南对口援建哈密，成效显著。因此，兵团十三师新星市乃至整个哈密市，河南元素就显得特别突出亮眼。

我们这次采风下榻的宾馆，有不少服务员就来自河南。每天打扫房间的保洁工，总是满面春风地跟我们打招呼。得知我们来自洛阳，两位淮阳老乡对我们格外热情，让初来乍到雪域高原的我们，立即感受到乡情的温暖。

12 月 14 日，雪后初晴，东疆大地银装素裹，蓝天如镜，雪地无垠。空气清冽，风光殊胜。带队老师首先领着我们浏览哈密市容市貌。沿途所见博物馆、规划馆、学校等，均为河南援建。街边的店铺、饭馆，也屡见河南元素，经营者也多为河南人。

参观兵团棉花高产连队红星四场五连时得知，这里在实现机械化采棉以前，主要靠河南采棉工来完成采摘棉花的重任。

15 日，我们来到兵团第十三师新星市柳树泉团场，团场文旅宣传负责人张森，带着白杨沟佛寺遗址解说员古丽，陪我们参观佛寺遗址。从他们的讲解中我们得知，这里曾是玄奘西行取经所经之地，他在这里住了 18 天。

遗址旁边有一条深沟，这就是白杨河。当年河水汤汤从这里流过，此地便有了哈密地区年代较早、规模最大的一座寺院。

公元 629 年，年仅 27 岁的河南老乡玄奘，从长安出发去天竺（今印度）求取真经。因为难以翻越喜马拉雅山脉，他选择从新疆、中亚一带绕道前往天竺。他独自出玉门关、穿流沙河，来到当年的伊吾、现在的哈密，在此停留了十多天，讲经说法，弘扬佛教。此后，白杨沟佛寺的香火越来越旺盛，规模也越来越大。

面对古寺遗址，我对这位河南老乡的敬意油然而生，他在一千多年前舍身求法走过的道路，为后世两地百姓的经济和文化交往奠定了良好基础。尽管古寺院早已被毁，但遗址内残存的高大坐佛、大小佛龛、精美壁画，仍让人依稀可见当时的繁盛景象。

“告别”玄奘大师，我们来到红星二场三连，与豫籍垦疆老战士、老英雄座谈。他们入疆时还是 20 岁左右的小伙子，在这里奉献了自己的青春岁月，奉献了赤诚与热情，奉献了子辈孙辈。忆及艰苦岁月，他们都以奉献为荣，无怨无悔。讲到动情处，老兵周鲁葛还当场唱起了自己创作的歌曲《党恩深似海》。

祖籍河南信阳的廖广献，因为是我的老乡，我就听得更加仔细。他于 1958 年在武汉报名参加新疆生产建设兵团，先到陶瓷厂上班，后到吐鲁番去修红星三渠。

当年，哈密还没有水利设施，当地群众只能挖坎儿井，引天山积雪融水来浇灌农田。缺水的时候，农业生产无法进行，人们的生活也异常艰难。官兵们顶着呼啸的寒风，扛着简陋的工具，忘我地奋战在修渠工地上。为了尽快修好红星渠，大家真是拼了命地干。

廖广献回忆说，那时他饿得脸都浮肿了，肿得明光明光的，身体虚弱得走不动路。尽管如此，他还是咬牙坚持了下来。

廖广献对“披星戴月”深有体会。那时，他们凌晨三四点就起床，摸黑随便吃点啥，就披星去修渠；中午在工地吃一顿简易午餐；晚上戴月回家。每天至少劳动 12 个小时，心中只有一个念头，赶紧把红星渠修好，让老百姓早日用上水。

经过两年的艰苦奋战，哈密地区的第一项水利工程终于竣工。此后，随着一批军垦农场相继建成，戈壁终于变成了绿洲。不过，廖广献的体重也从 45 公斤降到了 30 公斤。

很难想象，来自鱼米之乡信阳的瘦弱青年，在风沙严寒戈壁滩的恶劣环境中，是怎么熬过挖沟修渠、开荒造田治碱的苦日子，只有几十斤重的小身板，是怎么扛下那么大的劳动强度的。

如今，红星二场发生了翻天覆地的变化，群众过上了幸福安康的生活。廖广献虽已退休，但他的子女仍继续奋战在建设新疆的岗位上。

当年，建设大军没有房子可住，就在戈壁滩盐碱地上挖建地窝子。可是，硬邦邦的冻土，一锹下去只挖进一寸左右。他们只好把芦苇草点着，烤化冻土，挖出一个坑窝，就地取材用柳树枝做檩条，用细树干做椽子，铺上树条或苇把，撒上一层麦草，盖上一层碎土，糊上一层草泥，就成了他们的“安乐窝”。

在前往参观地窝子的路上，河南援疆干部王岩，为我们讲述了令人动容的悲情故事。原来，当时的兵团建制只有 12 个连。在保卫和建设新疆的过程中，牺牲了不少士兵，其中有不少河南兵。一些不知情的河南老乡到新疆探望亲人，战友们不忍心说出真相，就编了一个虚拟的建制，说那些官兵被调到十三连了。老乡们信以为真，后来还真的写信寄到根本不存在的“十三连”。就这样，“十三连”成了战友们寄托哀思的一个独特的英雄连队。

这些无名英雄，英年埋骨于他乡，永远守卫在东疆。他们还没有成家，没有子女，没人前来祭奠。他们的墓碑上也只有父母的名字，连个番号都没有。王岩说：“真心希望有关部门能在这些英雄的墓碑上刻上他们的部队番号，给逝者以应有的哀荣，让他们获得敬重与敬仰。”

哈密采风，短短几天时间里，所见所闻都能感受到河南人在新疆、在哈密的高能存在和突出贡献。中原厚土，民风素朴。勤劳勇敢的河南人，战争年代冲锋陷阵，奋勇保家卫国；和平年代吃苦耐劳，努力建设家园；在信息化智能化的新时代，河南人继续以自己的聪明才智和坚韧毅力，在全国各地各条战线、各种岗位上奋力打拼，在援建哈密的新征程中谱写新的壮丽篇章。

河南人，中！河南老乡在新疆，干得漂亮！

哈密“神树”

徐礼军

2023年12月15日，新疆东大门哈密市雪霁天朗，尽管气温低至零下十几摄氏度，但仍令人神清气爽。我们赴哈密采风团一行，驱车来到兵团第十三师柳树泉农场，在考察了团场风貌和建设成就后，还去领略了九龙树的风采。

这棵九龙树兀立于茫茫雪原上，特别显眼。它几乎是匍匐在大地上生长的，主干刚离地就分枝散叶，粗壮的枝干伸向四方，犹如九条巨龙，或跃跃欲试做腾飞状，或贴地延伸做潜伏状，或盘旋而上做攀登状，姿态各异，令人惊奇，当地人都叫它九龙树。只见枝条上挂满了红、白布条，那是当地百姓把它当作神树，向它求子求福求平安。

同行的文友纷纷寻找最佳角度拍照留念。我不想打扰它，便站在树旁目测了一下，这棵树的占地面积有三四亩，树干直径有四米左右。可以想见，盛夏时节，在赤日炎炎的戈壁上，这把巨伞提供的绿荫，该是怎样的一幅清凉图景啊！

异常干旱的戈壁滩，怎么滋养了这么一位丰满的壮汉？带队老师指着一处泉眼告诉我们，秘密就在这里。这眼神奇的清泉，常年喷涌不歇，水质清冽甘甜，温润可口，即使天气再严寒，它也不会结冰封冻。正是有了它的滋润，九龙树才得以茁壮成长，长盛不衰，枝繁叶茂。

带队老师和当地村民还讲述了这棵树的神奇来历。据传，清朝时哈密地区一位叫艾拜都拉的头领，曾多次协助朝廷平叛，因功被朝廷赐封为一等扎萨克，并且准予世袭，于是艾拜都拉成了远近闻名的哈密王。

哈密王作为一个土皇帝，自视为一条盘踞此地的小龙，自然不能容忍别的龙与他分庭抗礼。他居住的地方，正好有一棵九枝巨柳，被当地老百姓称为九龙树。他便将这棵九龙树作为自己王者身份的象征。出乎他的意料并让他不能接受的是，哈密居然还有两个地方长出了九龙树，一个在尖尖墩，一个在柳树泉。

哈密王听说后震怒不已，便下令将这两处的九龙树砍伐掉。在他的淫威下，尖尖墩的九龙树消失不见了，不过柳树泉的九龙树被腰斩后并没有屈服，仍以顽强的生命力，借助丰富的地下泉水，旧树干长出新枝条，渐渐地又枝繁叶茂起来，成为新的九龙树。这里比较偏僻，信息闭塞，天高皇帝远，新九龙树不为哈密王所知，才躲过了一劫。

关于这棵九龙树，还有一个美丽动人的传说。古时候，这里有一位叫帕力罕的漂亮姑娘，与一位叫艾力尔的小伙子建立了感情。他们从青梅竹马，到相爱成痴，正准备谈婚论嫁时，战火燃到了家乡，艾力尔被征召入伍，战死沙场。帕力罕闻讯痛不欲生，终日以泪洗面。

帕力罕家附近住着一个老财主，早就觊觎她的美貌，便乘机威逼帕力罕成亲。帕力罕誓死不从，为了坚守忠贞的爱情，她竟撞死在经常和艾力尔约会的大柳树下。乡亲们含悲忍泪，将帕力罕葬于这棵大树下。不久，便有一股清泉从大树旁汩汩流淌。人们以为，这是帕力罕的眼泪化作了甘泉，她和艾力尔的爱情，使得这清泉永不停歇，乡亲们便称此泉为柳树泉。

这两个有趣的传说，从不同角度诠释了九龙树的独特魅力。如今，这里已成为兵团第十三师柳树泉农场的一个旅游景点，每年都能吸引不少游客前来观光。新时代的九龙树不仅被赋予了新的生命力，也勃发出新的魅力。当地人非常敬畏它、宠爱它，还提醒游客进入景点时不要吐痰、不要乱扔东西、不要乱说不敬的话，更不能砍折树枝，以免遭到“神树”惩罚。当然，惩罚之说带有迷信色彩和神秘感，但也充分表明当地群众对九龙树又敬又爱的淳朴感情。

在兵团第十三师新星市庙尔沟景区，我们在白雪皑皑的天山东部余脉脚下，还见识了另一种“神树”，即一棵有着580年树龄的核桃树王。远看，它像一位披挂银色盔甲的威武将军，神圣不可侵犯；近观，它又如一位白发苍苍、皮肤粗糙的老者，那么慈祥和善，还捧着残留的核桃欢迎我们。

庙尔沟风景区是在哈密王的避暑行宫夏宫遗址上修建的，它匍匐在天山脚下，得益于天山雪水的滋养，景区内优雅地生活着许多参天大树。雪后初晴，我们踏着厚厚的积雪，咯吱咯吱地徜徉于这童话世界，真有一种“忽如一夜春风来，千树万树梨花开”的感觉。

我之所以对那棵苍老的核桃树王格外关注，是因为我喜欢吃核桃。我不知道自己常吃的干果之一新疆核桃，究竟出自新疆哪个地方，于是，面对这棵树王，我在猜想，有没有吃到它的果实？580年的积淀，育出的核桃该是什么味道，有着怎样的营养？脑海里不禁幻化出这样的情景：在那物资十分匮乏的年代，老爷爷老奶奶颤颤巍巍地从怀里掏出还带着体温的干果，让自己的孙子享用，满是皱纹的脸上露出知足、幸福的微笑……

给我们当导游的维吾尔族姑娘说，明年春夏季再来，能看到满园果树开花，地上也开满了马兰花，特别漂亮。我却更关心那棵核桃树王，还能结果实多少年。它资历那么老，还在毫无怨言地奉献着，我在它面前显得十分渺小。

在东天山地质博览园里，我们见到了另一种“神树”——胡杨树桩。这座规模宏大的地质公园，“布置”了大量形态各异的胡杨树桩。虽然是布置的树桩，但依然让人震撼。它们在各自的“老家”，已经迎着风沙和冰雪，挺立了无数年，如今又

“迁徙”到这里，供游客欣赏、敬仰。都说胡杨树千年不死，死了千年不倒，倒了千年不腐，我在这里领悟到了它们的不朽魔力。

地域广袤的新疆，生长着数不清的奇树异花，上述三种树也许不算特别神奇、特别稀罕，但在我看来，已颇具代表性。我从它们身上，强烈地感受到一种精神力量，那就是不畏强权和威势，不惧生存环境之恶劣，特别能吃苦，特别能战斗，特别能奉献。象征着中华民族群体意识和共性气质的上述精神，使我在采风过程中，一次次地从保卫新疆的老英雄、建设新疆的老模范、美化新疆的新生代身上，得到了很好的验证。

全国各地被冠以“神树”的树木数不胜数，但你若是观赏了新疆的“神树”，定会有不一样的感受。

埋骨何须桑梓地“十三连”处处埋忠骨

初明远

从新疆生产建设兵团第十三师红星二场场部往西三公里，路两旁都是胡杨，使人情不自禁地想到“活着一千年不死，死了一千年不倒，倒了一千年不朽”的传说。胡杨林四周是白茫茫的盐碱芒硝，结成一片硬壳，胡杨把树根努力向下扎，吸收奇缺的水分，将枝叶努力向上长，吸收着阳光和空气，胡杨坚强地活着，就像英姿豪发的屯垦战士在时刻守卫着边疆，在微风中频频颔首向参观者诉说着生活的艰辛，如歌如泣。

有这样一处地方，它原本只是荒滩梁子，却以“十三连”的名字被当地人口口相传。“十三连就在那”，当地人坚定地回答。这个被人们称作“十三连”的地方，是一片墓地，每块墓碑记录着他们人生的起点：山东烟台、河南洛阳、甘肃天水、陕西延安……密密麻麻的几千座坟墓，在从戈壁卷起的黄沙中挺立，显得尤为悲壮与苍凉。

1949 年，新疆和平解放。红星二场前身一野一兵团六军十六师四十七团，响应毛主席、党中央号召，就地集体转业，一手拿镐，一手拿枪，屯垦戍边，建场初期有 12 个连队。邢正发的一位河北同乡到连队来找他，但不知他已离世，于是连队的军垦战士便委婉地说，邢正发被调到了“十三连”。没想到，这位同乡竟信以为真，回家后给邢正发写了一封信，邮寄地址写的便是红星二场“十三连”。

从此，这个善意的谎言，让“十三连”成了这片荒滩的名字。战士埋葬在这里，班长埋葬在这里，连长、政委也埋葬在这里，老红军、老八路、支边青年、转业军人……各样出身的军垦人都在这里。

在那个激情燃烧年代，军垦战士风餐露宿，投入生产新战场，渠修到哪里，家就安到哪里。一根扁担就挑起一个家，一头是铺盖，一头是劳动工具。他们披荆斩棘、修渠引水、开荒治碱。他们在荒无人烟的戈壁荒滩建地窝子住，开荒造田，挖渠引水，做出了一个又一个堪称奇迹的伟大壮举。在那个缺乏现代运输工具、机械设备和建筑物资，几乎完全依靠人力的时代，修挖一条渠道，引来天山雪水，其难度可想而知。但是，勇敢坚毅的军垦战士们克服了重重困难，想尽一切办法，努力完成上级交代的任务。没有卡车，他们靠人拉；没有起重机，他们靠肩扛；没有建材，他们依靠自己的智慧，发明了代水泥……

在刺骨的寒风中，在冰冷的雪水里，在如火的骄阳下……军垦战士们奋力拼搏，战天斗地。在他们的努力下，红星渠终于挖成了，天山雪水顺渠而下，欢唱着、奔腾着，令亘古荒原终于焕发出了勃勃的生机。

艰苦的工作环境和繁重的劳动，让许多军垦战士早早离开了人世，埋葬时只有小小的坟茔，风吹雨浸，馒头状的坟茔随着岁月的流失慢慢被荡平。仰望一座座黄土堆成的冢包，心潮起伏，倍感屯垦之艰辛，老战士不为名不为利，奋斗一生默默长眠于天山脚下，无怨无悔，令人敬佩。

随着红星二场的发展，人们生活水平的不断提高，地窝子也完成了它的历史使命，渐渐被土坯房、砖房、楼房代替。

现在，天气晴好时霍玉栋、冯振海……这些老军垦喜欢聚在红星二场的菜市场门口聊天。1950 年 3 月，六军十六师四十七团全部进驻哈密，全团 2407 人（另有家属 44 人），可如今只剩下 10 位老军垦，很多人就长眠在“十三连”。

随着战友的相继离去，依然健在的老军垦们心中多了几分落寞，他们时常去“十三连”读一读那些墓碑上熟悉的名字，回想一下战友们的感人故事……

原四十七团第二任团长韩志儒 20 世纪 60 年代随师部迁到了博乐，老人离休后在乌鲁木齐市颐养天年。1995 年，老人离世。去世前，他再三交代要把自己的骨灰撒在红星二场的三连东四斗的土地上，那是红星二场第一犁。于是，他的儿女将其骨灰送回了红星二场，他用这样的方式表达了对这片土地的热爱。

陈光明是红星二场水电所的总配水员，也是红星渠的守渠人。他每天上班时都要路过“十三连”，而那里，就葬着他的父亲陈锡亮。

当年，陈锡亮离开老家广东省湛江市来到兵团支边，生前守了一辈子的红星渠。去世前，他多次要求儿女们，将来把他埋在红星渠的旁边。因为他已经习惯了聆听渠水流淌的哗哗声，他希望那动听的声音在另一个世界里依然陪伴着自己……

歌曲：劳动的歌声满山遍野，劳动的热情高又高，生产运动猛烈地展开，困难把咱们吓不倒。没有土地，咱们开荒，没有工具自己造。劳动双手能够翻天地，戈壁滩上盖花园。

老军垦周立成给女儿交代的最后一句话，就是自己走后一定给穿戴好老军装，去和老战友“集合”。他们活着是军垦人，死了保持军垦魂。不爱金，不爱银，只爱那身褪了色的绿军装。那身绿军装不愿脱下也脱不下。虽然洗得发白，可那身绿军装有他们不想忘、后代不能忘的历史。

老军垦李宝山病危期间，嘱托家人，百年后埋在“十三连”，与战友们聚在一起不寂寞，耄耋之年的老人在弥留之际拿出 5000 元钱作为“特殊党费”捐献给团场用于水利建设……

岁月走了，人也老了，我们努力将一个个片段拼凑在一起。无论如何努力都无法还原历史，但我们却想在历史上留痕。向世人证实：兴屯垦、新疆安，废屯垦、新疆乱。安邦才能兴国。老兵平静地走了，但屯垦事业仍会轰轰烈烈地干。两千余名老军垦走了，带走了他们的人生，留下了他们的经历。两千余名老军垦就有两千余个故事，或许太多的故事都波澜不惊或许平淡无奇，但每一个故事都是鲜活的，让人深深感怀。

老军垦们从生前各自劳作的连队又回到“十三连集合”，他们说他们是整建制来到的走了还要整建制归队，他们连队走了一辈子，写下了一部惊天动地的辉煌篇章。

“十三连”是军垦最大的“连队”，这个本不存在没有建制的连队，清晰地存在于军垦人的记忆深处，埋葬了多少军垦战士无法统计，但这个英雄的集体已经刻上了历史的丰碑，在军垦后代心中树起了一块无形的纪念碑。

在兵团，几乎每个团场都有一个“十三连”。这样的“十三连”与地窝子，在新疆各地还有很多。五湖四海的军垦人，长眠在“十三连”，静静守候着。

战士埋葬在这里，班长埋葬在这里，团长也埋葬在这里，这里逐渐成了团场最大的连队。有人说，你的青春埋葬在哪里，你的亲人埋葬在哪里，哪里就是你的故乡。确实如此，兵团的“十三连”，成了兵团人最后的归宿，也是兵团精神的一种浓缩和体现。

生　命

鹤挽汀

一望无际的辽阔天地间，我看见了蓬勃而出的——生命。

——题记

今年的12月似乎格外冷，处于中原腹地的河南，都少见地出现了将近零下20摄氏度的低温。

——这样的天气，一点都不适合生活。

虽然心里这么暗自诽谤，但日子，终究是一天一天按部就班地过去，直到看到手机上那条群通知——12月11日，正式出发新疆，赴哈密进行文学采风。

雀跃的心情惊扰了一旁的大树，它只一个激灵就让枝梢上的积雪簌簌掉落，奇妙地与手机铃声构成合弦。

向家里告知了这件事后，此次采风活动也算正式拉开了帷幕。收拾行李的几天过得很快，一转眼就已经踩着腊月的寒冬，坐上了去往哈密的飞机。

人常说：读万卷书，行万里路。从小家里人也喜欢带我旅游，以河南为起点，我眺望过银装素裹的东北；也在青海的草原上漫步；滕王阁的墨香还氤氲在侧；趁着夏天再坐着鼓浪屿的船吃青芒……中国无限大好河山，我却是第一次去新疆。

同行的一位是哈密本地人，讲起家乡时眼睛亮晶晶的，大抵是中国人总对故乡有些别样的情感，但她热情的介绍，着实为此次行程增添了许多乐趣。

手机关机，飞机起飞，我看着舷窗外，城市越来越小，直到冲破了云端，恍若仙境。

邻座是个健谈的青年，工作原因常常来往于河南和新疆，我便趁着谈天，询问他对新疆的印象。

“新疆嘛，是一个很有生命力的地方。”

生命力？我不禁有些疑惑。

对于新疆有大沙漠的刻板印象让我一时间无法把它与这个词联系在一起。但很快，我就明白了他的意思。

机场在近郊，离市中心有些距离，道路两旁是大片的空地，听说是棉花田，要是赶着合适的时节来，可以看到大片棉花。不过这次怕是无缘，只能看到光溜溜的土地和只剩枝梢的树木。

出乎我意料的是，这些树的树干并不粗壮，甚至可以说像极了刚刚被种下的树苗。但在新疆冬天的凛凛寒风中，依旧矗立，不摇不晃，怎么看也不像是幼苗。

我索性提出了疑问，只是很遗憾并没有人知道这是什么品种。虽然如此，它们以瘦削的枝干在飒飒冬风中恣意生长的样子，仍旧是给予了我许多震撼。

于是我终于明白了那人在飞机上说的“新疆，是一个很有生命力的地方”。

我再一次看向道路两旁因为冬天而萧条荒芜的土地——荒芜？不、这不是一片荒芜，是在一望无际的原野上，艰难却蓬勃迸发的生命力。

直至此，一些尘封的记忆才被搬出来，儿时《百科全书》上的图片在脑海中闪过，我不禁暗自懊恼——对啊，怎么忘记了。要说生命力，怎么不该提到那句“胡杨生而一千年不死，死后一千年不倒，倒后一千年不朽”？

胡杨，也是新疆的。

哈密确实有大片的胡杨，位于伊吾县淖毛湖镇东的伊吾胡杨林是世界仅存的三片胡杨林之一，是中国境内分布最为集中的胡杨林。不过这并不在此次的行程里，本以为在新疆见不到胡杨会成为这趟旅行的遗憾，却没想到在翼龙—雅丹国家地质公园，一睹其芳容。

彼时我们刚从天山下来，大巴车晃晃悠悠停在了园区门口。园子的大门依胡杨而建，少了些现代工艺，更多一分来自千年大漠的厚重。

胡杨的长势不像大部分树木挺拔，有笔直的树干和规矩的枝丫。从前只知道胡杨林又被称为“怪树林”，如今一见才明白是所言非虚。它们身躯低矮，枝干各有不同，没有盎然的青绿，满眼全是枯败的颜色。随行的导游介绍说，胡杨之所以低矮，是因为它们深深扎根于土壤之中，也正因此，才能在荒凉的大漠中绵延生存。

那天碰巧赶上了大风，即使是戴着帽子裹着围巾，依然吹得人脑壳痛，但那些胡杨仍然矗立，不摇不晃。

我突然就了悟了那句“成林敢锁狂沙舞，独木能将傲骨扬”。胡杨是西北的烈士，胡杨林便如同硝烟过后的古战场，它们崎岖的枝干与茫茫大漠一同形成了苍凉悲怆的构图，目光所及之处，尽是肃杀与诡谲，巍巍壮观。

感慨之余，我们都发现了一个有意思的事情——胡杨不管多么佝偻身躯，枝梢总是向上的。

“不愧为生命之树啊！”

这种劲头让人不由得佩服其顽强与不屈。

我还记得高中政治课上老师讲过，胡杨精神是“艰苦奋斗、自强不息、扎根边疆、甘于奉献”。百闻不如一见，如今我总算亲眼见证这盈满眸子的昂扬生命，而这不正是新疆各族人民的真实写照吗？是他们断木为犁、掘地为穴、扎根边疆、拼搏创业的顽强缩影。

千年胡杨，大美新疆。我不忍走近，仿佛能听到林中那从千年前回荡至今的声声呼唤，它一下一下叩击着世人的心灵，告诫后世唯有脚踏实地，才能仰望星空。

看着这片胡杨林，那震撼令我驻足，直到同伴提醒方才回神。天色渐暗，我们也该启程回市区了。离开园区，大巴车再次启程，我看向车窗外越变越小的胡杨大门，脑海中依旧是那份苍茫。

行走在辽阔的人世间，我们每一个人都终将离去，湮灭为历史的尘埃，但这胡杨屹立不倒，这怎能不让人感叹一句“生生不息”？时岁轮转更迭，生命新旧交替，唯有它们一一见证。

渐入夜，寒月初升。乌云笼住了太阳，短暂地带走光明。街边的路灯亮起来了，借着路灯的光亮，我看见几点白色落下。新疆，也开始飘雪了。

2023 年的 12 月确实格外寒冷，但我在萧索的寒冬踏上了一场属于文学的旅途，于是，一望无际的广袤天地间，我看见了那蓬勃而出的——生命。

天山的雪

鹤挽汀

在哈密的第二天晚上，新疆下雪了。

从小生在北方，这不是我第一次见雪，但对于新疆的雪，总是有一些因着陌生而产生的期待。早在出发前就被叮嘱过要带厚衣服，为了防止新疆的大雪。

其实当夜的雪并不算大，只是稍稍在酒店外的花坛覆上一层白色。白天起床时，便已经是满目银装素裹，衬着湛蓝色的天空，十分漂亮。

因为是雪天，大巴车开得很慢。我才注意到公路上也是一片白茫茫。这边大多是不扫雪的，于是洁白的路上，两条长长的车辙，延伸向远方。车窗外的景色也在变换，从城市的楼房变得辽阔，车子停在了一条蜿蜒的山路前。

——天山山脉。

作为新疆最久负盛名的地点，从古至今就不乏文人为它折腰。我虽然不敢自称文人，但也在看见它的一瞬间，有了提笔的念头。奈何手边没有纸笔，索性以山为纸，以雪为墨，将这纯洁的宛如仙境的美景烙入脑海。

“走啦，我们进山。”年轻的维吾尔族向导招呼我们踩着雪，深一脚浅一脚地顺着山路往上走。

进山时雪已经停了，两旁的树木错落排开，积雪压弯枝干，我不禁感叹古诗中那惊人的想象力。你看着景色，远远望去，可不就是那“千树万树梨花开”的画卷吗？说起来岑参作此诗，也确实与天山有缘——“轮台东门送君去，去时雪满天山路。”

瞬间的思绪纷飞，在某一刹那恰如其分地与古人重叠，金戈铁马、边塞苦寒。作为后人再游天山，有幸得以窥见当年的景色，也算是不虚此行。

大雪覆盖了山坡，没有折射的痕迹，若不走近去看，只会觉得是山重水复疑无路。当视野再一次明朗，迎面看到的是一棵老榆树。参天而立、树影婆娑，雪后初晴的冬日阳光透过枝梢的缝隙照在雪地上，留下一片斑驳，但这细碎的阳光并不让人觉得晃眼，就像特意在画板上多添几笔，聊作点缀。

跟着向导的指示继续向深处走去，不难发现这已经是一个开发相当完全的景区了，随处可见的长椅、观景台、茶水间，随时为前来旅游的行人提供最便捷的服务，而这一切不仅要归功于哈密市政府与十三师兵团的重视，也同样不能忘了河南人民的援助之情。为此，我们专门在篆刻有“河南援建”四个大字的石碑前合了影，将这份情谊牢牢铭记于心。

转过现代建筑，历史也在天山留下足迹。

依山而建的哈密回王避暑行宫遗址、藏宝洞、隋唐时期佛窟佛像遗迹也揭开了冰雪覆盖下的神秘面纱。古朴的气息穿越千年时空扑面而来，历史的厚重萦绕在我们赴哈密采风团的每一个人身边。我突然想起余秋雨曾在游览一处佛教名胜时写下：“不是看死了一千年的标本，而是看活了一千年的生命。”

初融的冰雪露出石墙的一角，石墙上的青苔在湿润的水气洗礼下变得更加翠绿。用脚步丈量天山，轻叩每一块石头、每一片瓦片，它们都在静默无言中讲述着哈密回王的传奇故事，那是一个古老而神秘的时代，是一个辉煌而又充满了悲剧色彩的历史篇章。

行穿过石墙下的长桥，便是隋唐时期佛窟佛像的遗迹。那些佛像已经被风化得几乎无法辨认、身上的彩绘也已经褪色，但那种慈悲和智慧的眼神却依旧清晰可见、庄严和神圣的气息依旧迷离缭绕。而那些被岁月侵蚀的残垣壁画，虽然已经斑驳，但依旧能看出当年的精致与华丽。

我们站着，感受历史的厚重。这些遗迹仿佛穿越了千年的时空，来到了我们的面前。有风吹过、乱琼飘泼，风裹挟着雪和一些私语，那是古人的低语。随风而来，带着喜怒哀乐、千年永恒。

此刻天地静默，也是这一刹那，我突然深切地明白了余秋雨先生的话——它们，就是活了一千年的生命。

天山上也有年轻而新鲜的生命，他们生于树木丛生的自然，生长在辽阔的山野。在人类的世界，我们一般称之为——动物。大雪的天气，又在游客区，很难见到野生动物，虽然抱着一丝期待，但终究没有例外。

不过我们走过的每一段都伴随着“沙沙”声，二十几个人的脚步杂乱又和谐，夹杂着谈笑声，在辽远的天山一角回荡，在天地间浅浅驻足、随风飘散。大多野生动物栖居在天山深处，也许我们的愉悦也会随着风传递给这些自然的生灵吧！

临近下山的路中有一棵古老高大的核桃树，据考定有580年树龄，可以称得上一句“核桃王”。经历数个春秋，时光并没有饶过这样一棵顶天立地的树木，在其枝干上留下许多岁月雕琢的痕迹。我向来最喜欢吃坚果，尤其是新鲜的核桃，没经历过高温的干炒，虽然皮难剥，但白嫩嫩的果肉又脆又甜，鲜嫩可口。我瞧着树梢上挂着些没落的核桃，心里格外痒痒。只可惜它生长得太高，不然肯定偷偷拽下来一个尝尝鲜。

还心心念念着新鲜的核桃仁，我们又回到了大巴车旁，年轻的维吾尔族向导站在雪地中，挥着手与我们告别。

天山的雪永远与这片神秘的大地共存。从冬天落下，便开启了“瑞雪兆丰年”的好运；春天阳和启蛰，它化作涓涓细流深入大地，造就了春暖花开的繁华盛景；入夏，它又变成了雨，为炎热的地界带来甘霖；秋天万物萧条也是丰收的季节，而它在得见是一个丰年后，也蛰伏起来，等待再次为新一年带来好兆头。

——哈密，一个充满神秘的地方。这里的每一寸土地、每一块石头，都充满了故事和历史。而我们，只是机缘巧合得以窥见，又在旅途中成为这些故事和历史中不足为道的一笔。

所幸我们还能写，用纸和笔去记录这些故事、历史，于是带着对历史的敬畏和尊重，我们将继续前行，期望着探寻更多的秘密。

红 星

鹤挽汀

红星，会永远照耀着这片名为新疆的大地。

——题记

此次“赴哈密第十三师文学采风”活动得益于新疆建设兵团第十三师和洛阳理工学院人文与社会科学学院的联合承办。

由于行程安排，我们几个青年作家先一天到达了哈密市，等采风团的人悉数到齐，才算正式开始了这一场赴哈密第十三师的文学采风之旅。

都说吃饱了才有力气干活，所以到达目的地的第一件事便是——吃饭！

我们的第一餐安排在十三师的食堂。本以为会是些具有民族特色的饭菜，没想到依旧是熟悉的炒米、炒面，看来无论走到哪里，这些基础餐食都是不变的。

天气缘故飞机晚点，集合时已经是临近下午，所以这一天并没有过多的安排。稍作休整后，跟随兰妹的介绍，我们考察了十三师老营地“大营房”。兰妹是此行的沿途导游，在大巴车上一直为我们讲述哈密与十三师的故事。

采风的第二站是红星一场，位于居住酒店向东差不多 8 公里的地方。大巴车门缓缓打开，迎接我们的，是栅栏里的鸭、鹅。零下的温度，池塘已经结冰，圈养的家禽有的站在冰面、有的处于河坝，为外来人引吭高歌。

跟随红星一场干部，我们进入采摘园。甘蔗林、香蕉园……每一株都长势很好。为了引进这些高科技农业，红星一场投入了不菲的金钱与精力，自然有文友对此产生的效益与回馈表示质疑。干部却笑着回应道：“目前虽然还不能完全大规模使用，但这笔投资无疑是值得的：一来可以成为研学地点，供居民游客娱乐休闲；二来弥补了瓜果季节上的空缺，大大降低居民的生活成本，提高生活质量。”

离开采摘园时，有年轻的工作人员劈下新鲜的甘蔗让我们品尝，这还是我第一次吃青皮甘蔗，清甜爽口。同行的几个青年作家都是文科生，大家对视一眼，都说出了那句地理课本上老师反复强调的重点“新疆昼夜温差大，有利于糖分的积累”。

即将离开红星一场，几位前辈在与干部寒暄，我溜到门口旁的栅栏旁，跟那些迎接我们的家禽告别。

从小生活在城市，我对这些极具农家风情的物什异常感兴趣，时间还算充裕，我细细打量，其中有一只鸭子引起了我的注意。之所以注意到它，是因为它在冰面上那笨拙缓慢的移动。再仔细瞧瞧，嗬，竟然只有一条腿。我不知道“身残志坚”这样的词是否适合用在一只鸭子身上，但那一刻我的的确确感受到了它的坚韧与不屈。

我不禁想起了昨天了解到的，在环境极度恶劣的情况下依旧身体力行地奉献自己，开拓疆域，建设城市的援疆人民。时岁流转，传承赓续，他们的精神正如这里的名字一般，是缀在祖国西北部熠熠生辉的红星。

除了红星一场，哈密东部的黄田农场九连也是十三师的标志性建筑。这里是个少数民族特色文化村寨，周边的居民皆是维吾尔族，以果树种植为主要模式。统一规整的小楼、种植整齐的果树，精于打理，一片祥和。

前来接待的是一位三四十岁的男人，身着建设兵团的作训服，带着我们四处游览，向我们介绍黄田农场的发展史与四季风光。

他称自己为“疆二代”，父母是为了援疆来到哈密，从此扎根。新疆有很多这样的家庭，我们的向导兰妹也是。他们一代又一代在此传承，每一个人都投身到建设新疆中去，回馈这片土地。

听着他的娓娓道来，我突然想到了我的家乡——河南濮阳，那里有一个被称为中原油田的地方。我的爷爷奶奶、姥姥姥爷都是当年为了建立中原油田，背井离乡迁徙而来的外地人。我其实是不太懂思乡的，但总记得姥爷去世前一直念叨着想再回一趟老家。仔细算算，他们也已经离开故乡四五十年了。

很多人说油田的子女没有乡愁，因为他们本就无以为乡，我向来是不置可否。“乡”这个词太重，不是一个从未离家的少年人所能负担得起的。自从读了大学，才逐渐有了想家的感觉，而此时此刻的念头让我再一次肯定了：油田，就是我的故乡。

我想对于援疆的人来讲也是这样，从五湖四海来、为了同一个建设新疆的目标。经历几代人的努力，他们看着荒芜的大地重现生机、战火摧残的断壁残垣建起楼房、乡亲们皴裂的皮肤上焕发荣光……他们一如我的家乡——中原油田一样，薪火相传，在这辽阔的疆域，点燃了燎原的烈火。

而哈密，这个由他们建设起来的城市，变成了他们心中最割舍不下的“家乡”。

我再一次感谢此次的文学采风活动，它让我脱离开课本与媒体，切身实际地看到了新疆人民坚韧不拔的精神风貌。看到了他们是如何在恶劣的环境中生存下来，不仅没有被环境打败，反而学会了利用有限的资源创造出丰富的物质财富和精神财富。他们就像那盛开在沙漠边缘的一朵朵红花，虽然身处荒凉之地，却依然绽放着生命的光彩。这种自强不息的精神，使我深感敬佩和感动。

也许对于新疆来说，英雄并不是披着铠甲在光环下的人物，也不是家喻户晓妇孺皆知的名人。他们是从远道而来的援疆部队；是躬耕这片土地将血脉与精神赓续的“援N代”“疆N代”，亦是在这片土地上努力生活的自己。

结束了一天的行程，晚上是自由活动的时间。我们走在哈密的街头，回味旅途中的所见所闻，夜色逐渐深了下来。月光和路灯轻柔地照亮了柏油马路，抬头随处可见的宣传牌上，写满了红色的字句。

是的，即使历经时岁轮转、春夏秋冬，红星依旧会闪耀在这片土地。

红星照亮新星

李心怡

求学离家已经很久了，飞机广播正在提醒着旅客们做好准备即将到达目的地。透过窗户向下看：千沟万壑的山脉、连绵不绝的雪山，苍凉雄浑与广袤无垠交错着。是了，这就是我的家乡——新疆。

对这片故土的思念在落地出舱呼吸到空气的那一瞬得到了释放，新疆的空气与别的地方是不同的。因为湿度的原因，新疆极其干燥，空气中混杂着尘土的味道，那是独属于新疆的味道，独属于故乡的味道。

坐在大巴车的后座角落里，车内是兰妹热情的介绍，窗外的树木摇摆着，不知道他们是欢乐还是因为冷而示意，但有一点可以确定的就是回到故乡的我，是开心的。对于这场陌生而又熟悉的旅途充满了期待。

了解一座城市，那就要从参观它的博物馆开始，放慢脚步，历史拉开帷幕。走进新疆生产建设兵团第十三师新星市博物馆和红星军垦博物馆，历史的厚重和魅力扑面而来，我更加期待去感受那段激动人心的历史，去领略那些英雄人物的崇高风范。或许有机会，在春风和煦的时光里，我们都可以再去重温一次那段红色记忆。

博物馆内展示着“红星十三师”创业发展的历史，收藏了许多军垦战士的青春故事，回望六十多年前，一群热血青年响应祖国号召，献了青春献终身，献了终身献子孙……

印象最深刻的就是“红星渠”的奇迹修建了。那时冬日刺骨的寒风、夏日烈阳的暴晒无一不是现实在眼前的阻碍，比起气候恶劣更让人头痛的是开采难度：开山炸石、修渠铺石。把红旗插在工地上，在火热的阳光下，沿着水渠线，一方一方的石头垒起来、一包一包的水泥和一堆一堆的沙土堆起来，军垦战士们一下一下挥动着十字镐，挖开坚硬的戈壁石层。抬把坏了，战士们把自己的被单垫上；十字镐磨秃了，战士们就地生炉子修理。在“战胜戈壁石层，要把水渠挖通”的口号下，他们创造了新的挖渠技术：“两面夹击法”“引水泡地法”“梯形挖渠法”。

最后，“红星一渠”成功在八一建军节开闸放水，从天山峡谷满载着雪水，汹涌澎湃，白浪飞溅地穿过戈壁，涌向广阔的草原。

这是故事的结尾也是故事的开始，自此军垦战士们开启了建设祖国边疆的伟大征程。一张床，一盏灯，两把镰刀，三本小红书，埋头苦干一年又一年。

那段历史虽然艰辛，但回首看今朝，军垦精神传承了孙，红色是血脉里永不褪色的赤诚，发展如此辉煌。

在我小时候是没有新星市的，那时候我们都叫它“红星十三师”。听爷爷说他们是解放战争后改编进驻哈密的兵团十三师，当年南昌起义的时候这支部队还英勇奋战过，后来是毛主席为他们命名“红星”二字，改名为“红星十三师”，前几年才改名为“新星市”的。

阔别已久再次来到新星市，我久久叹为观止眼前日新月异的变化。记忆中的“红星十三师”是望不到尽头的荒地，是颠簸崎岖的泥水路，是缺瓦漏雨的泥瓦房；眼前的“新星市”俨然是“土地平旷，屋舍俨然”的安居乐业景象：道路是柏油的“水泥路”，家家户户住进了“小洋房”。

兰妹介绍说：“如今的红星一场依托农业资源和城郊区位优势，建设了综合性农业功能区。”我们一行人去参观了现代农业科技示范园和花贝花市鲜花市场。在蔬菜大棚里，一年四季都会呈现出生机盎然的景象，采取“一棚一品、一棚一业”的种植模式。在花贝花市里，除高端花卉的培育、展示展销以外，还将花鸟鱼虫、亲子互动、植物工厂、儿童游乐、静养书吧等相关休闲娱乐业态进行有机整合，形成了一个专业化、品牌化、垂直化的花卉产业新业态。

“红星十三师”走向“新星市”这一路，不仅是名称的转变，其背后更是农业、科技各个方面的进步发展。

故去的老军垦长眠于边疆的风雪里，而不朽的英魂化灯长明，指引后人传承军垦精神。边疆或许曾经荒芜，但只因红星照耀过，这广阔的土地不再贫瘠，万里山河才能孕育无限生机；只因红旗飘扬过，这苦难的人民不再萎靡，家家户户才能步入小康生活。

红星照亮新星，“新”在新时代的新变化新发展，前途无限；“星”在中国红星的照耀下，前路光明。

青春的故事

——十三师迎难而上的激昂篇章

李 兰

一山有一山的平仄。纵有千难万险，十三师亦从未后退。挥师天地风如铁，我们决不投降。

——题记

我常梦想着，要做一个史官，把十三师的经历写成一部史。但我又不忍将这个故事中的一锄一锹剥离开。我总不能用“多年以后”四个字将他们草草翻页了吧。这于文字而言，也是不公平的。所以我暂且先将其记成《青春的故事》。但是，我始终念想十三师，若真要写，每个人都该是此山中，最铮铮的一篇。

篇一 · 张月仙——请缨入疆半生荣

1954 年，对张月仙来讲是个开心的日子。因为这是她正式加入中国共产党的第一年。1952 年，只有 16 岁的张月仙，从山东昌邑县报名参军进疆。一辆又一辆满载着山东女兵的汽车，过玉门、出阳关，使得已经沉寂了几个世纪的丝绸古道上，又迎来了滚滚尘烟。白天她和战友们一起劳动，晚上她就参加识字班。经过一段时间的学习，张月仙掌握了很多汉字。再后来她调到阿克苏，又调到喀什，最后调到乌鲁木齐交通厅，当了一名统计员，同时还兼任单位的会计和档案管理员。1957 年，张月仙已经是乌鲁木齐交通厅一名干部了，可当时成立西北五省联合钢铁公司，也就是现在的哈密钢铁厂，急需大量人才，张月仙毅然决然地报名。“去哈钢，那可是当工人。”单位领导多次劝说张月仙放弃这个想法，可张月仙偏要去。“我就是想当工人，国家需要我们，我们就要奉献。”最终，张月仙还是带着家人来到了哈密钢铁厂。张月仙说：“人活一世，总是要有一点精神的。”她不仅继承了山东女子的能干，还有坚强与无私。到了哈钢以后，张月仙自学电工、钳工，以备哈密钢铁厂建好后，把这些本领用上。每天她负责接待招聘来的工人，那段日子虽苦，可张月仙说，那是她一生中，最快乐最充实的时光，1962 年，哈密钢铁厂解散后，张月仙被分流到火箭农场直至退休。

生在国旗下，长在春风里。“到祖国最需要的地方去，到大西北去。”前辈从山水田园牧歌、从杏花微雨江南、从金戈铁马阳关，来着大漠孤烟塞北。无怨无悔地奉献着自己，在黑暗中摸爬滚打，这一来，就只剩一句“我生于新疆”。以张月仙为代表的主动来疆的还有 1961 年 9 月进疆的 118 人（其中女 52 人），大多数为初中毕业生。1965 年 10 月进疆的 40 人（其中女 19 人），大多数为应届高中毕业生。另外还有 1963 年和 1964 年进疆的 4 人（徐福元、张登龙、张学芳、孙国华），共 162 人。在 1961 年 9 月进疆的 118 人中，有的从事教师、财会、医务等，有相当多的人从事劳动。十三师上海支边知识青年听党的话，响应祖国召唤，履行了“建设边疆、保卫边疆”的初心使命。

听，这是谁的事业生生不息？谁的骨骼在铮铮作响？

篇二·董秀香——治碱开荒抢生机

营房的泥土掺杂着潮湿的露盐，发出铜臭般难闻的气味。大营房很荒凉，不过堆些破破烂烂的青瓦，几只老鼠摇摆着由房顶晃过去，也是常有的事。不过，这可不是一个充满淡水的地方。坐在轮椅上的治碱老兵董秀香回忆起那段困厄激情的岁月，不由得道：“从没想过回去。靠时间能磨灭的意志，是经不起检验的。那时候，缺少工具，没有机械，就是靠人工捡拾碱块，把碱块挑到碱水沟里才能化掉。”说着，董秀香紧紧抿了抿嘴唇，似乎回到了那个声声慢的时代……

因为个头不高加上年龄小，董秀香总是挑不过大个子的同伴们，矮小的她就默默在自己的筐子里多装上一些，天色未亮，在太阳还尚未醒来的时候，董秀香就已经背起比她还大的背篓出去装碱了。70 公斤的碱块，近一米高的背篓，三公里的路程以及 16 岁的她，就是她的全部青春。她平静地谈道：“我没有什么文化，什么活别人能干，我都能干，什么苦男人能吃，我们女人也能吃。势必完成任务就要流血流泪，我们不怕流血流泪，但要值得。”两个月下来，她挑碱的速度超过了大多数同伴，一天下来，肩膀上脚上全是血泡，强直性脊柱炎疼得她走起路成了小罗锅。董秀香回忆道：“变佝偻和苍老了，变老是一瞬间的事。”变老了吗？岁月虽不吝夺走了她的样貌，她却因勤劳跟智慧又赢得了更多。就这样，第一代山东女兵和军垦战士们，靠一双手和最原始简单的劳动工具，在戈壁荒滩上建家园。当年她们怀揣梦想，从齐鲁大地来到茫茫戈壁滩。如今的新疆，戈壁变良田，沙漠变绿洲，同时，她们青丝也变白发。跨越半个世纪多，乡音依旧难改。69 年过去，如今，挂在这些八旬老人们嘴上最常说的一句话就是：“我们没有给山东人丢脸，来到新疆我们给山东人争光了。”

“齐天大圣”董秀香，长风为伍，砂石成辞。治碱开荒抢生机，为我们开天命，换淡盐，却把青春永驻在了那片戈壁。

篇三 · 李安——红星渠上改天命

这里的人活一场，就为水一场。现在我们嘲讽自己“不怕勇闯，不肯息鼓回岸，却非愚公”。如果说移山是我们的命，那么缺水就是哈密二道湖人的命。在二道湖荒原，黄沙张开血盆大口吞噬着人们的身体，眼前是一条干涸的宽广河床，黄昏时分一艘腐朽破败的大木船残留在干涸河床上，幽黄落日正好落在船头。一只在空中盘旋的黑色乌鸦凄惨叫了几声，忽然飘落在船头上，悲凉而伤感。以李安为领导的解放军六军战士已经在这里找了两天淡水了。

可是水，你在哪儿呢?

李安也不知道。1950 年元旦前夕，中国人民解放军六军党委召开生产会议，会议要求全军除担负剿匪肃特、维护地方治安外，还要大力进行生产建设。1951 年年初，李安临危受命，与驻哈密地区的十六师政委关盛志、师长吴宗先经过研究后决定，组建 2000 多人的修渠大军，从发源于天山的石城子河，开凿一条横穿戈壁的渠道，李安就加入修渠大军中。没有水是二道湖的命，修渠引水是战士们的“犟”。

铺砌水渠需要大量水泥，当时，新疆没有水泥厂，而内地开往西部的火车也只通到兰州，从内地运送水泥费用很高。战士们发明了石灰和陶粉按一定比例配制的“代水泥”。李安所在连队主要负责碾陶粉。5 人每天要碾出 40 袋陶粉，然后再用筛子筛出粗细均匀的陶粉装袋后，就可以用于渠道抹缝了。当时，筛陶粉大都是在地窝子里作业，因为房间小、不通风，粉尘让他们呼吸都变得十分困难，就是在这样艰苦的条件下，李安和战友们加班加点，源源不断地生产“代水泥”，修完渠后很长一段时间，战士们咳出来的痰还是红色的。那个时候，条件差，没有衣服穿，就绑一片麻袋在腰上，因为要赶工期，劳动时间长达 14 个小时。很多战士的手上、肩上都是血泡摞血泡，可没有一个人叫苦叫累。就是在这样艰苦的条件下，李安和战士们一直干到上冻无法施工，才离开施工工地。入冬后，师部要召开表彰大会，李安所在的四十七团五连被抽调到大会现场做警卫工作。1952 年的冬天格外寒冷，战士们住的房子没有火炉。为了取暖，他点燃了两层煤砖，浓烟呛得大伙儿睡不着觉，而这场浓烟也永远地夺走了李安健康的左腿，终于换来了红星一渠的滚滚流水，完成了逆天改命。

以李安为代表的千千万万修渠英雄，不惜用生命换一滴绿水长流。虽然红星一渠已经干涸，但一切江河依然在滚滚向东，我们的国家依然五岳向上，人民的意志在永远向前。

篇四 · 徐桂荣——戈壁悬壶度众生

“从五湖四海到三关，诸般业障，我替你担，一路平安，别困在这片大漠。”当头发花白的山东女兵徐桂荣现在说出这番话的时候，脸上扔挂着如一泓秋日清泉的浅笑。

1952年，在“有志青年到新疆去，为祖国大西北贡献青春”“把青春献给祖国，献给边疆建设事业”等口号的感召下，徐桂荣报名参军来到新疆。和绝大多数的年轻人一样，15岁的徐桂荣一门心思只想去祖国最需要、最艰难的地方锻炼自己。就这样，她和大部队一道踏上了前往新疆的列车。徐桂荣就在现在的红山农场红星一牧场做卫生员。那里冬季气温达到零下30多摄氏度，一双毡靴是过冬必备，但是对于需要来回跑动的卫生员而言，笨重的毡靴无疑会影响工作，可是又没有棉鞋，徐桂荣只得穿着单鞋，一个冬天下来脚上的冻疮不断，甚至严重到流脓水，晚上睡觉把脚塞到被子里，一暖和起来就奇痒无比。徐桂荣说，“基本上我们就是病人的亲人，病人也是我们的亲人，细心地照顾好他们就是自己最大的责任”。正是在这样的信念的支撑下，徐桂荣常常在冰天雪地中为牧民送医送药，帮他们看病。1960年，徐桂荣回到自己朝思暮想的山东老家进修全科医学三年，原本可以想办法留在家乡，可这位戈壁大漠上的白衣天使，依旧选择了回到四十七团，她知道那儿的百姓需要她，牧民更需要她。她深深地记得，43年前的一个冬夜，在红山农场一牧场牧区，一名哈萨克族妇女难产，徐桂荣尽力保住了母子平安。“在巴里坤区域，27—40岁的那代人基本上都是我接生的。”说起这个，徐桂荣脸上写满了自豪。

时针从表盘上轻轻滑过去，如今已别哈密69年的徐桂荣，仍常拿一本《本草中国》。霜叶红于二月花，她像十三师当年做卫生员的小姑娘一样，以手术刀为武器，又在他人的生命里战一场。

篇五 · 杨俊宝——铁马冰河入梦来

红色的，
在我们的脚下生出根来；
澎湃的，
在我们的身体里燃起火来。

四十七团机三连理发员杨俊宝同志，在修建红星渠的炸石任务中，发挥了高度的爱国主义精神，刻苦钻研，创造了黑色药爆炸法，用的新式导火索，解决了当时缺乏导火索和雷管的困难，使炸石任务得到顺利进行。这次总结评功中被评为一等功臣，但他在军人大会上很虚心地说：“我这一点创造算不得啥！大家给我评一等功，我感到很惭愧，今后一定要更加努力来回报同志们。”

杨俊宝同志当年40岁了，害了很久的寒腿病，干重活和天气不好时便疼痛。他不但不因为年纪大和病而放松工作，还积极钻研出办法来改进工作。他常常为了钻研一个瞎炮的原因，到半夜还不睡觉。他爆破是在中午和吃饭时间进行的，每天都要迟收工作两三个小时，可是他从来没有表现过厌烦和不愉快，总想多做一些工作。除了爆破外还抽空帮助背石头，他说：“今天我们多爆一块石头，早一点把红星渠修好，就是我们支援抗美援朝最具体的积极行动。”

由于杨俊宝同志创造出导火索的成功，在全营推广，节省了大量导火索和雷管的耗费。以机枪连来说：自用土导火索以来就节省了导火索约 363 米、雷管 840 个。他这种积极钻研创造新办法的事实证明：“只要我们大家时刻在工作中动脑筋想办法，就没有什么克服不了的困难。”

终篇 · 王雄——挥师天地风如铁

扬起的风化作眼前的万般璀璨，星火灼灼，点燃群山万壑；千树繁花，枝条簌簌，隐入晦暗星河。铁水熔铸起十三师的万里河山。

四十七团连战士王雄同志，在旧社会里是个铁匠，9 岁起便跟随父亲学打铁，锤打着他年轻的生命。今天，他是个人民战士了，在祖国边疆的建设事业中，挥动着铁锤，他锤炼出一个坚强的人民英雄。

初到哈密，领导上分给他们营的具体任务是爆炸 45000 立方米石头。每天，随着太阳的升起，天山脚下，千百个战士们挥舞着铁锤，锤击出希望的火焰。两个人一组，一个掌铁锤一个握铁钎子，手都震肿了，一天只击打石眼四五十厘米，什么时候才能完成这 45000 立方米石头的任务呢？谁也不敢肯定地说。就在这个时候，我们的王雄同志，他有信心克服这个困难，要掌握起熟练的技术。他开始动着脑筋，钻研着、想着办法。当一般战士甚至部门干部都认为打钎子是力气问题，有力气和石头软便可多打一些，没力气和石头硬就打得少的时候，他认为这是个技术问题。他和马义生在一组，马义生把铁钎，他把锤。他以苦苦钻研的精神来摸索着经验，打锤时，这一种方法打一百锤，再换另一种方法又打一百锤：锤把抓紧、抓松、锤头居高、居低；铁钎子软了容易卷口，他取出来磨一磨，铁钎子硬了容易缺口，他用火烧一下，再用水蘸一下。在不断的失败与尝试中，他摸索出一套完整的打钎经验。

王雄掌握的打钎子的技术完全成功了。他在班里推广着，写黑板报稿子，写快报……他要用各种方法来推广他的经验。

全营在推广王雄经验后，成绩惊人地上升着，由四五十厘米普遍地上升至二百五六十厘米，甚至有个别人突破了三百厘米，还超过一般技术工人的工作效率。由于全营指战员同志们都熟练了技术，提升了生产力，顺利完成了打钎任务。或行于大漠，或生于畎亩，不变的是那份平凡，坚守的意志。亲手将困难撕成雪，老一辈匠人在手艺中铸造起浩浩山河，挥师天地风如铁。

纸短情长，又腹墨有限，不尽欲白。前辈教导我们：真经不在西天，正在脚下；真人并非如来，而在自我。或有名，抑或无名，前辈治盐碱、开渠道、打钎子、板装窑、开天河等光荣榜上的事迹，“千磨万击还坚劲”的革命面貌仍在眼底。红色军垦精神不会消逝，它现在依然在引领我们前进……

“当时明月在，曾照彩云归。”

我们又要出发了。

东疆巡礼

郅敬伟

新疆是我向往已久的神秘之地。独特的西域风光，奔放的维吾尔族歌舞，圣洁的天山雪莲，顽强的戈壁胡杨，等等，这些超凡的物象，时常浮于脑际。不仅如此，一提起新疆，还会有个谜一般的字眼萦系于心，那便是“兵团”。新中国成立后，只有新疆在全国统一的行政体制中，特设了“生产建设兵团”建制。于是就想：既然是兵团，为什么不在军队序列呢？既然是生产建设，为什么不采用全国统一的行政建制名称呢？兵团之设，其深意何在？进一步想，当年集体就地转业的指战员们能适应“亦兵亦民”的角色吗？还能延续和传承人民军队的光荣传统和优良作风吗？既然有国防部队在专职戍边，那中央为什么仍要赋予这支生产部队“屯垦戍边”的使命呢？兵团在西域边疆究竟是怎样的存在、发挥着怎样的作用呢？

这些疑问，让我不甘于满足书本上的答案；欲往从之，却又迟迟不得机缘。直到此行前的某天，洛阳理工学院人文与社会科学学院院长扈耕田教授打来电话，约我参加学院组织的文学采风团赴新疆开展采风创作活动，才算得偿所愿。

怀着兴奋的心情与热切的期待，我们采风团一行于 2023 年 12 月 13 日开启了为期一周的赴新疆生产建设兵团十三师新星市参访之旅。

我们此行的目的地兵团第十三师新星市，是洛阳理工学院的支边共建单位。由于新疆生产建设兵团实行“师市合一”的行政体制，所以，地理意义上的东疆新星市，其实就是兵团十三师的行政载体；而十三师这一有着辉煌历史与光荣传统的英雄集体，则是新星市真正的灵魂。

新星市非常年轻。它是 2021 年 1 月才正式设立的自治区直辖县级市。而此前的漫长时期，这片区域都统属哈密地区，是十三师及其前身部队的主要屯垦区。实际上，不管是其前身部队，还是如今的十三师，其师部驻地都在哈密市区的大营房。所以航班在哈密机场一落地，新星市负责接待的兰妹就特意带我们巡礼大营房，由此而直奔主题了。

大家称呼的兰妹，本名孙兰玲，是当地的知名作家。据她介绍，大营房原是一座苏联兵营，始建于 1938 年。卢沟桥事变后，苏联启动对华军援，为确保运输安全，苏方派遣俄罗斯骑兵第八团驻防哈密，大营房因此而建。1943 年苏军撤走，国民党部队入驻。1949 年 9 月，新疆和平解放，人民解放军第一野战军第六军第十六师进驻哈密，大营房易主为十六师师部。时至今日，除兵团建制一度撤销外，大营房一直都是兵团在哈密地区的行政中心。而大营房之所以建在哈密，则是由其战略地位所决定的。自古以来，哈密就有“新疆东大门”“西域襟喉”之称，乃兵家必争之地，历代中央政府都将其作为经略西域的根据。六军十六师据哈密而安疆，可谓精准控局，落子有声。

从进疆之初的1950年到1952年，六军十六师在剿匪平叛的同时，又帮助建立地方政权、实行民主改革，并开展热火朝天的大生产运动，忠实履行了人民军队“战斗队、工作队、生产队”的职能。

十六师初驻哈密时，原美国驻迪化副领事马克南策动新疆少数民族反动头目乌斯满、尧乐博斯、贾尼木汗等，在哈密、镇西、伊吾同时发动叛乱，企图向东切断我军与内地的联系，向西夺取省会迪化，颠覆我新生的人民政权，气焰十分嚣张。1950年4月1日，十六师副师长罗少伟及随行人员前往哈密七角井检查部队驻防，中途遭叛匪伏击，全部壮烈牺牲。面对严峻的斗争形势，十六师英勇出击，连战连捷，至翌年7月，剿匪战斗基本结束。是啊，这支诞生于土地革命战争时期的部队，这支被毛主席授予“红星部”光荣称号的部队，历经南昌起义、两万五千里长征、平型关大捷、百团大战、延安保卫战以及解放西安、攻克兰州等一系列著名战役、战斗，功勋卓著，光耀军史，几股顽匪又何足挂齿呢！

这支所向披靡的战斗队，同时也是建立地方政权、推行民主改革的工作队。解放初期，哈密地区同全疆一样百废待兴，建党建政工作迫在眉睫。鉴于当时干部人才极缺的现状，十六师先后抽调多批党员干部奔赴哈密各地开展工作。1950年2月，首先由十六师党委兼哈密地委，师政委兼地委书记，师党委其他主要成员分别兼任地委秘书长、组织部长、宣传部长、保卫部长等。接着，地委和师党委向各县派出工作委员会，同时派出146名指战员赴各地任职。之后，陆续成立中共哈密县委、镇西县委、伊吾县委。1952年正式成立中共哈密地委，与十六师党委分离。与建党同时，新疆省人民政府哈密区专员公署及各县、区、乡人民政权相继建立。为帮助地方进行民主改革，十六师又派出百余名干部，在哈密地委、专署的领导下投入减租反霸斗争和土地改革运动，取得完全胜利。

战略家们的运筹总是不失时机的。就在1949年12月，毛泽东主席发出了《关于1950年军队参加生产建设工作的指示》，号召军队担负生产任务，“藉以协同全国人民克服长期战争所遗留下来的困难”①。新年伊始，新疆驻军响应毛主席号召，一方面守卫祖国边防，警卫新疆全境，肃清土匪特务，严防间谍和反革命分子的阴谋破

① 《党史上的今天(12月5日)》，2007年9月6日，中国政府网（www.gov.cn）。

坏；另一方面从事生产建设，克服财政困难，减轻国家和人民负担。1月21日，新疆军区发布大生产命令，命令部队就地驻防，就地屯垦。十六师即时由战斗队、工作队转为生产队，迅速投入轰轰烈烈的大生产运动。

70余年过去了，我们漫步在新疆生产建设兵团第十三师新星市博物馆和红星军垦博物馆，瞻仰着大量的珍贵文物和历史图片，仿佛又回到了那个如火如荼的大生产年代，仿佛又嗅到了军垦战士意气风发的青春气息；在采访中，我们紧握着军垦老兵长满老茧的手，望着他们皱纹如沟壑般纵横的脸庞上那一双双浑浊而深邃的眼睛，聆听着他们的深情忆往，眼眶里无不噙满泪水，心头又无不升起无限的景仰。

当年的大生产运动是异常艰辛的。起初的方式是围绕驻防地，就近以营、连甚至以班为单位分散开荒种地，在一定程度上缓解了部队供给困难。但这种生产方式点多线长，效率低下，要想从根本上解决供给问题，就必须大面积垦荒生产，形成规模效益。但哈密是一个严重干旱缺水的地区，自古以来，当地人都是逐水草而居，靠在戈壁滩上挖掘“坎儿井”取水生活。这样的水源，用来浇灌小片农地或能凑合，而对大规模的垦田来说，就无疑是杯水车薪了。

怎么办？开渠引水。由于这条设计总长32公里的渠道要开在戈壁滩上，所以全渠都必须用石料和水泥铺砌，才能阻断渠水渗漏，发挥长期功效。这又引出了两大难题：茫茫戈壁上破碎无状的砂砾不堪使用，主材石料从哪里来？水泥不仅昂贵而且严重短缺，如何进行铺砌施工？当时很多人就认为，戈壁荒漠上根本就不具备修渠引水的条件，水从那么远的地方流过来，别说浇地了，恐怕连浇渠都不够。

然而，十六师不仅是一支善打硬仗的队伍，还是一支屡创奇迹的队伍。1951年年初，师党委决定抽调2000多人组成修渠大军，从石城子河开渠分流，引天山雪水灌溉垦田。这是十六师兴修的第一条干渠，故以其前身部队的代号“红星部”而命名为“红星一渠”。部队在戈壁滩上安营扎寨，测量设计、开挖土方、炸石运料、生产代水泥、铺砌渠道等工程项目全面铺开，有序推进。

承担开山炸石任务的是四十七团三营。指战员们进入天山峡谷，在悬崖峭壁上实施爆破作业。战争年代的爆破英雄姚炳云用一支雷管引爆五六个炮眼，创出“连环爆破法”，一炮的炸石工效因此由半立方米提高到4立方米。矿工出身的战士王德，更是智勇双全。他在姚炳云“连环爆破法”的基础上创造了“拉山爆破法”，一次炸石30—40立方米，提高工效8—10倍。身为爆破手，他每天总是提前到工地，将全班当天作业区的危石清除干净，让战友们能够安全施工；收工时他又总是留在最后，等战友们全部撤至安全地带，他才给所有炮眼填装炸药，点炮炸石。1952年4月的一天，他像往常一样在作业区排险时，突然被一块落石击中，不幸牺牲，时年25岁。谁都知道，爆破和排险都是高危工种，偶尔为之，或可无虞，长此以往的凶险，王德岂能不知？但他义无反顾，日复一日把死神拉在身边，把安全送给战友。这种忘我精神和战友情谊，在从战火中走来的第一代军垦人身上时刻都会被激活：一个王德倒下去，第二个王德就会冲上来！王德的英雄事迹，激励着全体军垦战士奋勇争先；王德所创造的高效爆破法，推动着工程日新月异。由于峡谷中坡陡路险，无法用车辆运输，担负运料任务的战士们每天要步行数十里，把炸出的石料背下山去。他们双脚打泡了，肩膀磨肿了，甚至累得吐血都不肯休息。任务面前，个个都像铁打的一样。

生产代水泥又是一场硬仗。所谓代水泥，就是水泥的替代品，这是十六师修渠部队为解决水泥短缺问题而开发的一种建材。其工艺流程大致是：先建起砖窑和石灰窑，把烧出的红砖砸碎，用碾子碾压，然后筛成细腻的陶粉；再把烧制的石灰粉和陶粉按一定比例混合配制，加水和成灰浆，用以铺砌石渠。这种工艺看似简单，但要达到近似于水泥的细密度、黏稠度、凝结性、阻渗性、抗冻性，以及批量生产的性能稳定性，绝非易事。不仅如此，主要生产原料还都不能就地取材：烧制红砖、白灰用的木材、石灰石要到天山开采，黏土、原煤要到特定的地域挖掘。代水泥生产基地设在哈密大营房。每天，战士们在十几平方米的小屋里筛陶粉，弥漫的粉尘无孔不入，即使戴着三层口罩也无济于事。配制代水泥时，由于石灰粉的腐蚀性极强，又无防护装备，战士们只能用纱布扎住嘴巴，蒙住眼睛。酷暑盛夏，汗水混合粉尘，经常把皮肤蚀出水泡，手掌开裂渗血，呼吸道疾病时有发生。即使如此，仍无一人叫苦叫累。

就在十六师指战员们热火朝天地开展大生产运动、兴修红星一渠的时候，首都北京传来了1952年的第一声春雷——中央人民政府革命军事委员会命令。

这年的1月4日，经中央人民政府革命军事委员会和毛泽东主席批准，决定抽调40万正规部队成建制转业，组建工程部队和农垦部队，从事工农业生产建设。2月，毛泽东主席签署组建农垦部队的命令。他在命令中说："当祖国有事需要召唤你们的时候，我将命令你们重新拿起战斗的武器，捍卫祖国。"①

命令传来，新的战斗号角吹响，十六师官兵群情振奋，大生产运动高潮迭起，捷报频传。7月15日，红星一渠全线竣工，8月1日开闸放水。工程共挖土44万多立方米，砌石4万多立方米，使用代水泥15000多吨，输水能力7立方米/秒，可灌溉面积4000公顷。通水典礼上，修渠工程总指挥、师长任书田宣读了十六师全体指战员写的致敬信。信中说："今天红星一渠开闸放水了，千年荒芜的二道湖戈壁碱滩即将变成良田，……我们将长期屯垦边疆，以忘我的劳动，创造更美好、更幸福的生活。"

随着红星一渠工程接近尾声，全长37.4公里的红星二渠修建工程又于1952年6

① 中共中央文献研究室编撰：《毛泽东年谱（1949—1976）》1952年2月1日，中央文献出版社2013年版。

月10日动工。此渠引哈密地区火石泉以北的天山五道沟水，以开发火石泉以南的大片荒原，输水能力4立方米/秒，灌溉面积1200公顷。工程仅用9个多月时间即建成通水。此后又在吐鲁番垦区修建了红星三渠，在哈密巴木墩修建了红星四渠。红星渠的修建，从根本上解除了哈密地区的农垦困境，为垦区开展规模化生产、创办正规化国营农场提供了先决条件。

1953年5月，新疆军区根据上级命令，将驻疆部队分编为国防部队和生产部队，六军十六师即此改编为中国人民解放军新疆军区农业建设第五师（以下简称“农五师”），驻哈密。改编后的农五师，初步明确了创办正规化国营农（牧）场的方向，以团布点，就地驻防，就地屯垦。农五师首先在哈密二道湖、火石泉和镇西县境内进行定点开发建场。军垦战士们发扬南泥湾精神，自力更生，艰苦奋斗，遵循“不与民争利”的原则，在天山南北的戈壁荒漠和人烟稀少、环境恶劣的边境沿线建场垦荒。一年间，十三团、十五团、红星三农场在团场等驻地共建永久性和临时性房屋2万多平方米，实现居有定所。与此同时，部队抢时间、赶进度勘查土地，组织农牧业生产。当时没有勘测设计人员，军垦战士们就群策群力，边干边学。没有勘测设备，他们就因陋就简，把步枪和迫击炮上的瞄准镜卸下来作测量仪，用玻璃瓶装水代替水平仪。就这样千方百计创造条件，完成了建场初期部分条田和灌排渠系的规划和勘测设计任务。那时没有农业机械，战士们就凭着一双茧子手和一副“铁肩膀”，用“牛抬杠”“人拉犁”等原始方式开荒造田。到1954年年底，包括三年大生产运动时期的零星开荒在内，全师共开垦荒地2055公顷。

1954年，新疆军垦史上划时代的一年。

为使驻疆屯垦部队官兵安下心、扎下根，以疆为家，更好履行屯垦戍边使命，需要成立一个专门机构，集中统一领导新疆生产部队。10月，中央政府命令驻新疆人民解放军多部，集体就地转业，脱离国防部队序列，组建“中国人民解放军新疆军区生产建设兵团”①，接受新疆军区和中共中央新疆分局双重领导，其使命是劳武结合、屯垦戍边。据此命令，新疆军区农业建设第五师顺归兵团序列，更名为新疆军区生产建设兵团农业建设第五师。兵团由此开始国营农牧团场的建设，由原军队自给性生产转为企业化生产，并正式纳入国家计划。

兵团成立后，农五师全力投入正规化国营农牧场建设，一方面参照苏联中亚地区农场正规化、水利化、机械化、规模化的建设模式，对初期定点开发的农牧场进行升级建设；另一方面高标准开发新的国营农场。为此，在红星渠建成通水后，农

---

① 本节参见新华社北京2014年10月5日电：国务院新闻办5日发表了《新疆生产建设兵团的历史与发展》白皮书。《新疆生产建设兵团的历史与发展》全文，见中央政府网（www.gov.cn）2014年10月5日。

五师主要任务迅速转向大规模垦荒造田和盐碱治理攻坚战。这项任务的艰辛程度，丝毫不亚于戈壁开渠。

东疆哈密地区长年干旱少雨，蒸发量大，土壤盐碱化非常严重。而当时的红星一场所在地二道湖和红星二场所在地火石泉，又是哈密地区出名的盐碱窝子。特别是火石泉地区，土壤盐碱含量平均达10%—20%，最高达60%；碱土层厚度一般在30—60厘米，再往下还有一层10—15厘米厚的芒硝结晶体和苏打结晶体凝成的坚硬板块。“无风一片白，风起白满天”，是对当年火石泉地区自然环境最贴切的描述。曾有苏联土壤专家在此考察后断言，这样的土地根本不能耕种。而当时之所以决定在此屯垦，主要是基于两项考虑：一是不与民争利，二是适宜大面积开发。可见如此不堪的垦区，也算是最优选了。

大面积治理盐碱，是一项史无前例的艰苦实践。军垦战士们在典型地块上反复试验，终于发现了“碱由水来，碱随水去”的规律，于是决定引水排碱。他们在条田里打起纵横交错半人高的埂子，把田地划成几十、几百平方米不等的畦块，挖出排碱沟，然后通过配套渠系把红星渠水引入田中，泡碱排碱。但是，随着注水入田，新的难题又出现了：盐碱荒滩上遍布鼠洞兽窟，荆棘、芦苇的腐根又在地下形成大量空隙，水一进田，便顺着洞穴空隙流得无影无踪。为了堵塞漏洞，战士们就采取“人随水走”的战术，水流到哪里，一双光脚板就走到哪里，随时踩窟堵洞。有时双腿在泥浆中越陷越深，甚至半身入泥，其他战士就拉住其腰间预先绑好的绳子往上拖。还有的战士为了防止陷进洞窟，就在腰间横着绑一根扁担。解决了堵漏问题，却无法消除盐碱腐蚀带来的痛苦。战士们一天天泡在酱紫色的盐碱水里，身上蚀出一条条血口子，盐碱水又浸入血口，锥心刺骨般疼痛。高温酷热的盛夏，戈壁滩上无遮无掩，战士们被晒得层层脱皮，晚上还要经受蚊虫叮咬，不得已浑身糊满泥巴，才能入睡。就是在这样极端艰苦的条件下，军垦战士们仍以顽强的斗志，一遍遍冲洗着田地。当每块田地都连续冲洗二三十次后，还要用舌头来检测土壤：咸味是盐，凉味是硝，苦涩味是碱，直到这三种味道都消失了，就可以放心种庄稼了。凭着这样的毅力，十三团六连的战士们硬是在盐碱窝里开出了地块平、出苗齐、产量高的“五师第一田”。

大田盐碱被驯服了，丰产势头已然呈现。不料从1956年起，每年春播前后，地表又泛起一层白花花的碱末，并不断增厚，结成碱块，刚出土的庄稼苗因此大面积枯死。咋办？大扫除。战士们用扫帚把地表盐碱扫起来，再清出地块。但是头天扫过，次日又是一片白。这可真像牛皮癣一样，百法难治。说巧不巧，劳模杨振国在一次扫碱时扫帚不在身边，为节省时间，就随手拔了一束白刺条来扫。就在这不经意间，奇迹出现了：白刺条扫过的地方，第二天的泛碱量明显减少了。经验告诉他，玄机可能就在白刺上。于是他借来铁耙，将泛碱的地块整个耙了一遍。次日一大早，他就急急来到地头察看，果然凑效了，碱末不见了！正所谓“实践出真知”。场领导和战士们与杨振国一道开展科学试验，最终弄清了其中的原理：春播时节气温明显回升，地下水分也随之上升，将盐碱带到地表；水分一蒸发，盐碱就留在了地面。而白刺条划过或铁耙耙过的土壤，毛细管被截断了，地下水分丧失了上升通道，盐碱自然也就见不到天日了。难题破解了，战士们连夜赶制防碱耙，耙地破碱。此后每年春季，都会掀起一个破碱高潮，直到20世纪60年代发明竖井排灌、降低地下水位后，才使次生盐碱得到彻底根治。在治理盐碱的同时，各团场多策并举改良土壤，培肥田力，并不断提高农业机械化水平，为粮食稳定高产奠定了坚实基础。特别是红星二场，以盐碱滩上创高产而闻名全疆，不仅在国家困难时期实现粮食自给，而且每年向国家交售大量的商品粮。当年苏联专家的断言，与盐碱顽疾一同被军垦战士抛入历史，化为陈迹。

军垦部队中，还有一脉新鲜血液。在驻疆部队整编时，当年的十六师大批指战员被抽调到国防部队序列，生产部队员额因此锐减。兵团成立后，开发建设边疆的任务陡然加重，人力不足的问题愈显突出。同时，随着生产部队指战员的集体就地转业，出于扎根边疆、建设第二故乡、传承红色基因和永续履行屯垦戍边使命的需要，国家号召内地青壮年支边。此后，全国各地大批优秀青壮年、复转军人、知识分子、科技人员奔赴新疆，加入兵团行列。其中就有大批女青年应征而来，成为傲霜斗雪、姹紫嫣红的“兵团之花”。

在红星二场，我们满怀景仰之情，参观了农场初创时期的“地窝子”。所谓地窝子，就是战士们在垦荒工地上挖建的简易窝棚，仅供单人栖身；个别稍大一点可容双人的，便是当年支边女青年与军垦战士的新婚洞房了。我们参观的这片地窝子遗址，据说是全兵团规模最大的，共150多个，如今已全部坍塌，被风沙掩埋。比照博物馆里陈列的旧照片来看，现场复原的地窝子是忠实于原貌的：地下是一个土坑，坑上覆盖树枝芦苇，糊上泥巴；窝棚里搭地铺，有斜土坡通向地面。地窝子虽可栖身，却夏不隔热，冬不挡寒；大风可揭顶，黄沙可淹衾。这些地窝子，军垦战士们一住就是数年；而作为洞房的地窝子，却因支边高潮期月老密集牵线，每对新婚夫妻只能入住一天，但他们已经很满足了。在那热火朝天的年代，没有人卿卿我我，有的只是巾帼不让须眉的激情与豪迈。女战士们个个都是“铁娘子”，脏活累活争着干。1956年，从南京市支边入疆的女青年王焕兰，被分配到农五师十三团拖拉机队担任文书，后调到团政治处任工作员、书记员。后来团里要调她到学校当教员，但王焕兰坚决要求到最艰苦的生产一线接受锻炼。在她的恳切申请下，组织上安排她到养畜队当了饲养员。为了养好猪，她拜兵团一级劳模杨万余为师，刻苦钻研饲养技术，天天在猪圈里劳作。寒冷的冬天，为了不让仔猪受冻，她甚至把仔猪抱进被窝。1959年，王焕兰被全国妇联授予“三八红旗手”荣誉称号。

农五师在兴建正规化国营农场的同时，时刻不忘履行“劳武结合、屯垦戍边”的神圣使命。20世纪50年代末，农五师奉命开始战略转移：向西挺进千余公里至博尔塔拉蒙古自治州，开创边境农场带。

博尔塔拉位于新疆西部边陲，自古就是军事要冲。唐至明清，历代王朝都在这里驻兵屯垦。解放初期，由于中苏关系友好，博尔塔拉地区除有几名维护治安的民警外，没有部署任何军事力量。基于国家总体战略谋划与巩固边防的现实需要，自治区党委和兵团党委决定农五师进驻博尔塔拉，履行屯垦戍边使命，执行安疆长策。

1960年1月10日，农五师驻博指挥部成立；2月，博乐农场管理处成立。接着，由哈密垦区各团场抽调人员组成的“远征军”即开赴博尔塔拉，组建6个农场和1个工程支队，在人迹罕至的边境荒原上再次搭起帐篷，筑起地窝子，开启了艰苦卓绝的二次创业。

基于“戍边”和“屯垦”双重使命而布局的边境农场，多数都在盐碱滩、高寒地、大风口上，自然环境相当恶劣。但农五师的军垦战士们就是冲着艰险来的。他们不仅带来了开发哈密垦区的成功经验，更带来了流淌在血液中的战斗精神和顽强意志。他们实施“开荒—治碱—耕作”一条龙作业法，当年即有较大收获，初步奠定了生活基础。第二年，不仅实现了口粮、种子、饲料自给，而且还向国家交售了32.6万公斤的商品粮。与此同时，他们又移植“红星渠”修筑经验，在此兴建了一系列水利工程，为新垦区稳产高产提供了有力保障。

1963年3月，农五师师部由哈密大营房西迁博乐，工作重心继续向新垦区转移，新一轮开发热潮由此掀起。到1966年，全师已拥有19个农牧场和10个直属工矿企业，耕地面积达到3.37万公顷，总人口发展到6.6万人。

博尔塔拉垦区的开发，不仅为农五师经济建设打开了崭新局面，更为边境地区的安全与稳定部署了一支不领饷、不换防、快速反应的武装力量。在博尔塔拉沿边372公里的国境线上，农五师建起了一个个名为“农场”的后勤基地，筑起了一条屯垦戍边的钢铁屏障。

实际上，这支部队自兵团组建以来，就是一支高度组织化的准军事力量。由劳武结合、屯垦戍边的使命所决定，兵团仍然实行正规化部队的组织形式和管理方式，纪律严明，作风过硬，服从命令听指挥。1960年5月，农五师遵照兵团党委指示，设置师、团武装机构；1962年10月，成立师武装科，四年后升格为武装处。到1966年年底，全师共建民兵连32个，独立排4个，民兵总数达3400多人。各级民兵组织实行军事化训练，做到常备不懈。

农五师西进博尔塔拉垦区这一时期，正是国内外形势复杂多变期，边防态势相当严峻。1962年4月，新疆伊犁哈萨克自治州及所属塔城地区发生“伊塔事件”，大批中国边境居民非法越境。5月初，部分山区牧民逃往国外。危急关头，农五师民兵组织担负起了制止动乱、维护稳定的重任。红星十六场值班连民兵全副武装，一部分进入博乐城，警卫自治州党政机关；一部分进驻山区，扼守科克赛、赛里克、乌图布拉克山口。同时，红星十二场、红星十五场民兵分别执行警卫县政府、警戒阿拉山口等任务。动乱平息后，农五师根据新疆军区统一部署，负责据守5个边防哨卡，为改善西北边防的战略态势发挥了重要作用。

哈密垦区的戍边维稳任务同样艰巨。垦区地跨东天山山脉南北，天山以南的农牧团场大都分布在兰新铁路和兰新公路沿线，扼守着新疆与内地连接的咽喉。天山以北的红星一牧场、红山农场、淖毛湖农场均处于中蒙边境地带，这里与蒙古国的边境线长达425公里。可见农牧团场之设，原本就是以戍边维稳为出发点的。使命在肩，即使在生产建设最繁忙的时期，战士们也未曾懈怠。

“文化大革命”期间，兵团屯垦戍边事业遭到严重破坏。1975年3月，兵团建制被撤销。1981年12月，中央政府决定恢复兵团建制，名称由“新疆军区生产建设兵团”改为“新疆生产建设兵团”，兵团哈密农场管理局随之成立。此后，戍边形势发生了明显变化，分裂势力、宗教极端势力、暴力恐怖势力及其破坏活动成为维护国家统一和新疆社会稳定的严重威胁，兵团戍边的重点因此转移到防范和打击“三股势力”破坏活动的任务上。

2001年1月，哈密农场管理局更名为新疆生产建设兵团农业建设第十三师，武装力量进一步加强。农十三师民兵战士们深刻认识到新疆对敌斗争的特殊性和尖锐复杂性，坚决打击“三股势力”，随时应对各种暴力恐怖事件，维护祖国统一、边境安全与社会稳定。

2022年7月12至15日，习近平总书记在新疆考察时指出：兵团的历史贡献是不可磨灭的，兵团的战略作用是不可替代的。兵团的存在和发展绝非权宜之举，而是长远大计。新形势下兵团工作只能加强，不能削弱。①

习近平总书记的话，激励着新时代兵团人不忘初心，牢记使命，再创伟业。

2012年，农十三师更名为新疆生产建设兵团第十三师。2021年1月，国务院批复设立自治区直辖县级新星市，市政府驻黄田农场黄田镇。②十三师与新星市实行“师市合一”管理体制。如今的十三师新星市已全面融入新疆社会，新一代兵团人与地方各族群众毗邻而居、和睦相处、守望相助，构成了“你中有我、我中有你”的嵌入式社会形态，做到了边疆同守、资源共享、优势互补、共同繁荣。长期以来，十三师及其前身部队与新疆各族群众亲如一家，水乳交融。师团常年组织医疗队深

---

① 参见《习近平在新疆考察时强调 完整准确贯彻新时代党的治疆方略 建设团结和谐繁荣富裕文明进步安居乐业生态良好的美好新疆》，2022年7月15日，新华网。

② 中新网乌鲁木齐2021年2月4日电（记者戚亚平）：2月4日，新疆维吾尔自治区人民政府发布消息称，近日，经国务院批准，同意设立自治区直辖县级新星市，新星市人民政府驻第十三师黄田农场兰新东路57号。

入地方农村牧区，开展巡回医疗，防病治病。在修建水利、道路等各种工程时，同时兼顾地方群众利益，使其成为双方受益的“两利工程”。一代代军垦战士与东疆各族群众如石榴籽一样紧密团结在一起，成为稳疆固边最有力的保障。

如今的十三师新星市，因其独特的战略地位而成为丝绸之路经济带的重要节点城市，发展潜力巨大。师市现辖 8 个团场，80 个连队，28 个社区，2 个兵团级经济技术开发区，总人口 15 万多。从城市到团场，基础设施完备，公共服务健全，经济建设日新月异，社会事业欣欣向荣，亘古戈壁荒漠变成了生态绿洲，规模化、机械化、现代化国营农场迸发出旺盛的生机与活力，人民群众的物质和精神文化生活丰富多彩，幸福指数持续提升。

在东疆天山南北参访巡礼的每一天，我们都被一种精神鼓舞着、激励着。这种精神，就是继承了红军血统、红色基因、红星斗志，且被一代代兵团人用血汗实践、用伟业诠释的“热爱祖国、无私奉献、艰苦创业、开拓进取”的兵团精神。在戈壁荒漠上，我有三次深情的凝望与回眸：第一次是看到起防风固沙作用的那一排排挺拔高耸的白杨的时候，认定它们站的就是标准的军姿；第二次是看到大漠中那“生了千年不死、死了千年不倒、倒了千年不朽”的胡杨的时候，认定它们最像那些饱经沧桑而依然健朗的军垦老兵；第三次是前往红星二场途中看到那片“十三连”墓地的时候。一位“军二代”告诉我们，在十三师及其前身屯垦部队的序列中，团属连级编制最多排到十二连，而这个并不存在的十三连，则是由军垦战士的英灵组建的特殊连队。告别墓地的时候，车开得很慢，我们都默默回眸，施以深情的注目礼，任由热泪流满面颊。

不知是谁缓缓诵出伟人的诗句，大家便情不自禁地齐声同诵，声波溢出车窗，飘向莽原旷野——

“为有牺牲多壮志，敢教日月换新天！”

纪实文学篇

沙漠中的英雄树

赵克红

一

金秋时节，为了观赏淖毛湖原始胡杨林，我来到哈密伊吾县，在前往景区的汽车上，我沉睡多年的记忆，顷刻间也被唤醒了……

那是 1977 年 2 月底，家乡的空气里还飘散着浓浓的年味，天空不时传来阵阵鞭炮声，而父亲探亲假已休完。父亲大学毕业后在位于西北的铁路设计院工作，一年前到了青海格尔木，与他的同事们勘测设计青藏线。我随父亲在这里读了一年初三。格尔木是柴达木盆地一座荒凉的高原小城，那时，这里人烟稀少，十分荒凉。见不到楼房，很难见到高大的树木，街道边、沙漠中，偶然能见到一种树，被人们称为“胡杨林”，这树傲立于大漠之上，如一幅幅造型奇特的画卷，展示出倔强不屈的精神和坚韧不拔的意志。

格尔木雨水稀少，我在这里生活了一年，只遇到过一次雨，而且下的时间很短，地皮还没有完全打湿，雨就停了。风，倒是经常遇见，那风，常常卷起飞沙，刮得人行路都很困难。我曾遇到两次令我终生难忘的狂风。其中一次发生在初夏的一个下午，同学们正在教室里专心上课，外面忽然狂风大作，老师反应迅速，大家赶紧关闭了门窗。接着，教室外，尘土、沙子与枝叶被大风挟持着漫天飞舞，遮天蔽日。大风撕扯着嗓子，拍打着门窗，一直持续吼叫了近两个小时，课桌上留下厚厚的一层尘土，同学们个个灰头土脸。从此，格尔木的风，让我再也无法忘记，每每想起，心中便多了几分恐惧。

在我居住的房屋后边，是一望无际的戈壁，我常常站在沙漠边缘向前方眺望，却从不敢贸然走进。我喜欢夕阳映照下的大漠，它呈现出浓重的橙色和红色，那是一种粗犷的美、原始的美、令人陶醉的美。沙漠里的胡杨斑驳古怪、形态迥异，在夕阳下挺拔身姿，展现出独有的美。那沙漠旷日持久所形成的类似波浪的纹络，宛若浩瀚无垠的金色海浪，闪烁着耀眼的光芒，夕阳下的戈壁宁静而神秘。

周日，父亲带我去看胡杨树，胡杨林位于格尔木西边约15公里处，前往胡杨林的路，是戈壁上一条自然形成的小路，路上没见到一个行人，父亲一向不苟言笑，这次同样如此。我骑一段自行车，会下意识地向来时的方向张望一眼，生怕找不到回家的路。这里人迹罕至，随着向沙漠地带的渐进式深入，一丝恐惧慢慢掠过我的心头……父亲好像揣摩到我的心事，指着前方不远处一片葱郁的绿色说：马上就到了。

胡杨树是最有生命力的植物，在这里，一棵棵胡杨，不论站着，或匍匐在地，都在用各自独特的姿势和无声的语言，诠释着生命力的顽强和无畏。有一棵横在沙漠里的胡杨，我以为它早已死去，然而，在它另一侧的躯干上，却长出几枝新绿叶来，给人以生命的希望。父亲告诉我，沙漠里的胡杨树常常几株、几十株相依相偎，它们和谐共生，抗击着肆虐的狂沙，坚守着脚下的土地，别看它们现在貌不惊人，到了秋季，胡杨林把整个天空都染成了金色。

二

汽车继续向伊吾淖毛湖原始胡杨林景区行进着，车窗外，天地辽阔，远山静寂，挂在天上的白云，像一幅幅写意的画。随我们一起游览的小刘是个“疆三代”，她告诉我们，远古时期哈密并非戈壁、沙漠，而是波涛滚滚的大海。碧海蓝天，鱼虾跳跃，物种繁多，魅力无限。延绵不断的海岸线上绿树葱葱，枝繁叶茂，处处是迷人的景色。随着大自然在历史长河中的演变，新疆大部分地区经受了干旱少雨的折磨，丰富的水资源慢慢退化，大片土地被沙漠化，生态环境极度恶化，那些生命脆弱的物种早已无踪无影，在人们的视野里，胡杨树却依然挺拔，显示出生命的顽强。

她接着说，胡杨树，被维吾尔族人称为“托克拉克”，意思是“最美丽的树”。年复一年，胡杨忍受着狂风沙暴的肆虐，抵御着干旱和盐碱的侵蚀，顽强地与大自然抗争，千年不死，彰显了胡杨“沙漠勇士”的本色。伊吾胡杨林占地面积47万多亩，是世界三大著名胡杨林之一。

通过与小刘闲聊得知，20世纪50年代初，她爷爷拖家带口支援新疆建设从山东来到哈密，那时这里特别荒凉，他们住的是“地窝子”，吃的是洋芋蛋（土豆）。“洋芋汤，洋芋菜，离了洋芋不吃饭”，是当年哈密人生活的真实写照。如今半个多世纪过去了，经过哈密人一代又一代的艰苦创业、奋力打拼，现在的哈密早已今非昔比，在这15万多平方公里的土地上，生活着维吾尔族、哈萨克族、蒙古族、回族、汉族等39个民族60余万人，是一个多民族和谐共处的大家庭。小刘的一席话，让我对祖国各地的援疆建设老一代人肃然起敬，为了边疆的稳定和发展，他们舍小家为大家，千里迢迢扎根边疆，把人生最美的青春年华和汗水洒在了辽阔的大漠。他们献了青春献终身，这样的家国情怀令人敬佩。从小刘的言谈中，我们受益良多。她的血液中流淌着前辈的基因，对建设边疆，她怀有深厚的感情。

来到景区，坐上小火车“托马斯”，在神秘的胡杨林中，我用眼睛寻找和发现胡杨树带给我的心灵震撼……小火车快速前行着，风“呼呼”地从我的耳畔刮过……在苍茫静谧的戈壁上，在波浪般凝固的“波峰浪谷”之间，那一棵棵胡杨如同熊熊燃烧的火焰，橙黄的树叶与瓦蓝的天空，组成一幅色彩斑斓的图画。

我们跟随小刘在千年胡杨林里行走着，一棵棵胡杨树风华正茂，在常人看来，千年的树木，称得上是树中的老寿星了，可在这里，千年胡杨却属于胡杨林里的“少壮派”，那一树树是这里最绚烂的景色，让略显灰暗的天空，变得色彩斑斓起来。胡杨的枝叶高高地伸向空中，根紧紧地扎在沙土里，高大挺拔的树干之上是金黄的树冠，树冠茂盛，高耸入云，姿态万千，风骨各异。

在这里，我发现一棵棵坚韧挺拔、伟岸雄犷的胡杨树，迎风的一面，身躯一律向一个方向微微倾斜，枝条沿着风向舒展；还有的胡杨甚至匍匐于地，横向生长。它们像一个个骁勇善战的勇士，沙漠、狂风奈何不了它们，它们顽强地击退狂风一次次进攻。

这里的胡杨树，或疤痕满身、或枝梢断裂，伤痕累累的树身，是它们与风沙雷电搏斗时留下的印记。但它们依旧高高挺立，用躯体抵挡住沙尘风暴的冲击。当狂风席卷着沙石杀气腾腾地扑打而来，胡杨始终坚守着脚下的土地，绝不后退半步。“根，相握在地下，叶，相触在云里。”它们手牵着手，肩并着肩，阻挡着风沙的侵袭和前行，它们的身后就是人们赖以生存的家园，就是牛羊、绿草和庄稼……可以这么说，如果没有胡杨树坚强有力宽阔的臂膀，就不会有灿烂的西域文明。小刘动情地说：胡杨是生长在沙漠里的唯一乔木树种，是当之无愧的“英雄树”。

金秋的胡杨林，将储备一年的激情，尽情迸发而出，它的每一片叶脉，每一个枝丫，都挂满了太阳的色彩，展现着大自然的神奇和美丽……

每一棵胡杨树，都是一幅精美的画作，走在秋天的胡杨林中，就像漫步在巨幅金色的画卷里，金黄的胡杨树叶，在荒凉的戈壁滩中璀璨夺目。一阵风吹来，一片片树叶像金色的蝴蝶，在空中盘旋着、飞舞着，最后潇洒地落到地上，为大地铺上金色的绒毯……

胡杨，以一种绝美的姿态，在沙漠里站立成一道独特的风景。一棵棵胡杨，如同一座座丰碑，让人热血沸腾，心灵颤动。一曲生命的浩歌，在天地间盘旋一千年经久不息。一种悲壮而苍凉的气息，在心中回荡，让每一个人的灵魂得以升华。

三

生长了一千年的胡杨树，躯干明显比一千年的胡杨树粗壮些，当然，干枯的树枝也增加了许多。由于风沙和干旱的气候影响，姿态万千的胡杨树充满了历史的沧桑感。有几棵胡杨树，被高高的沙丘包围着，沙子越堆越高，企图困死胡杨树，胡杨树却高昂着头，在沙堆上站立着，虽然身子显得有些矮小，但根系早已扎入十几米的沙层下面。我决定走上去看看，踩着厚厚的沙土，我弓着腰一步一滑地往上行走，每走一步，都会陷入沙土中。想要走上去，看来并不那么轻松。大家互相搀扶着，终于到达了沙坡顶。

在极端干旱的环境里，为了生存，它们的根系像钻头一样，可以深入地下 13 米之多。它们是永远打不垮砸不烂的勇士，一千年来，不论风霜寒暑，繁华荣枯，它们有着钢铁般的意志和性格。在烈日似火吐气可燃的茫茫旷野中，它们用顽强的生命擎起头顶上的蓝天，昂首傲立在大漠风沙之中。还有一棵被雷电劈成两半的胡杨树，那裸露在地表的根系，像老人葱茏的胡须，散发着生命的光芒，我感觉一阵揪心的痛。我不清楚，也不知道它是如何以超常的生命，拼却全力，顽强抗击这突如其来的灾难，又涅槃重生的。然而，在这棵胡杨身上，我没有看到一丝苦态，它依然高擎着巨大的树冠傲然卓立，阳光下，每一片叶子都金黄发亮，一阵风儿吹过，树叶发出“沙沙”的歌唱声……

在荒漠和沙地上，胡杨树是唯一天然成林的树种。胡杨林四周是白茫茫的盐碱滩，可胡杨努力把树根向下扎，吸收水分；将枝叶向上长，吸收阳光和空气。在这样的环境里看不到其他植物，唯有胡杨树傲然屹立，表现出它特有的一种顽强。

在一千年胡杨林中，那鬼斧神工般的姿态，使我惊愕得找不出更恰当的语言来描述。

为什么伊吾原始胡杨能在大漠戈壁盐碱成分较多的地带生长？带着这个疑问，我请教小刘，原来，胡杨的细胞透水性较强，从主根、侧根、树皮到叶片都能吸收很多的盐分，并能通过茎、叶的分泌腺排泄盐分。当体内盐分积累过多时，便从树干的结疤和裂口处，将多余的盐分自动排泄出去，形成淡黄色的块状结晶，被人们称为“胡杨泪”（或“胡杨碱”）。

水，是生命的源泉，沙漠里，水是稀缺的，在变幻莫测的环境中，为了寻找一线生机，胡杨拼尽全力，把根须深深地扎进沙土里，以延续自己的生命……

一千年的屹立，是胡杨树对生命的热爱；一千年的屹立，是胡杨树对生存的渴望；一千年的屹立，是胡杨树对生活坚定不屈的信念！

四

在六千年胡杨林区，胡杨树树干刚毅，形态各异，像是一组组“英雄群雕”，这里的胡杨，随着岁月的延长，显得更加沧桑。六千年景区分为一区和二区。这里的胡杨没有叶脉，没有枝条，只剩下枝干或根茎。面对着一棵棵历经无数次浩劫与磨难的胡杨树，每一棵都深深镌刻着历史的年轮，留下了岁月的痕迹。它们像英姿勃勃的屯垦战士守卫着边疆，那视死如归的英姿，深深镌刻在我的脑海里……

胡杨没有青山绿水的陪伴，没有和风细雨的滋润，更没有大自然的精心呵护。它不与任何生命争高低，只讲奉献不讲索取，在无际的沙漠荒滩上营造一片绿色，给人带来憧憬，带来希望。

从它们出生的那天起，便无处不渗透对人类的恩泽，可谁又会想到过恶劣的环境对它们的生命的戕害。它们用失血的胸膛，默默地承受着大自然的考验，面对大漠风沙的洗礼，依然不改生命的初衷，把希望奉献给养育它的大地。

眼前的胡杨，像是刚刚经历过一场殊死的搏斗，那鬼斧神工般的形态，摄人心魄，直击心灵。即使死了，也不让黄沙湮没铮铮铁骨的躯体；即使倒下，仍要保持风骨不朽。在这里，依然可以看到少量的胡杨树躯干耸立，有的树躯只剩下了半截，却依然顶天立地。岁月带走了它们的青春，日月剥去了它们风华正茂的容颜，但它们身躯不倒，精神不朽，顽强地挺立在戈壁滩上，像站岗的战士守护着边疆。在众多早已枯死的胡杨树中，我见到一棵胡杨树，它一半已经枯死，匍匐地面，另一半，却毅然顽强挺立，树冠上稀疏的金黄的树叶，给人一种生命的顽强震撼。风沙不知填平了多少河流，掩埋了多少顽强的生命，而这棵不屈的胡杨树，它的躯体已十分苍老，苍老得每一处树身都虬曲鼓凸出岁月的印痕，而在如此老迈的胡杨树身上，却威武劲健地生长出叶片和数根新枝干，它饱经数千年风雨的生命，早已化枯为奇……这里，如同硝烟过后的古战场，那高大健壮的不朽身躯横七竖八似站、似坐，在骄阳下，形态各异，千奇百怪，巍巍壮观。

五

走进九千年震撼区和万年根雕区，就像进入了“抽象艺术的殿堂”。它们生是戈壁的精灵，死是戈壁的灵魂。它们面对的考验和遭受的磨难，比世界上任何地方的胡杨都要多。

一棵棵风烛残年的胡杨像是一个个年迈的老人，它们的生命已经走到了尽头，一棵棵躯干像铮铮铁骨践行着“千年不倒”的诺言。它们用自己干枯的身躯组成了一组组雕塑。透过太阳落山的余光，构成一幅幅美丽的剪影展现在大漠戈壁，有“猛虎下山”，有“雄狮怒吼”，有“玉兔望月”，有“金鸡报晓”……这里是一个神奇的世界，色彩斑斓的世界。成千上万棵胡杨树，用生命的绝唱演绎着一个个慷慨悲壮的故事。

穿行在这片古胡杨林，心里有种强烈的敬畏感，我默默向眼前的胡杨树行注目礼，并深感自己的卑微，连说话的声音都压得很低，惶恐大声的言语，惊扰了它们……人生不过百年，在这些古树面前，人，又算得了什么？又有什么值得狂自尊大的呢？

万年的根雕，凝结不朽的精神；千古的艺术，寄托生命的希望。它们屹立在天地之间，笑看人间风雨阴晴、兴灭更替。

这里的胡杨早已没有叶脉，没有枝条，只剩下枝干或根茎。形形色色、星罗棋布地屹立于戈壁的沙砾之中，在我们眼前幻化成万千神态的英雄群雕……

荒漠茫茫墨绿生，傲然挺立挽黄龙。
餐沙饮露不知苦，铁骨柔情贯长虹。

胡杨坚韧顽强、宁死不屈的精神，励精图治、无私奉献、忠贞不渝的品格，何尝不是千百年来，广大炎黄子孙人生追求和伟大精神的写照。胡杨林的精神深深感动着我，它向人们诠释着中华民族顽强不屈、坚韧不拔、迎难而上的精神。这种精神也是新疆各族人民铸剑为犁、掘地为穴、扎根边疆、拼搏创业的缩影，绽放出绚丽的生命色彩。

岁月无悔

——追忆我的三年援疆工作

徐慧前

三年多时间，我肩负着省委的信任和一亿多中原人民的重托，面对新疆和兵团人民的期待，身体力行贯彻新时代党的治疆方略，在这块辽阔的土地上洒下了汗水、收获了成果。

新疆，成为我人生历程中激情燃烧、难以忘却的记忆。

赴任——走进新疆

2016年12月的一天，飞机降落在乌鲁木齐地窝堡机场，云停、风止，我走进了一个天空静蓝、银装素裹的静美世界。

转乘开往哈密的动车，近6个小时的车程，却不是那静美的模样，云层压得很低，四望戈壁茫茫。我的心情也从最初的兴奋、激动，慢慢变得压抑、迷茫。全新的世界、全新的工作，我能干什么，我要怎么干，才能不枉这背井离乡、才能不负这使命荣光？

带着这些问题，我走近新疆、走进新疆——

新疆，是个美丽的地方。悠久的历史、独特的文化、绚烂的民族风情，大漠风光、雪域高原、日新月异的垦区新貌。

新疆，是个苦寒的地方。“早穿棉袄午穿纱、围着火炉吃西瓜”，昼夜温差大，季节温差更大，气候恶劣、水质粗硬、空气干燥、紫外线强，食宿等生活条件与内地有很大反差，挑战生理极限和心理极限。每天排队吃饭，自己洗碗、洗衣、整理内务……仿佛又回到了学生时代。面对陌生的面孔、陌生的环境和迥然不同的生活习惯，孤独、苍凉，无奈、无助。我住的援疆公寓就在兰新铁路不远处，是幢27层的楼房。我常常站在28楼平台上边看、边想，远处是常年不化的天山积雪，眼下是呼啸而过的列车，一远一近、一静一动，那种穿越时空的感觉让人思接千载、视通万里，心潮澎湃亦五味杂陈。每当冒着白烟的列车从东而来，心想，这可能是来自郑州的中欧班列吧，满心满眼都是对家乡的想念和牵挂。

新疆，是一个充满生机和活力的地方。在新时代治疆方略指引下，各族人民

“像石榴籽一样紧紧拥抱在一起”书写时代篇章。特别是“一带一路”倡议提出以来，新疆以独特的地理优势和丰富资源迎来了发展的春天，古丝绸之路变成了通途大道，汽笛长鸣取代了驼铃声声，新疆作为“一带一路”核心区，绽放出生机勃发、活力四射的崭新姿态。

“大漠孤烟直，长河落日圆。”在感受不一样人生风景的同时，我也感到了前所未有的责任。新疆是我国地域面积最大的省份、西北边陲的天然屏障，也是重要的能源基地和反分裂斗争的最前沿、主战场，战略地位十分重要。我所在的新疆生产建设兵团第十三师地处新疆东部，是个具有光荣历史的部队，前身是随王震将军进疆的六军十六师、延安时期的教导队，“生在井冈山、长在南泥湾、转战千万里、扎根东天山”是其真实写照。作为援疆干部，参与建设这片热土的生动实践，我深感使命光荣。

肩负责任使命，我想到了左宗棠。来到哈密，我就去左公祠拜谒左公。然而循着地图的指示，出现在眼前的却是一片废墟，我心里陡然生出空落落的遗憾。这个为新疆作出了巨大贡献、值得我们铭记追忆的民族英雄的历史遗存，怎么能消失了呢？！自那一刻，建议重修左公祠的想法也烙在我的心上。可由于诸多原因，直至离疆，仍未有实质性推进，这也成了一个未了的心愿。

只是，左公永远未曾离开我的心上。19 世纪下半叶，左公在经历了激烈的海防塞防之争后来到西北，面对千里赤土、满目疮痍，命湖湘子弟广种榆柳，改善生态、造福后人，人们将这些柳树称为“左公柳”。自古河西种树最为艰难，可在左公倡导督促下，竟然形成连绵数千里绿如帷幄的塞外奇观。

柳树是一种易活好栽的树种，但又不像松柏那样耐年头。于是对左公柳的保护、补栽，成了官民共同的责任，一半是为了保护生态，一半是为了延续左公精神。左公本只有平乱之命，并无建设之责，但儒家的担当精神和家国情怀，让他不仅抬棺西进、收复失地，更能整振颓政、抚恤民生，更推动了新疆建省。

在当年的平叛大军中，以河南人为主的“嵩武军”是其主力之一。他们原是镇压捻军的军队，剿灭捻军之后，追随左公出兵，为收复新疆立下了汗马功劳。

受左公和“嵩武军”的影响，我得到了启示、看到了方向，更感到了援疆干部沉甸甸的责任。

我戴上乡亲们赠送的奇曼花帽，走进铺满斯尔马克彩毯的毡房，与边疆人民共饮一壶茶、同吃一块馕；我穿梭在硕果累累的红枣林，站在“八月新疆见雪原”的万亩棉田，与当地干部凝心谋发展、携手话桑麻……

结亲——融入新疆

结亲，是援疆干部深入群众、融入新疆的重要举措。

我的结亲户是天山以北红山农场八连的哈萨克族贫困职工毛提汉·大白扫堂，距离哈密150公里。毛提汉·大白扫堂一家五口，夫妻两人和三个女儿。他们没有产业，也没有牧场，平时靠一辆大货车维持生计，经营状况不好，生活常常难以为继。

过一两个月，我就翻越天山去他们家住上几天。每次去，一家人都很高兴。可是每次去，几乎都是新的地方。因为没钱买房，他们租房居住，经常搬家。两口子汉语很差，交流困难，最初见到他们时我能听懂的内容，就是感谢党的政策好、现在的生活好，几乎感受不到他们的贫困与窘迫。大概是因为思想认识、生活习惯或者标准不同，看到他们的状况，总感觉对于脱贫致富我比他们还要迫切、还要上心。

每次过去，我都会带一些生活用品，买一些他们喜欢喝的砖茶，一起商量增加收入的办法，并为他们申请廉租房，帮助孩子们升学就业。毛提汉·大白扫堂的大女儿在县城打零工；二女儿由我介绍到红山小学餐厅上班，孩子很珍惜也很上进，后来考取了连队干部；三女儿考上了伊犁师范学院，我经常会力所能及地给予她经济上的帮助，希望她以后能够让更多新疆的孩子们沐浴知识的甘霖。

结亲真的是融入当地的好方式。援疆干部们常常三五结伴，到各自结亲户家里去，彼此间也互相串门、互相帮助，这里已然是援疆干部的第二故乡。

时隔多日，那一幕幕动人的场景，仿佛就在眼前——

巴郎子上次考试成绩不错，喜欢足球，这次专程送来足球，鼓励他好好锻炼，长大了为祖国增光添彩。

淳朴善良的塞依提汗·哈里老人，在我们饭后付伙食费时急眼了，说："你们抛家舍业来援助我们，收钱我就没脸了，我不要钱，我要脸！"

老党员肯机巴依，每一次都拉着我们，深情地感谢党的恩情，告诉我们：想不到马背上的游牧民族也住进了楼房。

……

最让人难忘的，是苏海图之行。

苏海图，蒙古语"一片汪洋"的意思，是位于巴里坤境内中蒙边境线的一处冬季牧场，隶属红山农场，面积100多平方公里。

一次，我和几位参加"民族团结结亲周"活动的同志决定用一整天的时间，前往苏海图牧场了解冬季戍边情况。

对于这一边境牧场，我有一种神秘感，也有一丝恐惧感。事先听当地人说，那里路途不远，但路况极差，极易爆胎，条件艰苦，信号全无。如果运气好，可看到成群的北山羊、盘羊。

在新疆，有"吐鲁番的热、巴里坤的冷"之说。早上9点左右离开县城时，天边才刚有一丝亮光。我们一行三辆车从红山农场出发时，是零下19摄氏度，翻过一座山到三塘湖盆地时，车外温度已降到零下29摄氏度，尽管车内空调开到32摄氏度，大家仍感觉寒冷。一路小心翼翼，基本保持在每小时50公里左右的速度，我们的心也始终绷着，几乎没有一刻放松。

途中，我看到了杨虎城的女儿——杨拯陆的塑像，心灵又一次被震撼。塑像肩挎地质包，手握图纸和地质锤，是一个昂首阔步的地质工作者形象。杨拯陆毕业于西北大学石油地质系，作为将门之后，她毅然放弃留在西安的优越条件，来到祖国最艰难的地方。1958 年 9 月，原本打算举行婚礼的她为完成三塘湖地区普查任务，推迟婚期带队勘测，不幸遭遇强寒流风暴，年轻的生命被永远定格在 22 岁。1982 年，中国地质学会把她勘察的三塘湖盆地的一个含油地质构造命名为“拯陆背斜”。她的故事在新疆和石油地质系统广为流传，激励着一代又一代人。

越往前行，路况越差。在一片贫瘠的群山之间，除了偶见红柳和骆驼草，其他什么都没有，只有看到小鸟飞过，才感觉到生命的存在。难怪有人说，苏海图是一个来过一次不愿来第二次的地方。

经过近一天的颠簸，一座三层小楼出现在面前，一旁是座毡房，苏海图牧场到了。哨所是才建的，可住十几位民兵，旁边的毡房住着牧民宝汗・埃恩赛根一家。

在这里，我听到宝汗老汉一家默默坚守、无私无怨地书写军垦人赤诚爱国情怀的故事。宝汗・埃恩赛根一家三十年如一日在荒无人烟的山沟里放牧巡边，这段边防线是中蒙边防线中最艰苦最险要的地段之一，很多地方远离界碑，极易造成人畜越境，他们就堆起石头当作“界碑”，宝汗老汉没文化，每堆起一座界碑，就在上面刻个“中”字。

宝汗老人退休后，他的儿子又在父亲刻的“中”字后面补上“国”字。“中国”，刻在每一个军垦人的心里，那一个个刻着“中国”的界碑，续写着军垦人厚重的爱国情怀。

宝汗的毡房是一个典型的哈萨克族毡房，不到 20 平方米，是他们一家三代居住的地方。和宝汗老人一样，他们每天一早出去放羊、傍晚回来，几十年如一日、默默无闻守护着边防线，也就是通常所说的“放牧就是巡逻，种地就是站岗”。在内地，我们感受不到和平环境的来之不易，到这里才切身感受到，这么多战士和农牧民为我们站岗放哨，才有内地和平稳定的环境。

冬日的阳光明媚耀眼，边界的山峦起伏有致。微风里，我们在庄严的国歌声中升起了国旗。在毛尔班的毡房里吃了一顿地地道道的手抓肉，配上烤得金黄的馕、扎不拉克条，虽然条件简陋，但大家都感到味道鲜美，享受了一顿十分难忘的边界午餐。

履责——建设新疆

“物有甘苦，尝之者识；道有夷险，履之者知。”不到新疆，不知祖国之辽阔；不参与援疆，体会不到党治疆方略的英明。

从 2010 年至今，中央先后召开三次新疆工作座谈会。2020 年 9 月，第三次中央新疆工作座谈会系统提出了“依法治疆、团结稳疆、文化润疆、富民兴疆、长期建疆”的新时代治疆方略，习近平总书记要求“各援疆省市要加强同新疆协调配合，长期坚持对口援疆，提升对口援疆综合效益”。三年援疆工作，我和广大援疆干部、当地干部群众一道，为新疆改革发展稳定贡献力量。

稳定是治疆之基，着力干好打基础的活。基础不牢，地动山摇。习近平总书记明确指出：“新疆的问题最长远的还是民族团结问题。”① 只有各族人民像石榴籽一样紧紧抱在一起，境内外民族分裂势力、宗教极端势力、暴力恐怖势力才无可乘之机。我们把提升维稳能力、加强基层组织建设作为援疆工作的基础工程，积极参与维稳值班与维稳演习。我经常不打招呼前去所联系的重点连队火箭农场一连，调研维稳和社区管理中的薄弱环节，与当地同志一道研究并提出对策。深入开展“民族团结一家亲”活动，从“住村里”到“住家里”再到“住进群众心里”，一座座“连心桥”如彩虹般飞架天山南北，激发出携手并进的强大正能量，为实现新疆社会稳定与发展奠定了坚实基础。

民生是建疆之本，着力干好惠民生的活。“民惟邦本，本固邦宁。”从群众最期盼、最关心、最现实的问题入手，加快发展各项民生事业，创新实施一个项目、一名领导、一套班子、一套方案、一套档案、一抓到底的“六个一”跟踪服务机制，将 80% 以上的援疆资金投入民生领域，大力推进教育、医疗卫生、旅游等公共设施项目建设。创新开展上海河南商会、新疆河南商会等社会组织援疆活动，帮助解决医疗、就业、廉租房等实际问题，努力把“短板”补起来，把“底线”兜起来。在完成计划内项目基础上，时任省委书记王国生、省长陈润儿分别率团专程前往，新增 3 亿多元资金支持哈密市和十三师计划外项目，占河南省“十三五”援疆资金总量的近 12%，是 19 个援疆省份中增加最多的省份之一。

发展是兴疆之要，着力干好促发展的活。我大学学的是经济专业，对经济工作比较熟悉。在援疆工作中，紧紧抓住产业援疆这个重点，积极搭建产业合作平台，组织协助十三师各团场赴内地推介产业、参加投洽会，促进河南省 11 个省辖市和 8 个团场开展产业合作，与郑州陆港、河南能化、河南镁业等企业成功签署一批合作协议。抓住兵团深化改革和向南发展两大重点，牵头组织中国农业大学、河南省农业厅与十三师合作，就兵团农业取消“五统一”后，在保持现代农业优势与组织结构有效结合上，提出了针对性对策；协调组织援疆干部和河南企业家到南疆考察、投资，助推向南发展工作，做法在《兵团日报》刊发推广。

有一件事令我记忆尤为深刻。2018 年 5 月，在一次调研时，我发现投资数十亿的兵团重点项目中两台 60 万千瓦机组工程已经停工，而兵团层面领导认为是正常推

---

① 新华网北京 2014 年 5 月 29 日电：5 月 28 日，中共中央总书记、国家主席、中央军委主席习近平在第二次中央新疆工作座谈会上发表重要讲话。

进状态。如此精密的设备，整天风吹日晒，夏天将至，戈壁滩上的温度将近 50 摄氏度，几经寒暑设备就报废了。面对这种状况，我心里都是疼的。停工这件事，很多人都知道，可大家都不愿捅破这层窗户纸。我也很矛盾，如实向上汇报，肯定会得罪人；听之任之，可自己心里这个坎怎么也过不去。这已经不是责任心的问题，经受的是良心的拷问。几经考虑，我写信给兵团的孙金龙政委反映情况并提出建议，很快得到了批示，避免了国家损失，取得了良好效果。

文化是固疆之魂，务必着力干好兴文化的活。利用河南文化大省优势，积极落实“文化润疆”方略，在文化研究、合作、传播等方面采取切实措施，实施军垦博物馆二期项目建设，30 集电视剧《花开时节》在中央台播出，豫剧《焦裕禄》《村官李天成》、话剧《红旗渠》等一大批经典剧目相继亮相哈密和十三师，受到当地干部群众热烈欢迎。

赴河南财经政法大学、河南师范大学等单位宣讲新疆形势和党的民族宗教政策，组织大批志愿者进疆，协调河南城建学院、安阳幼师等学校组团帮扶十三师职业技术学校，创设幼教、汽车维修、电梯维护等市场急需专业，协调引进湘疆云公司等六家企业入驻学校实施校企共建，在校生由原来的几百人提高到 2000 多人，走出了一条产业援疆与职业教育融合发展的新路子，成为兵团先进、援疆品牌，受到国家发改委、教育部充分肯定。

要说我最难忘的场景，还是《兵团颂》开演。2019 年 11 月 30 日，兵团文艺精品工程项目——大型情景交响合唱在十三师成功试演。这是由兵团党委宣传部、中共河南省委宣传部、河南省文化和旅游厅、兵团十三师和河南歌舞演艺集团历时 4 年，共同打造的一部大型文艺作品。曾几何时，这个被列入豫新合作的重点文化项目，因为资金、制作等原因被一度搁置。重新启动项目面临大量工作，更意味着责任和风险。但就是因为责任使然，加之对文化的情有独钟，我顶着多方压力和困难，深入研判、多方协调，并担任总策划做好场内外统筹工作，最终促成了《兵团颂》华丽亮相。演出现场，观众时而情绪高涨、掌声阵阵，时而心潮澎湃、热泪盈眶。那一刻，我感受到艺术穿透人心的力量。这次汇报演出，距离离开新疆仅剩一月时间，当时，我正在紧锣密鼓地总结、交接工作。我常想，《兵团颂》就算是我向援疆工作交出的最后一份履职答卷吧！

牵挂——难忘新疆

“精卫衔微木，将以填沧海；刑天舞干戚，猛志固常在。”在艰苦的环境中磨砺，磨的是意志；在寂寞的履职中修行，修的是初心。

记得刚刚接到援疆的消息时，身边的朋友关心地问我：“你犯错误了？”在他们眼里，援疆也许就是“发配”吧；也有人羡慕，觉得这是积累“政治资本”。对此，我未置可否。在我观念里，只要工作需要，在哪里都一样；无论前路如何，服从组织安排是最基本的遵循。

习近平总书记说：“要弘扬民族精神和时代精神，践行胡杨精神和兵团精神，激励各级干部在新时代扎根边疆、奉献边疆。”①

胡杨一千年不死，死后一千年不倒，倒了一千年不朽，与如刀的沙漠风和如火的骄阳抗争、拼搏，领尽大漠瀚海风骚，援疆干部扎根边疆、克难攻坚续写胡杨精神，那是生命的顽强与战天斗地的坚韧。

情谊至深处，他乡亦故乡。三年多的援疆时光，说短也短，短得来不及播种更多的梦想；说长也长，长得足以让我用一生去怀念守望。援疆岁月，是我工作历程中丰富而厚重的一笔，我们从中原大地上走来的援疆干部，舍儿女情长、取家国大义，把自己交付给火热的事业和受援的一方水土，用如火热情绽放民族团结之花，用胡杨精神铸就时代丰碑，用兵团精神诠释对党和国家的忠诚。在第三届感动十三师人物评选活动中，河南省援疆干部作为唯一集体荣获“感动十三师人物”称号。

捧起黄河水，难忘关山月。援疆时间虽然很短暂，但胡杨精神、兵团精神已然融入我的血脉，予我激情、让我怀念，给我不忘初心、奋力耕耘、生生不息的力量。

我十分珍惜这一短暂的历程，它将我的人生画卷涂抹得多姿亮丽，让我的人生轨迹有声有色。每逢哈密瓜飘香、雪莲花盛开的季节，每当《可可托海的牧羊人》旋律响起的时候，援疆期间的点点滴滴，都会一幕幕浮现在眼前：我仿佛再一次扬鞭策马，从黄河岸边，奔赴塞外关山，去探访喀什古城的庄重、楼兰古国的神秘、红其拉甫的威严、星星峡的苍凉和帕米尔的高旷，更有哈萨克马肉的恣意、十二木卡姆的灿烂、奶茶的醇厚和巴郎子的笑声在风里荡漾……

---

①《习近平在第三次中央新疆工作座谈会上发表重要讲话》，2020 年 9 月 26 日，新华社。

在洛阳，与十三师对饮

吴文奇

葡萄美酒夜光杯，欲饮琵琶马上催。醉卧沙场君莫笑，古来征战几人回？

——王翰

十三师，对于我而言，是那样的遥远。

我在十三朝古都洛阳，而十三师却在西距洛阳2000多公里外的新疆哈密。

对于洛阳和哈密两者之间的关系，我最初的记忆还停留在课本上：“班超投笔气如山，万里封侯出玉关。”东汉时期，书生班超在洛阳投笔从戎，率领36名勇士建功西域。公元78年，在哈密附近，他率师与北匈奴军队大战于蒲类海（今哈密巴里坤湖），获胜而归。30多年间，班超在西域平定叛乱，纵横捭阖，重树大汉国威，将阻断65年的丝绸之路再次打通。

后来，我又知道了洛阳人玄奘西天取经的故事。玄奘，是洛阳缑氏镇人，13岁出家为僧。公元629年，他从长安出发，过兰州、出玉门关、经敦煌，历经重重艰辛，九死一生地来到了位于哈密的白杨沟佛寺。这是他进入西域的第一站。之后，他前行新疆及中亚等地，辗转到达中印度。白杨沟佛寺，也因玄奘于此与千里之外的洛阳产生了回眸，而在中华历史文化中留下了灿烂的一笔。

哈密实在是太遥远了，遥远得使我除了哈密瓜之外，与其再没有一丝丝相牵。

不过，2023年十三师的邀请，让我第一次走近了哈密，走进了西域那大漠孤烟、一望无垠的辽阔。

十三师，全称为“新疆生产建设兵团第十三师”。其与新星市实行“师市合一”的管理体制，位于被称为“西域襟喉”的新疆“东大门”哈密区域，是历代中央政府经略西域的桥头堡、内地进疆的第一站，为丝绸之路经济带重要的节点城市。

2023年3月，在河南省对口援疆的基础上，第十三师（新星市）与洛阳理工学院签订了战略合作框架协议，进一步深化了援疆工作；至年底，其邀请洛阳理工学院到新星市进行文学采风活动。作为该学院的兼职教授，我随采风团就这样地走入了新疆，走近了哈密，走进了十三师。

一、我们需要有双明亮的眼睛

初到哈密，零下 20 多摄氏度的严寒瞬间就把我们冻裹。寒风似箭，在耳边“嗖嗖”掠过的同时，也硬生生透穿了鸭绒服的外套。一两分钟时间，我便感到了贴身内衣发凉，那是一种透心的冷！

来接我们的是十三师文旅局的孙兰玲主任。她高挑身材，瓜子脸，白皙的脸庞上闪烁着一双黑亮的大眼睛。上到大巴里，寒暄之后，大家很快便熟识了。同行有老师对她讲，这里的风太大了，冷飕飕吹得人睁不开眼睛。孙主任笑了，她站起身来，转身背靠着大巴里前面导游用的扶手，面向大家说，风沙大是我们新疆的特色，新疆就是风吹出来的。接着，她停顿了一下，说既然谈到了风沙和眼睛，我就给大家讲两个在我们兵团发生的关于眼睛的真实故事。说完，她扫视一眼，看大家都竖起耳朵、瞪大眼睛在认真听，就继续开讲：新中国成立新疆解放后，党中央借鉴历史上屯田戍边的经验，1954 年成立了新疆生产建设兵团，实施屯垦戍边政策，寓兵于民。当时，军队遵循“不与民争利”的原则，在盐碱滩上开荒造田。那个年代的新疆，超过十级的大风天气很频繁，战士们的帐篷以及帐篷里的东西被大风刮走是常有的事。大伙每次出工前，都要用石头把放在帐篷里的碗筷、被子等压着，可尽管如此，漫天的黄风也时常把这些用品刮走。很多次到了吃饭的时候，没有了碗筷，只能用铁锹盛饭，捡来树枝当筷子。盐碱滩的风沙更大，刮得人走路都睁不开眼睛。白色的碱，一块一块的，大风一起漫天白色，“无风一片白，风起白满天”就是对当时天气真实的写照。遇到了大风天气，漫天风沙刮得人无法站立，更看不清道路。不少战士曾被风推着走了几公里，迷失了方向，彻夜难归。“滚滚黄沙遮天日，茫茫盐碱连天边；满目荒凉杂草生，野兽出没无人烟。”这是当年兵团战士留下的顺口溜。为了解决在风中走迷失和摔倒受伤的问题，有条件的单位，就给每个班配发了一个苏联红军飞行员的防风镜。到田地干活下班时，如果起风了，就由班长戴着防风镜弯腰领路，其余的战士就闭着眼睛排在班长的身后，两手抓住前面人的腰，弓着身子在大风中前行。远远看去，这个班就像一条大蜈蚣在地上蹒跚爬行。

孙主任讲到这里时，我的眼前没有出现大蜈蚣，而是出现了孩子们玩的老鹰抓小鸡的游戏。觉得班长就像是那个用身子护住鸡崽与老鹰搏斗的老母鸡，而老鹰就是这个狂风。“真的有这么艰难吗？”旁边听故事的老师半是疑问半是感叹道。

“真的是这么艰难！我就是军垦的后代，我们的老兵在垦田初期真的是艰难无比！”孙主任的眼睛一下子大了起来，露出了一丝湿润的光亮。她继续讲道：“我想讲的第二个故事，也是发生在垦田初期。兵团的戍边屯垦，有一个基本要求就是‘不与民争地，哪里艰苦就到哪里去’。当时，我们的四十七团进驻红星二场，就是要在荒无人烟的盐碱地上开荒造田。四十七团三连五班有 15 名军垦战士，班长是一名进疆老兵。随着班长荣立军功越来越多，他的年龄也越来越大。那年，在组织的帮助下，他终于和同连队的一位女战士结了婚。新婚的第二天，由于工作需要，老班长便告别了妻子，前往 20 公里外的地方开荒治碱。当时，新中国刚刚成立，百废待兴，新疆这边生活物资更是极度匮乏，吃口蔬菜都是奢想，好多战士因长期营养不良都得了夜盲症。什么是夜盲症呢？就是在夜晚或是光线昏暗环境下看不清东西，严重的完全看不见东西。这个症状一般是身体长期缺乏维生素 A 导致的，如果饮食中补充了胡萝卜、猪肝等富含维生素 A 的蔬菜和肉类，夜盲症就会很快痊愈。老班长的妻子心疼丈夫，担心他的夜盲症越来越严重，就把家中仅有的一小袋榨菜带给了老班长，好使他在繁重工作中补充一点维生素。回到连队后，老班长就把榨菜拿出来让战士们吃，战士们让班长吃，这袋榨菜在战士们手里传了一遍又一遍，转了几圈，就是没有一个人舍得吃。”听到此，我突然想起来了电影《上甘岭》中的一个画面：在坑道中，渴得嘴唇发裂的战士们手捧一个苹果传来传去，却没有一个人舍得吃。孙主任的话很快又把我拉进故事中，听她继续讲道，“这个班几乎人人都有夜盲症，平时，他们开荒返回驻地的时间接近黄昏，大家看不清东西，有好几次都找不到回家的路。最终，大家商量决定，这一小袋榨菜留给班里最年轻的那个战士吃，因为他的视力稍好一些，只要能保住一双眼睛，大家就能找到回家的路。”

我是一个容易激动的人，听到这里，想到当时场面，眼泪瞬间便涌了出来。没有想到，刚刚到十三师的第一天，我便被老兵们的故事打动了。我渴望自己生出一双慧眼，穿越时空，在白茫茫的盐碱滩上，在肆虐的风沙之中，用今天的视角去凝望昨天那一队队眼色迷离、如蜈蚣爬行的老兵们。

二、用嘴尝出来的土地

在接下来几天的采风中，我又听到了如下三个故事：

肖团长是 1938 年的老八路，他先后参加过百团大战、延安保卫战等多次战役。部队进疆后，按照上级要求，他带着四十七团在火石泉安营扎寨，任务是要创建一座现代化的国营农场。

可是，战士们看到脚下踩的却是白茫茫的盐碱滩。火石泉区域东西南北一镐一镐挖下去都是碱土，不少地方一尺多深的碱土层下面，还有半尺厚的固体芒硝层。他们请来专家进行测算，得出的结论是：每亩碱滩，平均含有 40 多吨的硝和碱、6 吨多的盐。肖团长和战士们都傻眼了——在这样的满含碱硝盐的土地上，如何创建农场？怎么才能种出庄稼来呢？

上级部门指示肖团长他们挖排碱沟进行排碱。很快，一道一道的壕沟挖出来了，但浸出的碱水却排不出去。在看完一道道壕沟后，专家又指出，只有让这些排碱沟形成排水渠系后，才能降低地下水位，要做到“碱随水来，碱随水去”。一声令下，以“除盐灭碱”为中心的挖排碱沟大会战在全团展开。从东到西，从南到北，火石泉大碱滩上渠道纵横，做到了“来水有源，去水有路”。战士们开始一块地一块地地洗碱，但在没有化验设备的条件下，怎么才能知道地里的盐碱是否洗净了呢？肖团长抓起一把洗过碱的土壤，用眼睛看、鼻子闻、手指捻，却仍分不清楚手里攥住的土壤是有盐有碱还是有硝。他心想，看也看了，闻也闻了，捻也捻了，何不再用嘴尝一尝呢？用嘴一尝，果然就尝出味了！肖团长高兴得像个孩子似的喊：“这土是有味道的，这土是有味道的！”听到他的喊声，战士们也都啧啧地吧嗒着嘴，用心品尝着这土的味道。这时，有人突然问：“团长，啥味道的土才是种庄稼的土呢？”是啊，啥味道的土才能种庄稼呢？又有人道：“要知道盐碱土是啥味就好了。”肖团长听了眼睛一亮，反问：“盐是什么味？”回答：“盐是咸味。”接着问：“碱是什么味？”又回答：“碱是苦涩苦涩的味。”又问：“硝是什么味？”没有人回答，肖团长笑了说：“咸味是盐，涩味是碱，什么味是芒硝呢？再用嘴尝一尝不就知道了嘛！”说尝就尝，侦察科的同志取来各个地块不同的土壤，让大家用嘴尝，来辨别土壤的滋味。咸味是盐，涩味是碱，凉味是芒硝。那么，如果土壤不咸、不涩、不凉不就可以种庄稼了吗？自此以后，战士们只要浇洗一次水，就会抓把土来尝一尝，直到没有咸、涩、凉三种味道了，这块地便可以种庄稼了。肖团长在总结大会上自豪地说：“我们的土地，是战士们一口一口尝出来的！”

听到此，我下意识地咂吧一下嘴，想象着当年肖团长和战士们或站或蹲地聚集在盐碱地里手抓嘴尝的情景，嘴里仿佛也涌现出又咸、又涩、又凉可能还会很苦的那些味道。

四十七团政治处小李到三连任指导员的第一课就是泡荒治碱。二十啷当岁的小李没有想到，泡荒治碱工作是如此的艰辛——水一进地，就需要昼夜看护，地里不能离人，水流到哪里，人就得跟到哪里。有次，他眼睁睁地看着水流进了地里，但半天过去了，也见不到畦里有积水。小李提着铁锹进地去察看，哪知进到地里没走几步就陷进泥坑里了。他赶忙往外拔脚，没有想到越晃动身子越往下陷，转眼间就陷到了腰部。地边上的战士急了，要下地去拉救小李，在一旁的老班长有经验，他大声喊住了要进地的战士，让大家把皮带接起来给小李拽着，这才把陷进泥坑里的小李拉了上来。原来，这万古荒凉的盐碱滩上鼠洞很多，腐朽的芦苇根也在地下织成了四通八达的通道。水一进地，就顺着这些洞呀、眼儿呀往地下钻，有的地块大水灌上一整天，地面也不见有积水。有的地块芒硝板层下面甚至隐藏着深深的“无底洞”，水流进了这样的地块别说灌上一整天，就是灌上三天三夜地面也看不到水。

被皮带拽上来的小李蹲在地边和老班长琢磨起来，他们慢慢发现刚才陷进小李的泥坑现在却积满了水。这是为什么呢？他们很快就弄清楚了这一情况，刚才小李在挣扎中脚踩泥土把鼠洞给堵死了。把窟窿堵住了，水自然就不会顺着地洞流失了。踩土堵洞，就可以解决这个问题！说干就干，他们取来绳子，绑在腰上，互相拽着去踩洞垫土。万一有人陷下去，其他人就拉着绳子再把他拽出来。就这样，洗碱时，人在水头前边把鼠洞和芦根眼踩实堵住，水流到哪里，洗盐碱就能洗到哪里。如此一来，大大加快了土地洗盐碱的效率。

“歪打正着！”听完这个故事，我莞尔一笑，脱口说道。在我们日常的工作和生活中，难免会有许多巧合。一些无心插柳的巧合，或许就能成就一番大事。

杨班长是一个认真心细、爱琢磨事的人。那年，他带领11个战士在新开垦的土地上种了1000多亩的春小麦。可绿油油的麦苗出土不久，地里便泛起了一层层的白碱渍，没几天麦苗就被盐碱侵蚀得发黄枯萎了。他急了，立刻带着战士们用扫帚小心翼翼地把麦苗间隙中的盐碱末扫在一起，然后一担一担地挑出地外。可是，这地就像是着了魔法，头天扫干净了，第二天又泛起一层白粉（盐碱末），刮去一层又来一层，怎么也扫不干净。这天，杨班长他们在一块结了盐碱壳的麦田里扫盐碱，由于盐碱壳太硬，扫帚扫不动，战士们就先用钉齿耙耙，然后再扫，再刮，再一担一担把粉末挑走。第二天，杨班长一走进麦田就发现了奇迹：头天用钉齿耙耙过的地块没有再泛起盐碱末；而其他扫过的、但没耙过的地块则依然是白花花的一片。杨班长立刻召集全班同志开“诸葛亮会”，决定放下扫帚，拿起钉齿耙再试。奇迹再次出现了，耙过的地方不再泛盐碱了。后来经过专家分析，大家才明白“碱随水来，碱随水去”的真正含义。原来是耙地破坏了地表的毛细管，水分蒸发受阻，土壤深层的盐碱成分就无法随水再上升到地表了。原来如此！之后，四十七团统一制作出一种1.2米宽、14个齿的耙子，人手一把，全团出动，一人一天能耙30亩土地。耙地解决了春小麦播种后返盐严重的问题，特别是防止了下雨后土壤返盐侵蚀麦苗的大事。师里召开现场会，总结杨班长他们的经验，而这个14个齿的耙子也有了一个大名鼎鼎的名字，叫“防碱耙”。

孙主任说，开荒治碱挖排碱渠，是兵团当时最苦最重的农活。排碱渠深两三米，一锨泥土从沟底挖出，需要向上倒两三个台级才能倒到沟外面。而且当时挖排碱渠，是在零下一二十摄氏度的冬季施工，泥水溅身，衣服很快就会结冰冻硬。就是在那样的环境里，战士们用手执锄镐和肩扛人拉的方式，修建水渠、开荒种地、植树造林，用心血和汗水浇灌出了一片片沃土，在亘古荒原的碱滩上创造了万亩良田，让荒漠变为一团团茂盛的绿洲。

如今，我们就站在这片土地上。大家亲眼看到了杏树、桑树、核桃树、苹果树、圆冠榆、银白杨等多种树木在这里成林成片、茁壮成长，看到了蔬菜大棚、养殖大棚棚棚相连，看到了个大水足甘甜如蜜的哈密瓜、色泽红润药用价值极高的哈密大枣和品质好产量高的无核白葡萄；亲身走进了十三师，参观了他们的“第三批国家农村产业融合发展示范园”“全国乡村旅游重点村”“中国美丽休闲乡村”“全国农村特色产业十亿元镇”“国家农业现代化示范区”“兵团现代农业产业园”；等等。我们无比感慨：当年农垦战士用嘴尝出来的苦涩土地，在经过大半个世纪农垦人的辛苦耕耘后，现在正变得越发“可口和甘甜”啊！

三、地窝子婚房

我们一行到达十三师的第二天，哈密下雪了！当地人讲，哈密地区降雨和下雪的次数都很少很少，以至于千百年来，其周边都形成了戈壁和沙漠。

今天，主人要安排我们去看“地窝子”。什么是地窝子？地窝子是一种在沙漠戈壁地区较为简陋的居住方式——在地下斜挖一个长宽三四米、深两米左右的坑，坑的顶部四周用土坯垒砌成矮墙，上边用芦苇或柴草覆盖，再抹上一层泥巴进行密封。地窝子今天看起来着实是原始和简陋，但在20世纪五六十年代，它可是兵团军垦战士最温暖的家啊！

在十三师红星二场地窝子遗址，我们看到了占地约50多亩、有150多穴的地窝子。它是目前新疆范围内保存最完整、规模最大的一处整建制地窝子遗址。红星二场的前身，是中国人民解放军第一野战军第一兵团第六军十六师四十七团，起源于1927年八一南昌起义，是一支经历过二万五千里长征、参加过平型关大捷、延安保卫战、曾被毛泽东主席誉为“红星部”的英雄部队。这片地窝子，是四十七团的一个连队进疆集体转业后居住的房屋遗址，它是军垦战士在盐碱戈壁极端恶劣的自然环境中，就地取材、因陋就简挖建的半地穴式驻地。地窝子热，夏天温度高达三四十摄氏度，能热死人；地窝子冷，冬天温度会降到零下二三十摄氏度，能冻死人。虽然地窝子居住条件艰苦，但战士们依然发扬革命乐观主义精神，有人写诗吟诵地窝子：“新疆好，新疆好，住的楼房三尺高。下面顶了四根棍，上面铺着芨芨草。”有许许多多的老军垦，他们在这样的地窝子里一住就是十多年，且“献了青春献子孙”。

关于地窝子的故事有很多。在一四八团的时候，刘贤藻和众多的拓荒者，都住在地窝子中。有一天，别人给她一些白面，让她改善改善伙食。她下班后随手把面袋子放在地上了，可没想到夜里却下起了大雨，鞋子都在泥水中漂起来了，更不用说那袋贵如黄金的白面——早被泥水泡没了！她说，刮大风是常有的情况，有次风特别大，把一头耕地的牛都刮得掉进了地窝子。刮大风的时候，地窝子里的被子上面常常会落上厚厚的一层尘土。晚上休息，都要先抖去尘土，才能盖被睡觉，有时还需要在脸上蒙一块挡尘土的布。尽管地窝子条件艰苦，但战士们在无奈中仍保持着乐观。刘贤藻说：“金窝窝，银窝窝，都不如自己的土窝窝。”有战士们还编了一个顺口溜，说：“地窝子好，地窝子强，地窝子冬暖夏又凉。远看一片荒凉地，不知脚下是营房。”孙美香在地窝子中也度过两年时光。几十年过去了，她还深深记得第一年在地窝子过冬时的场景：“我住的地窝子，能放两张床，没有门，只有一个棉帘子挂着挡风。冬天太冷，常常冻得睡不着觉。早上起来，被子上、墙壁上，还有嘴上都结满了冰霜。”有一天夜里，下了很厚的雪。早上起来，孙美香发现地窝子的门口出现了一圈圈狼的脚印，女兵们都惊恐不已。此后，为确保安全，连队便安排男战士每晚在女兵居住的地窝子前巡逻。这样，女兵们才能睡得安稳一些。

在这个遗址中，有一个连部的集体婚房特别吸引我们。这个地窝子比一般的地窝子稍大一些。连着屋的一面墙壁有一个土床，也比一般地窝子里的土床大一些，上面铺了一层干蒿草，算是个“双人床”吧。这就是当年战士的“公共新房”。哪个老兵需要结婚了，就在这个地窝子婚房中成婚。在婚房里居住的时间是有限的，时间不紧的时候，可以住上一周；时间紧的话，只能住3天。时间一到，两人就得搬离婚房，回到各自集体宿舍的地窝子里去。在这个地窝子新房中，我久久伫立，努力感受着那个年代一对对新人的气息，想象着他们在这个难得的婚房中，如何讲述和倾听自己，如何感觉还不是太熟悉的对方，如何去度过一个浪漫主义的革命婚礼。地窝了婚房，是新婚战士家庭的开始，也是他们人生又一次重要转折的见证者，更是他们生命中不能忘却和值得纪念的地方。

对于内地的我们来讲，大漠落日、黄叶胡杨等都是美丽的风景。是的，在这个充满异域风情的地方，霞光万道中冉冉升腾的朝阳，微风荡漾中草丛盛开的花朵，以及天上遨游盘旋的雄鹰，无一不是一道道美丽的风景。但是，我觉得自从有了我们的军垦战士，有了我们老兵地窝子中的恋情，这些风景不仅增加了新的内涵，还又增加了浪漫温暖的内容。

“我是鹰——云中有志；我是马——背上有鞍；我有骨——骨中有钙；我有汗——汗中有盐。”这是兵团著名诗人杨牧《我是青年》的诗句。地窝子，它不仅书写了新疆建设兵团第一代军垦战士的无私与奉献，也是新中国成立之初广大青年开发新疆、开发哈密的历史见证。几十年来，经过几代兵团人的艰苦奋斗，戈壁滩上的绿洲正在延伸，现代化的城市正在崛起，边疆重镇生活条件得到了极大的提高和改善，一栋栋高楼大厦和越来越舒适的生活环境，无一不展现着时代的变迁和发展。

“求木之长者，必固其根本；欲流之远者，必浚其泉源。”地窝子，就是兵团精神的根和源泉。

四、永远的“十三连”

陪同我们采风的还有十三师广电局的张天坤主任。张主任身材敦厚，四方脸庞，双眼炯炯有神。在去往“十三连”的路上，他指着公路两边不算太粗的树干说：“大家请看，这就是胡杨树。”平日，我看到的胡杨树多是照片。特别是秋日里的胡杨，树叶金黄，枝干遒劲，在沙漠边缘苍茫成长，它们“一千年不死、一千年不倒、一千年不朽”，坚韧顽强，点缀了荒芜的天地，也带给人们以生机和希望。但是，我现在看到的和照片中却完全不一样，它们就像内地一棵棵细细的、极为普通的白杨树。张主任讲，现在路旁的胡杨，是前几年刚刚栽种的，树龄还小，是胡杨的少年时代。它们有朝气有活力，就像当年刚刚进疆的年轻战士。

身为军垦后代的张主任还给我们讲到，第十三师前身是中国人民解放军第六军十六师，源于中国工农红军。他们土地革命时期是红一军团、红二十五军和二十八军；抗日战争前期是一一五师骑兵团、六八八团和一二零师七一六团，后期是在延安卫戍党中央的陕甘宁晋绥联防军教导旅；解放战争时期被改编为中国人民解放军第六军十六师；1949 年 11 月进驻哈密，1952 年 2 月转为经济建设师，1953 年集体转业为新疆军区生产建设兵团农业建设第五师，2012 年更名为新疆生产建设兵团第十三师。十三师的老战士，大都经历过解放战争，是在战火中成长起来的革命军人，即使他们从解放军战士转为兵团职工，也长期保持着军人的优良作风。

我们沿着胡杨林向西走几公里后，有片高高的戈壁梁子，被当地人称作“高堡”。这里有很多座坟墓，墓碑一律朝向东南，整齐地排列着。张主任介绍道，这就是我们的“十三连”。我们听得很纳闷，心里充满了不解。张主任继续讲道，军垦团场初创时保留着部队建制，总共有 12 个农业连队。20 世纪 50 年代，一名叫邢正发的连队采购员去世了，埋葬在这一片荒滩的高地上。后来，邢正发的一位同乡不知他已离世，来连队找他。连队战友怕他的这个同乡难过，不忍告诉真相，谎称邢正发已调到了“十三连”。同乡走后不久，连队收到了一封寄给邢正发的信，收件地址写是“红星二场十三连”。从此，这个善意的谎言，让“十三连”成了这片荒滩墓地的名字。后来，人们觉得年老的军垦战士去世了总得找个地方安葬，而这里头枕天山，脚踏戈壁，夕阳西下可以在落日的余晖中仰望着团场，是块好坟地。渐渐地，安葬在这里的军垦老战士便多了起来。团场职工群众也正式将这里命名为“十三连”。

这又是一个令人热泪的故事。广大战友不离不弃，生在一起，死也要葬在一起！我想象着新中国成立之初，那么多年轻的战士，如青春的胡杨一样朝气蓬勃，五彩烂漫，他们从全国各地走到了新疆，分散于各个军垦连队。他们经历了战争的洗礼，在垦田戍边、建设新疆中渐渐老去，如倒地枯萎的胡杨，但他们英灵不去，魂魄不散，又聚集在这“十三连”。何处黄土不埋人？他们肯定早已放弃了落叶归根的想法，而把这里当作了自己人生的最后归宿。留下青春的地方是最令人怀念的，这里就是他们的第二故乡、精神的家园。身经百战的老军垦李宝山病危期间，嘱托家人，百年后要将自己埋在“十三连”。弥留之际，老人还拿出 5000 元当作“特殊党费”捐献给了团场。另一位老军垦战士刘伦，曾乐呵呵地说：“等我百年之后，也要穿军装，把我葬在‘十三连’，与战友们做伴不寂寞。”红星二场原供销科的王恩信为人爽朗，喜欢伸手帮人。军垦老战士走了，他常来收殓遗体，抬埋死者。家属请他挑选墓地，他总是直言“十三连”。经他帮忙下葬的老军垦数以百计，同事给他开玩笑说：“老王，给自己选个好地方。”老王笑着说：“‘十三连’都是扛过枪打过仗、受过伤流过血的老军垦，我百年之后，埋在‘十三连’最安心。”

1950 年，红星二场建场初期，团场有 2000 余名老军垦。至今，援疆初代的老兵，绝大多数都已离世，健在的年龄也都九十开外了。岁月带走了他们的人生，却留下了一串串的故事。或许，这些故事多数平凡无奇，但故事里的每一个人都是真实的，每一个细节都是鲜活的，他们串在一起，犹如陈酿美酒醇香绵厚，能让人产生深深的感怀、悠长的回味。

站在“十三连”的旁边，老军垦的故事使我沉浸在无尽的苍凉和悲壮之中。回望近2000年中国新疆的历史，既是战争史，也是屯兵垦田史，更是代代军人的献身史。公元前60年，西汉在乌垒城（今新疆轮台境内）设立西域都护府，行使着对西域的管辖权。这标志着新疆地区正式纳入中国版图。从此，中国开始了西域大规模的屯兵垦田。百年之后，东汉出击匈奴，攻占伊吾庐（今新疆哈密），“留兵屯伊吾庐城”“置宜禾都尉以屯田”，掀开哈密屯垦的历史篇章。《后汉书·西域传》记载：“自建武至于延光，西域三绝三通”。“三绝三通”反映了东汉统一西域的曲折历程，也印证了“屯垦兴则西域安，屯垦废则西域乱”的历史规律。唐朝以伊州为基地，更是大兴屯田戍边之风。其以军屯为主，有军就有屯，设置支度营田使专管西域屯田。《旧唐书·地理志》记载：“伊吾军，开元中置，在伊州西北五百里甘露川，管镇兵三千人，马三百匹，在北庭府东南七百里。”即为710年，唐伊吾军驻甘露川（今巴里坤县西北）进行筑城屯田。到了清朝，清政府派苏德尔募兵到哈密、巴里坤和木垒等地屯田，范围遍及南北疆。屯田规模不断扩大，巴里坤已是当时新疆最大的兵屯基地。1949年，新疆和平解放时，新疆是以农牧业为主体的自然经济，生产方式落后，生产力水平低下，人民生活贫苦不堪。国家根据当时的情况，借鉴历史经验，组建新疆建设兵团，继续进行军垦戍边。

千百年来，中华屯田戍边的战士何其多也！他们为了国家的统一与和平，为了边疆的建设和发展，远离故土亲人，在千万里外异域他乡的奉献中逝去。青山处处埋忠骨，何必马革裹尸还。“十三连”，不仅述说着新中国军垦战士的无私贡献，而且代表着中国历代因守疆而逝的军人。历史，因有他们才更为苍劲、悲壮、伟大和深邃。

寒风在此吹过了千百年，今天又盘桓在“十三连”。“十三连”墙外路旁的少年胡杨，就像一个个英姿勃勃的年轻战士，昂头挺胸，迎风而立，在护卫着那些万古不朽的灵魂，在历史发展中赓续着戍边守疆。

五、老兵的歌唱

哈密北面的东天山，平地突耸，峰峦叠嶂，皑皑白雪，惟余莽莽。远远望去，就像一条巨大的冰雪长城横亘在眼前。

采风团到了十三师的红星一场，大家兴趣盎然地参观了十三师高科技的农业展示。在这大西北的冬季，我们穿梭在大棚中的甘蔗、香蕉林里，感叹着这些南方的植物也能在大西北生根发芽、开花结果；在花贝花市鲜花市场，我们徜徉在花海之中，感受到了寒风中的春暖花开，草木青葱；在黄田农场九连，我们流连在维吾尔族村人偌大的宅园旁边，居民房屋统一规划，四周种满桑树、杏树、枣树和苹果树，背靠天山，风景如画；在柳树泉农场，我们了解到“柳树泉”是东疆绿洲文明的发祥地，片区内有古城遗址、古佛寺、古烽燧、古墓群、古村落、古林木、坎儿井群等丰富的丝路文化资源，有煤、石灰石、铜、铁等矿产资源，有占地1万亩的“神泉”产业集聚园区，盛产葡萄、核桃、桃子、杏子，是兵团级的产业园区。我们还参观了白杨沟佛寺遗址、了墩烽燧和沙枣泉1500年的九龙树，这些都是目前哈密地区旅游观光、休闲娱乐、探险访古的好去处。在柳树泉农场五连，买买提书记带领维吾尔族的大叔大娘弹奏着热瓦普，敲打着手鼓，一边唱一边跳，热情迎接着我们。他们把自己栽种的核桃、葡萄捧出让我们品尝，邀请我们与其一起载歌载舞，用歌舞诠释着目前富足美满的幸福生活。

从到新疆第一眼看到天山，我耳畔就响起了电影《冰山上的来客》的插曲《怀念战友》：“天山脚下是我可爱的家乡，当我离开她的时候，好像那哈密瓜断了瓜秧……”这次采风，我非常渴望能见到天山脚下的老兵。终于在红星二场，我们请来了廖广猷、张建昌等多位七八十岁的老兵进行座谈。这些老兵有河南老乡，也有来自其他省份的，他们大都是20世纪五六十年代进疆的军垦战士。谈话中，他们大都回忆了军垦之初的情况，且每个人都提到了“红星渠”。

红星渠，在这几天的采风中，我多次听到这一名字。

哈密盆地是亚洲最干旱的地区之一。军垦部队创建农场的历史，就是一部艰难的水利开发史。

创建农场、开荒种粮，必须使用水。有水吗？有，北面不远就是天山，冰雕雪盖，水源充足。如何引水到田，那就需要修建水渠。但是，要在茫茫的戈壁滩上修建水渠，何其难也！

“天山高，顶着天；戈壁大，大无边。狂风刮得天昏暗，沙石打得难睁眼。这些困难咱不怕，齐心合力改造它。”在军垦战士的快板声中，十三师开始了艰难的修建“红星渠”。红星渠是用花岗岩石和“代水泥”砌成的，累计使用了7万多立方米石头。当时，战士们拿着铁锤、钢钎、撬杠等工具，在天山上开凿炸石。刘伦当时正青春，他与战友们加班加点披星戴月工作，每天不完成任务决不收工。修渠现场车辆穿梭，人流涌动，大家你追我赶，心里暗暗较劲，看谁干得多、干得快。独轮车、牛车、扁担和箩筐齐上阵，将数万吨的石头运往了修渠工地。垒石头没有水泥，他们发明了“代水泥”，就是用烧出五分熟的红砖磨成细粉，加一定比例的白灰和水泥，搅拌均匀，替代水泥。砖粉眯眼，石灰烧身。碾压红砖时，红尘飞扬，对着面都看不清人。人戴三层口罩，嘴里、鼻孔还是粉尘，作业的战士成了“红娃娃”。刘伦说：“碾压陶粉时，一头拉碾子的骡子累死在碾盘边，肚子胀得硬硬的，解剖后，发现肺部充满了陶粉，已经石化了。”在这一工作中，许多战士因此得了尘肺病。因为缺水不能洗手，修渠的战士们吃饭时，往往拍拍手上的灰尘拿起馒头就吃，馒头上会留下五个黑指印。有时会没有了碗，就用手抹一下铁锹，盛点菜汤，折根树枝当筷子，就这么将就着吃饭。当时，在战士们中间流传着既是调侃也是鼓劲的两句话：“人不人，鬼不鬼，过得是个啥日子，活像一群叫花子；吃的苦，受的罪，拼命工作为了啥，就为后人活得像个人样子。”修渠时，战士们用人背、肩扛的方式运输石头。那天，叶登云背了两块很大的石头，过桥时失去平衡，掉进了河中。因为水深流急，战士们几次都没有救援成功，等找到他时，人已经牺牲。“太可惜了，他才18岁啊！”马省铃抹着眼泪回忆着叶登云。搬石头垒渠，很多战士的手和膝盖都磨破了，到了晚上，双手与十指会变得僵硬，握不成拳。为了保护手膝，大家用废旧车轮的外胎裹住膝盖，用内胎护住双手，可还是用不了几天就又被磨破了。“野麻当成钢丝床，吃根咸菜似香肠，天为帐，地当床，喝口开水赛鸡汤。哪里困难哪里去，兵团战士最坚强。”战士们曾有人编了这段快板书来描写修渠的日子。“那段时间，几个月没有刷过牙，吃住都在工地上，一天至少干14个小时活。”老兵们纷纷讲道。就这样，数十公里的红星一渠、红星二渠、红星三渠、庙尔沟干渠、红山口干渠等一个个水利工程不断建成，从天山峡谷满载着雪水，汹涌澎湃、白浪飞溅地穿过戈壁，涌向广阔的原野，使得红星一场、红星二场、黄田农场、火箭农场大片土地得到了灌溉，万顷戈壁变成了良田。

与这些垦疆老战士们座谈，我深深体会到从青春岁月开始到垂垂暮年的今天，他们爱党爱国、为国奉献的赤诚与热情从未中断和衰减。他们对援疆无怨无悔，并以子辈、孙辈扎根新疆为荣。年已八旬的老兵周鲁葛，圆脸白发，额头细密的皱纹下面，是一对又黑又长、引人注目的寿眉。他老爹是第一代的军垦战士，1954年，他追寻父亲从甘肃天水来到了十三师；现在，他的孩子们也都在兵团工作。在回忆往事后，他表达了对党和国家的无限热爱，动情地为我们演唱了他根据习近平总书记近年视察山西，自己创作的民歌《党恩深似海》。老人嗓音洪亮，歌声高亢。在其饱满的情绪中，我猛然意识到“红星渠”不也是广大兵团战士在大漠戈壁为祖国和人民演绎出的一曲激昂战歌吗？

夕阳西下，晚霞苍茫。在长城般的天山脚下，在老兵浓郁悠长的方言歌声中，回望这几天看到的良田万顷，回想听到的幸福话语，回味尝到的瓜果香甜，设身处地感受着军垦人用自力更生、艰苦奋斗换来的援疆成果，我心中不由得升起虔诚膜拜、坚硬似铁的无限敬意。

六、我爱这身军装

柳树泉农场托呼其村西南约20米处，有一块左宗棠碑。碑中记述了1878年左宗棠及清军统领刘锦棠赴新疆平定阿古柏叛乱时发生在哈密的一些史实。

1865年，清朝的西部边陲和东南沿海同时面临战事，以李鸿章为主的不少大臣主张放弃新疆。这时，年近花甲的左宗棠，出于民族责任感，毅然站出来，他认为“重新疆者所以保蒙古，保蒙古者所以卫京师”“若新疆不固，则蒙部不安，匪特陕、甘、山西各边时虞侵秩，防不胜防，即直北关山，亦将无晏眠之日”，临危受命，抱着誓死一战的决心，抬棺出征，率领部下先后收复乌鲁木齐、昌吉、呼图壁等，至1877年，攻克南疆所有重镇。1880年，他指挥收复被沙俄占领长达11年之久的伊犁，新疆重新回到了祖国怀抱。左宗棠收复新疆之时，在哈密一带屯田备粮。他要求将士们“择低清闲地，搜折树枝，排插成林”。至1884年，从兰州到哈密，凡有人处，“湘军所植道柳，除戈壁外，皆连绵不断，枝指云霄”。这些柳树，后人称其为“左公柳”。

卫国守疆，也是我儿时的愿望。在高中时期，当知道“左公柳”时，我曾无比自豪，当读到“抬棺出征，收复新疆”时，我曾热血澎湃，无比向往！

在这次采风活动中，主办方还特意给安排了一次“红色军垦”主题活动。他们从演出队为我们每人借来了一身军垦战士的演出军服，以便我们对军垦文化进行沉浸式体验。在红星军垦博物馆，了解军垦历程后，大家身着演出军服，面对党旗，举起右拳，庄严重温了入党誓词。

凝视着进疆老兵的军服，我久久不能平静。绿色的军衣已洗得发黄，显得有些陈旧，军帽前面缝着一颗醒目的红五星，上衣右胸前面缝了一小块长方形白布，白布上面勾勒出一个红色方框，方框内写着“中国人民解放军”7个黑字。尽管这只是演出服装，但穿衣上身的那一刻，我仍感到无比的神圣，觉得自己也成为一个勇敢的守边战士。

陪同我们的孙主任讲，军垦老兵一辈子都不舍得脱下这身绿军装。她说，这些年，每年都有军垦老战士离世。这些老战士，人活的时候穿的是军装，去世时也留遗嘱必须要穿着军装下葬。他们不爱金，不爱银，只爱那身褪了色的绿军装。虽然洗得发白，可那身绿军装他们不愿脱下，也脱不下——他们活着是“军垦人”，死了也要化作“军垦魂”。在团场成立60周年大庆时，27名军垦老战士齐聚文化广场，有人对这些百岁高龄的军垦战士说：“爷爷们请换身新衣服吧，大家穿的军装实在是太旧了。”但大家没有一人更换，都还理直气壮地说：“我们的军装虽然洗得褪了色，但我们的革命精神永不褪色！”

是啊，这些老兵都是从硝烟战火中走出来的，军装已经成为他们身体和精神的一部分。他们徒步上千公里，穿越河西走廊，走过茫茫戈壁，千辛万苦来到哈密，但等待他们的却是没有硝烟的战场。新中国交给了他们新的任务，那就是创建农场、戍边垦田。无论在军队还是在兵团，无论军人身份怎么转变，工作内容怎么转变，但他们保家卫国、建设国家的思想始终没有变，军人品质没有变。他们身着军服，披荆斩棘、修渠引水、开荒治碱，很快就在天山脚下无怨无悔地投入了垦田戍边这一新的战斗任务之中。

新疆屯垦的意义，曹操在《置屯田令》中已讲得明白，即“夫定国之术，在于强兵足食。秦人以急农兼天下，孝武以屯田定西域”。军垦的最终目标就是安邦定国。从东汉开始的新疆兵屯，既为戍边将士自己提供了粮饷，又为当地官员、来往使节和商旅提供了食宿保障，更为维护国家统一作出了历史贡献。历朝历代，新疆屯田形成的人口迁徙，不仅把先进的生产技术从内地带到了新疆，促进了新疆生产力的发展，而且也极大地促进了新疆和内地的文化交流。作为中华文化的主体文化，博大精深的汉文化在新疆广袤的大地上，影响着各民族文化的发展和进步。可以说，有了“屯垦定西域”，才有了“丝绸之路”的畅通无阻。史学家及文化学者将“丝绸之路”誉为世界“文化之源”是不为过的，因为中国文明、埃及文明、印度文明、美索不达米亚文明、中亚文明、希腊文明等，都产生于“丝绸之路”的东西两端，并经历与“丝绸之路”的碰撞和交融。代表中华文化核心内容的汉文化，对新疆各民族人民的价值观、思想意识、审美情趣起到了潜移默化的引领作用，巩固了新疆地域文化多元一体格局，最终成为凝聚新疆各民族的重要核心力量。这些，无疑都还会为新时代中国“一带一路”的倡议发展进一步保驾护航。

如今，新疆军垦不但稳固了边防，而且进一步建设和发展了新疆。特别是进入21世纪，国家开展了新一轮对口援疆的战略决策，包括河南省在内的各个省市进一步加大了援疆力度，要确保新疆实现全面的小康社会。与此同时，我们也欣喜地看到，诸如孙兰玲、张天坤等这些垦二代、垦三代、垦四代们扎根新疆，接续奋斗，踔厉笃行，共建家园。在这一过程中，伴随着新疆的越发美丽，我们也必将看到爱国援疆代代相传，红色精神赓续不断，老兵不老，军装更绿！

在2024年元旦来临之前，我们满含无限感怀，结束了对十三师的采风。

万民欢乐歌丰收，家有余庆过大年。很快，农历龙年的春节就到来了，窗外不时传来鞭炮声。除夕之夜，洛阳城内霓虹闪烁，万家灯火，人车涌动，喜乐繁华。在这温馨祥和、幸福团圆之际，我再次想起了老兵，想起了十三师。“只愿精忠能报国，天下无土不为家！”我感慨万千，遂端起美酒，双手高举头顶，面朝西北的天山方向——“英勇的老兵们、伟大的十三师，干杯！”

初心致远耀星空

——记第十三师红星二场红星军垦博物馆初明远

张丽娜

序 章

——星空是这片土地最美的景色

在辽阔的天山脚下，坐落着兵团第十三师新星市。这里有辽阔的戈壁，有浩瀚的沙漠，有绵延不断的雪山冰川和不朽的胡杨。每每入夜之时，苍穹繁星闪烁，任何赞美之词在这璀璨星河中都显得苍白无力。

——军垦精神是这片土地最动听的歌声

在新疆生产建设兵团的伟大家庭中，有这样一支队伍，他们以坚定的信念、顽强的毅力和无私的奉献精神，踏遍天山南北，用鲜血与汗水浸润了这片神奇的土地，书写了一段光辉的历史，他们就是兵团第十三师。他们与初生的共和国一起成长，而今屹立在西北边陲，屯垦奉献，谱写着时代诗篇。

——文化遗产是这片土地最耀眼的名片

第十三师新星市拥有数不过来的历史文物古迹。在柳树泉农场白杨沟佛教遗址，一座座残存佛洞与塑像、一幅幅精美的壁画，让人想见唐代佛教繁荣的盛景。焉不拉克古墓出土的陶器，单耳豆、腹耳壶、双耳罐，把历史瞬间拉回到商周时期。庙尔沟、博斯坦古村、柳树沟墓地、了墩烽燧遗址、红山口王庭遗址……一百多处不可移动文物与红色文化资源彼此映衬，是第十三师新星市最沉默，也最响亮的名片。

第一篇章 把热爱当成职业的文物守护者

初明远是第十三师红星二场文广中心红星军垦博物馆馆员。不论何时，见到他精神抖擞、魁梧精壮的样子，你一定不会猜到他已经55岁了。自从初明远开始基层文物保护工作以来，一晃已度过二十余年光阴，择一事、终一生，把兵团军垦文化遗产保护研究、弘扬传承工作当作终身事业，在这片土地上留下无数的足迹与爽朗的笑声。

初明远生在“老解放”家庭，祖籍山东，属于“第二代”，是在老军垦文化潜移默化的影响中成长起来的。从小，他就深深地被军垦文物蕴含的历史价值和文化内涵吸引。工作后，他便坚定地走上了军垦文物保护传承之路。

有戏迷、有歌迷、有球迷，而初明远是正宗的“文物迷”。收集红色文物，他近乎痴迷，购买一件文物藏品自掏腰包几千元不眨眼，却舍不得给自己买一份5块钱的早餐。他到老兵、老军垦家中走访，到团场、周边乡镇废品收购站去“淘宝”，收集各类文物，有人戏称他“破烂王”。

在收集文物的道路上，由于时代久远、老部队番号更替、人员调防、交通通信等各种原因，寻找分散居住的老兵非常困难，更何况征集“传家宝”。为追寻红色军垦足迹，他不惜投入有限的工资，走遍南北疆，乌鲁木齐市，兵团一师、五师、八师，只要听说哪里有散落文物，他就会立刻赶过去。

刚开始，妻子对他这行为十分反感，毕竟小家庭收入微薄，还有两个读书的孩子。但初明远在妻子的数落下总是“屡教不改”，妻子无奈也只能睁一只眼闭一只眼。在妻子眼中，这个丈夫不抽烟不喝酒，也没有其他爱好，就是一个彻彻底底的“文物疯子”！最令她难忘的是，即便是陪父母回山东老家探亲、送两个女儿去内地上大学、偶尔出差外地的时候，丈夫都不会忘记搜集流散文物。心心念念，不舍初心，初明远设计了一条属于自己的文物收集之路：沿着1949年一野一兵团六军十六师部队从酒泉出发的路线，以进疆为起点，他奔赴陕西、江苏、河北、北京等9省、直辖市，行程2万多里路，他共收集到了2200件珍贵文物。这些文物包括历史照片、文献、藏品……堪称是一个遗落民间的红色博物馆！

多少个静谧的深夜里，摩挲着这些宝贵的红色印记，初明远脑海中复现出那些峥嵘岁月：持枪奋战、流血牺牲、治沙治碱、开垦良田……老红军、老八路、支边青年、转业军人，还有一个又一个从祖国各地奔赴十三师的有志青年……先驱者无私无畏的奋斗历程和励精图治的爱国精神，让初明远心潮涌动，久久不寐。

2015年，作为一个有着辉煌军垦史的革命圣地，红星二场准备筹建军垦博物馆。这一消息传来，初明远又一次辗转反侧：这些年来收集的文物都是自己的心爱之物，希望能够常存身畔，时时照看……但是军垦博物馆的建设，离不开大量文物的支持……文物是属于国家和人民群众的……这些文物是用自己和妻子的工资买来的……博物馆需要文物，新疆地区稀缺文化遗产……这些文物很重要，于国家，于新疆——全部无偿捐赠！在所有人的惊叹中，在妻子的讶异中，他将全部文物无偿捐赠给红星军垦博物馆！这是无私吗？他说他有“很大的私心”——他太热爱这些文物了，他要让全疆、全国、全世界的人都看见它们，看见新星市，看见军垦！

在初明远的期盼与注视中，红星军垦博物馆建成了。建成的主展馆占地面积为1200平方米，不大，但是绝对值得一看。

走进博物馆，依次能够看到“烽火岁月”“大业初创”“铸就辉煌”“灿烂红星”“永远红星”“豫疆情深”六个区域，在展陈的几百件实物中，不时能看到初明远的心爱之物。徜徉在博物馆中，红星二场及其前身部队光辉的战斗场景、艰辛的创业历程以及改革发展稳定取得的突出成就一一显现眼前。走出博物馆，脑海中会久久盘旋老一辈兵团战士献青春献终身的爱国情怀和兵团精神。2017 年 4 月 8 日，红星军垦博物馆开馆，初明远也来到博物馆工作，他说，人生最大的幸福，就是把热爱的事物变成职业，把职业变成理想，把理想坚持一生！

2200 余件红色文物藏品，勾勒出新疆建设兵团 70 年的屯垦戍边历史文化长廊。初明远将红色文物藏品悉数捐献红星军垦博物馆，圆了自己“红星军垦梦”。河南对口援馆的专家称赞他说：“初明远一人捐了一个军垦馆的文物。”团场党委为他专门设立博物馆建设“特别贡献奖”。

让文物说话——初明远对馆内每件文物都耳熟能详。曾经有个体收藏爱好者想私下给个“大价钱”收购，他平静地说自己“啥也不图，就是想要用好兵团红色资源，把红色军垦故事代代传下去”。在红星军垦博物馆工作的日子，初明远将自己的全部心血都倾注在这片红色土地上，守护好这里的每一件文物。

随着时间推移，兵团红色军垦文物的保护工作逐渐走上了制度化、规范化的轨道。上级部门加大了对文物保护的投入力度，成立了专门的文物保护机构，制定了完善的文物保护法律法规，为红色文化的传承提供了有力的保障。初明远的坚守初心，精研业务，使他逐渐掌握了文物的修复技术。在初明远眼里，每一件文物都是历史的见证，都承载着先辈们的智慧和汗水，都蕴含着丰富的文化内涵。在初明远心里，对待每一件文物都如同对待自己的孩子一般，小心翼翼，呵护备至。在修复文物的过程中，初明远亲力亲为，从清洗、除锈、拼接、补色，到最后的完工，每一个步骤都严格按照文物保护的要求进行。他的修复技艺精湛，无论是破损严重的金属器皿，还是褪色模糊的纸质文件，在他的手中都能焕发出新的生机。

而今，初明远回忆起当初走遍全国收集文物的往事，脸上便溢出一种欣慰的笑容。凝视着博物馆里的一件件文物，想到自己陪伴兵团文化遗产的日日夜夜，他总是说：“我很幸福！”

第二篇章　与时间赛跑的“口述史”保护者

每一位老兵，都是一部活的屯垦史。2011 年，初明远用省吃俭用的 3000 多元购买了一部单反数码相机，开始做老兵口述史。

作为“兵二代”，初明远天然地把老军垦当成亲人，逢年过节打电话慰问，经常自带慰问品走访，并为百余位老军垦操持过后事。随着年岁渐长，那些曾经为兵团事业奋斗一生的老兵开始逐渐离世。老兵们等不起，他等不起，祖国也等不起。一位进疆老兵的经历可能是故事，一百位进疆老兵的经历就是一部沉甸甸的屯垦戍边史！“要让老兵的记忆变成一种对历史的敬重和未来的责任。”——初明远的信念，让他坚持记录老兵口述历史工作，一晃又过去了十几年。

2017 年，他负责红星军垦博物馆开展的“给老兵留影，为老军垦拓印”活动，64 位老军垦、戈壁母亲逐一采集手印、肖像摄影。抗战老兵刘伦 101 岁生日，他和志愿者们在上门采集手印和进行肖像摄影的同时，还特意带来了生日蛋糕，大家欢聚一堂，为抗战老兵送上祝福，老人家激动不已：“只要组织需要，什么都愿意捐赠……”这就是党的初心所在，是兵团的初心所在，也更坚定了初明远保护传承历史文化遗产的信心。

初明远先后走访慰问了多位老部队、老首长，如邓华、罗元发、王恩茂的后人，累计拍摄了百余位进疆老兵的肖像照片和视频资料。这些老军垦当中，有年逾百岁“不到延安心不死，到了延安不死心”的老红军陆友；有从延安七天保卫战死人堆中逃出的霍玉栋；有攻克兰州战役中一个排仅剩三位之一位幸存者白步科；南京站 2008 年北京奥运会火炬传递手，原四十七团副团长徐祇则老人百年后，不忘嘱托儿子将该火炬捐赠予红星军垦博物馆……

如今的初明远已经年近花甲，但他依然坚守在文物保护的第一线。他组织成立了志愿者团队，吸引了一大批热爱文物、愿意为文物保护事业奉献力量的人士加入，成为当地文物保护的一支重要力量。他不再是一个人在战斗，而是带领着一支专业的文物保护团队，共同守护着这些宝贵的文化遗产。

他说：“只要还能动，就会继续为军垦文物保护事业贡献自己的力量。”展望未来，初明远将用自己的智慧和汗水续写新的辉煌。他相信，在全社会的共同努力下，中国的文物保护事业一定能够迎来更加美好的明天。

第三篇章　初明远与“十三连”的战友们

什么叫作“十三连”？

按照建制，每个团只有 12 个连，而新疆生产建设兵团每个团场都有个“十三连”，“十三连”亦是团场中最大的连队。只因为，它是兵团将士在使命最终完成后的长眠之地，是天山上一座永不挪位的丰碑！但将生命写忠诚，一世丹心铸永恒。

十三师的“十三连”所在只是一处戈壁滩梁子。风裹挟着沙尘，吹着矮草，上面不规则地埋葬着一些老军垦，旧旧的木墓碑上用毛笔字写着姓氏、籍贯等。字迹早已斑驳模糊，点点似夜空的零星，地面沙石是褐色的，夕阳斜照过来，满目悲凉之感。

1949 年，新疆刚刚和平解放时，当地的经济生产尚为滞后，由于恶劣的生存环境和生产技术工具的匮乏，进驻新疆的中国人民解放军迫切地需要考虑当地人们的温饱问题。于是，他们纷纷收起了战斗的武器，开始拿上生产的工具，在这一方土地上开垦拓荒，走上一个家园建设的新征程。“十三连”的故事，也来自这艰苦岁月中的一段。

红星二场本共有 12 个连队，连队中有一名叫邢正发的采购员不幸去世了，埋葬在附近一片较高的荒地上。直至后来某一天，邢正发的一位同乡满心期待来到连队找他，却不知他早已离世。连队战友们面面相觑，终于还是不忍心告知其真相，便谎称邢正发已经被调到了“十三连”。当这位同乡离开后，没过多久连队就收到了来自邢正发家乡的一封信，正当人们好奇时，却见收信人一栏赫然写着“邢正发”，而收件地址则是“红星二场十三连”。看见这个地址的那一刻，让人不禁潸然泪下，不曾存在的“十三连”，也在这一个瞬间开始存在并且有了无比崇高的内涵。那一片荒滩墓地，此后也迎风而立，在漫天风沙里，凝视着一代又一代的汗血，遥望着一重又一重的麦浪。

红星二场前身部队是中国人民解放军一野一兵团六军十六师四十七团，延安时期部队曾被毛泽东主席授予“红星部”。1949 年，四十七团跟随十六师挺进新疆，驻防哈密，平叛剿匪。1954 年，部队遵照上级命令就地集体转业，战士们“一手拿枪，一手拿镐”，忠实履行国家赋予屯垦戍边的职责和使命，他们中许多人来了便再也没有离开脚下这块土地。

1999 年，初明远在三连走访老连长薛兴玉时，他说：“团场‘十三连’戈壁荒滩老军垦墓地，应早做保护规划，兵团精神、胡杨精神要一代代保护传承下去。”看着这位饱经风霜的老军垦，他肃然起敬，暗下决心。也是这句嘱托，初明远更觉得应该做些什么事。他们是这片土地上最可爱的人，他们应该被铭记。

斯人已逝，幽思长存。我们活着的后人应该为他们做点什么？想到英雄们背井离乡，他的心中感到一阵莫名悲凉。“十三连”安葬的都是为人民事业奉献终身的战士，他们或因工牺牲，或病逝而去，带着对祖国和人民的热爱，倾注毕生的汗水和心血，无怨无悔。当有一日他们与天山融为一体，也长久地以这种信念和精神激励，护佑这一方家园。

不久，在他的建议下，团场领导对此事越发重视，筹集资金对“十三连”制订长远规划，还在外围筑起了墙，修大门，铺柏油路。矗立的围墙将它与周围的农田分隔开来，微高的地势让每一个路过的人都不禁要抬头仰视。目光所及，丛生的几千座坟墓，在戈壁滩上耸立，像长剑直指天空，也像护盾岿然不动。呜咽的风声戚戚，苍凉的斜阳脉脉，轻轻拂过碑上的铭文：江苏邳县、甘肃武山县、河南信阳……不同的起点，记载了同样波澜壮阔的一生，夕阳的余晖洒下，为其镀上一层金光，那是他们闪耀着的、最绚烂的光芒。

初明远通过公众号发表的作品《缅怀！天山处处埋忠骨——最是兵团“十三连”》，引起国家权威媒体关注。2018 年 4 月，新华社新媒体官网发表《走进新疆军垦最大的“连队”：那不存在的“十三连”》文章，人民网等各大主流媒体竞相转载，浏览量500余万。红星二场“十三连”作为兵团精神的浓缩和体现，一夜之间家喻户晓。“十三连”很大，大到容纳了千座墓碑，几千个墓碑就是几千个故事，但同时，“十三连”也很小，小到每一个故事里都只藏着一个词叫作“初心”：听党话，跟党走，为脚下的热土奋斗终生！

夜幕之下，这片土地上的天空显得格外低垂，连星汉也仿佛触手可及。寂静之中天山的雪也许正在消融，猎猎的夜风中，红星军垦博物馆前的红旗仍在飘摇。从“灿烂红星”到“新星闪耀”，生生不息的兵团文化、红色基因在这里得以延续和传承。从前他们在这里生长，如今他们在这里守护，一代又一代，续写着新时代的信仰与坚定。他们是天山之上最闪耀的明星！

湘女石与天山情

赵宏欣

谨以此文献给兵团十三师乃至整个新疆生产建设兵团为保卫边疆建设边疆奋斗终生的湘女们。

——题记

2023 年 12 月 13 日，我随洛阳理工学院与河南知名作家采风团，冒着零下 20 多摄氏度的严寒来到驻守哈密的新疆生产建设兵团第十三师。该师地处新疆东部，东倚甘肃酒泉市，西邻吐鲁番市和昌吉回族自治州，南接巴音郭楞蒙古自治州，北与蒙古国接壤。下辖红星一场、红星二场、红星四场、火箭农场、红山农场、黄田农场、柳树泉农场、淖毛湖农场 8 个团场，80 个连队，28 个社区，2 个兵团级经济技术开发区，总面积 7515.53 平方千米，总人口 95924 人，以汉族为主。2021 年 1 月 12 日，国务院批复设立自治区直辖县级新星市。兵团第十三师与新星市实行“师市合一”管理体制。

我们参观了兵团第十三师红星一场场史陈列馆以后，驱车来到了东天山脚下黄田农场第九连的所在地。这一天的天气非常寒冷，由于前一天晚上下起了大雪，整个东天山脚下的广阔地域银装素裹，气象万千。特别是第九连居民区更是呈现出了少数民族民居别有的韵味，117 套富民安居保障房规划有序，每套占地 1 亩、建筑面积 100 平方米的房屋造型设计精美，在冷阳的映照中，简直是一幅画。远处的天山喀尔里克冰川在雪景之中，给人一种辽远博大、巍峨横卧、庄严凝重的形象。

东天山脚下的黄田农场第九连，它特殊的地理位置和环境，更引起了我对这个连队的重视。这里距离团场场部 20 公里，是兵团维稳重点连队、少数民族聚居连队，职工群众世代居住在这里，形成了良好的民俗民风，群众朴实、勤劳，热爱生活，尤其喜爱种植花草树木，积极保护生态环境，倡导绿色生活。现有总户数 168 户 440 人，连队常住人口 83 户 295 人。连队种植面积 1183 亩，主要种植作物核桃、杏树、红枣，建成蔬菜大棚 20 座，养殖大棚 36 座。居民区规划面积 30 万平方米，规划总建筑面积 24300 平方米，绿地率 43.8%。2017 年还被国家民族事务委员会正式命名为第二批“中国少数民族特色村寨”。见我们到来，少数民族居民还热情地捧出水果和干果招待我们。

第九连党支部第一书记、连长也给我们当起了讲解员。在连史馆里，他指着一幅幅历史留下的图片，给我们介绍了黄田农场第九连的前世今生。当他介绍到湘女石的采集地是来自庙尔沟地区东天山脚下这片辽阔的地域时，那种含蕴着历史血脉的天山情深深地把我震撼，以至于在此后几天的采风当中，使我比较多地倾心关注那些当年为保卫边疆建设边疆奋斗终生的湘女们。十三师有湘女吗？我不止一次这样问自己。

二

翻开整个新疆建设兵团史，一幅新中国屯垦戍边的画卷便展现在我的面前，他们信仰的崇高、信念的坚定、纪律的严明、付出的甘愿和艰苦卓绝，令我慨然心动并为之震撼心灵。特别是八千湘女为保卫边疆建设边疆奋斗终生的事迹，更令我肃然起敬，使我不得不利用这次难得的机会，探寻历史的纵深，去揭示她们那些感人肺腑的故事。

关于新疆建设兵团十三师的进疆和机构沿革，历史是这样记载的：

1934 年 10 月，组建的红一方面军红一军团直属侦察连（其大部分战士参加过南昌起义），鄂豫皖苏区的红二十五军七十五师二二五团（这支部队最初是由 1932 年组建的鄂东北地方游击队——特务第四大队发展而来的）和陕北红二十八军（由绥（德）吴（堡）战斗团、米（脂）西游击师和清涧红四团于 1935 年 12 月合编而成）。

1937 年，“七七事变”后，原红一军团骑兵团（其前身为直属侦察连）改编为八路军一一五师骑兵团。原红十五军团七十五师二二五团改编为八路军一一五师三四四旅六八八团三营。原红二十八军缩编为八路军一二零师三五八旅七一六团二营。1943 年 10 月，党中央决定从冀鲁豫军区抽调五个团及回民支队组成冀鲁豫支队，从晋察冀军区抽调六个团组成晋察冀支队进驻陕甘宁边区。

1944 年 4 月，两支部队先后到达陕北后，冀鲁豫支队改编为教导第一旅，晋察冀支队改编为教导第二旅。

1945 年 9 月，教导第一旅、第二旅奉令抽调部分部队开赴东北、华北。10 月 10 日，两个旅留下的部队合编为陕甘宁晋绥联防军教导旅（这便是十六师的前身）。

1947 年 10 月，为西北野战军第六纵队教导旅。

1949 年 1 月，中国人民解放军统一改变番号和编制，第六纵队改称中国人民解放军第一野战军第二兵团第六军，教导旅改为第十六师。是年 11 月 4 日，中国人民解放军第六军奉命由第二兵团转隶第一兵团建制，第十六师顺归第一兵团建制，进驻新疆哈密。其所辖四十八团驻哈密县，四十七团驻鄯善县和吐鲁番县，四十六团驻巴里坤县和伊吾县。

1953 年 6 月 5 日，十六师整编为中国人民解放军新疆军区农业建设第五师。

1954 年 10 月 7 日，新疆军区生产建设兵团成立，中国人民解放军农业建设第五师顺归新疆军区生产建设兵团建制。

1957 年 1 月，兵团下发《关于改编农五师组织机构及调整人员编制的命令》，决定撤销农五师成立红星农场（副师级）。

1959 年 1 月，兵团恢复农五师建制。

1963 年 2 月，农五师师部奉命由哈密西迁博乐后，在哈密成立管理处，全称为新疆军区生产建设兵团农五师哈密管理处（简称“哈管处”）。

1969 年 4 月，哈管处移交兵团后勤部管辖。

1973 年 1 月，哈管处由兵团直接领导。

1975 年 3 月 25 日，新疆军区生产建设兵团建制撤销，兵团哈管处建制随之撤销。5 月 26 日，哈管处交哈密地区管辖，成立哈密地区农垦局。

1982 年 4 月 1 日，根据中共中央、国务院、中央军委 1981 年 12 月 3 日《关于恢复新疆生产建设兵团的决定》和新疆维吾尔自治区党委《关于恢复新疆生产建设兵团有关问题的通知》，新疆生产建设兵团哈密农场管理局（副师级）恢复建制。

2000 年 11 月，根据中央编委《关于新疆生产建设兵团乌鲁木齐农场管理局等更名的批复》，哈密农场管理局更名为新疆生产建设兵团农业建设第十三师（正师级）。

2001 年 1 月，新疆生产建设兵团农业建设第十三师正式成立。

2012 年 10 月，新疆生产建设兵团农业建设第十三师更名为新疆生产建设兵团第十三师。

从上述这些史料的记载中，能够清晰地看出新疆生产建设兵团第十三师的渊源和驻守哈密的来龙去脉。应该说，这是一支英雄的部队。而正是这支英雄的部队，在瀚海戈壁兴修水利、开渠引水、垦荒造田、植树造林、架桥修路，经过 70 年的艰苦奋斗，代代努力，终于在荒无人烟的戈壁大漠上建成了一个阡陌成片、渠系纵横、林带成网、规模经营的现代化绿洲生态经济网络，奇迹般地形成了一座现代化城市——新星市。

关于这支部队奋斗的艰辛，从目前十三师新星市的城市面貌上看，已经没有了过去那种黄沙遮天、满眼荒漠的荒凉景象和在极度恶劣的环境中生存的艰苦，而是把一座新兴的现代化城市的美好景象展现在了世人面前。高楼林立，道路宽阔，商贸繁荣，民族团结，社会安宁，人民幸福。在这种良好的发展环境中，使人很难想象出当年那些军垦战士在艰苦的条件下戍边卫国的情态。然而历史铭记了这些，为后人遗留下了丰富的实物参照和感人故事。

我们在采访中，有一个故事打动了我。这是在我们乘车进入哈密市中心的时候，兰妹讲给我们的一个故事。她说，当年一个班驻守在哈密地区，由于缺乏食盐，一个班长的妻子给他特意送去了一罐咸菜，班长就把这一罐咸菜分给战士们，而战士们却执意不吃，硬是把这个生生的爱意留给了班长。

在与军垦老战士的座谈中，也了解到一些艰苦奋斗的实例。老战士廖广献说，那时候气候很恶劣，风沙大，他们在修建红星渠的时候，总是在石头下的避风处休息，如果不靠大石头避风，一不小心就会被风刮走。还说道，一个身材单薄的女战士在休息时就让大风给刮跑了。有一次，他们在下工回家的时候，遇到了大风，刮得他们不能行走，只得弯着腰身，一个抱着一个的腰，迎风前行。他们以亲眼所见、亲身所感，生动地讲述了那个垦荒年代的典型事例。他们的讲述朴实而真切，完全可以使我在想象中勾勒出当时军垦战士的艰苦处境。

在新疆生产建设兵团第十三师新星市博物馆，我从浩繁的历史图片看到了很多女战士的身影，她们同男战士一道拓荒开田、背石筑渠、淘洗盐碱，浑身透着“巾帼不让须眉”的顽强气度。还听到了当时由于屯垦戍边面临的男女比例失调问题，产生出了“没有老婆安不了心，没有孩子扎不了根”的感叹，以及“八千湘女上天山”的故事。那么，她们中有“八千湘女上天山”的湘女吗？

由于博物馆里的图片和文字说明太过浩繁，致使我始终没有明确找到“湘女”的确凿文字。史料上说，“从 1950 年到 1952 年的 3 年时间里，约有 8000 名湘女志愿参军进疆”。我由此分析判断，这 8000 名湘女中，能从兵团分到下属各个团场的人数应该是很少的。那么，十三师究竟有没有湘女？

二

在之后的参观中，我来到了兵团十三师红星二场，从红星军垦博物馆的历史资料里，惊喜地看到了 1951 年 9 月支援红星二场建设的人员统计，上面清晰地写着参军学生 88 人，来自湖南、河南和福建。我猛然意识到，这就是八千湘女上天山在十三师的具体见证。同时，在《红星二场老军垦画册》中，还看到了 2007 年 8 月 1 日拍摄的哈密湘女庆祝建军八十周年的一张合影，那张照片里有整整 30 名头发花白的湘女。

关于十三师湘女的故事，由于健在人员稀少和高龄的原因，我没有采访到具体的人和事，但从历史现存的资料里，得到了一些史实。

“八千湘女上天山”开始于 1950 年，大约延续到 1952 年。这些女兵在荒凉的戈壁滩上拓荒创业，成为中国屯垦戍边史上的功臣，成就了今天的新疆生产建设兵团。

1950 年，解放新疆并就地戍边后，婚姻问题是当时部队官兵的“热门”话题。为解决男女比例的悬殊，新疆希望能在湖南招收志愿戍边的女兵，并派人到湖南招聘。1951 年 2 月，新疆省人民政府、新疆军区司令部联合发布的招聘启事在《新湖南报》上刊登，招聘团在长沙市车站、码头及市内各主要路口扯起巨大的横幅，号召女青年参军去保卫边疆、建设边疆。条件是初中以上毕业，身体健康，年龄在 18 岁以上，身高 1.5 米以上。那是一个激情燃烧的年代，在校女生、社会女青年争先恐后去营盘街47号招聘团报名。当时她们是风华正茂的年纪，经历过旧中国的战乱与动荡日子，中华人民共和国成立后的新气象，让她们看到了国家的希望，内心的热血也被点燃，都急切地希望投身于建设新天地的时代洪流。从1950年到1952年的3年时间里，约有8000名湘女志愿参军进疆，西上天山，在荒凉的戈壁滩上拓荒创业，组成了中国屯垦戍边史上的第一批家庭，并在那里生儿育女，被誉为“新疆荒原上的第一代母亲”。当时上天山的不止八千湘女，还有鲁、豫、川、沪四省共4万多人。后来华东招了2000多名部队女护士、山东征了3000名女兵。到1954年新疆生产建设兵团成立的时候，部队中女性的比例增长到40%。征女兵入新疆，大大稀释了男女比例，客观上也适当解决了士兵们的婚姻问题。

“没有房屋，自己盖呀；没有土地，咱们来开荒呀；没有工具，自己造啊；没有菜蔬，打野羊呀。劳动的双手能够翻天地，戈壁滩上盖花园。”这是当年湘女们在劳动时最爱唱的一首歌。

在红星二场的地窝子遗址，就有一个专设的新婚洞房。其实，那是一个极其简陋的地窝子，就是在地底下挖一个很大的洞，四周用土坯垒起约半米的矮墙防潮，顶上放一些椽子，搭上树枝编成的筏子，里面放上一些干草。之所以是新婚洞房，是因为里边铺设着草秆的是双人土炕。他们的新婚第一晚在这里度过，而第二天就要分开，各自奔赴自己的工作岗位。这可谓是新中国军垦战士惊世骇俗的一种浪漫。

我冒着天空中飘落的雪片，忍受着这个地域刺骨的寒冷，走进地窝子遗址的洞房里，观看了当年的摆设。并以一种敬佩和感动之心，坐在那铺着干草的土炕上，想象着他们当年的结婚“盛典”，地窝子外边飘扬着飞雪，里边洋溢着温情。他们没有婚宴，没有爱的宣言，没有婚纱，只是两床军被搬在一起，两手紧紧相握，两颗心贴在一起，便组成了一个家庭。因而，在感慨之中，用一种对于艰苦的理解感受当年军垦战士新婚生活的美好，并被他们建设边疆和奉献边疆的红色爱情感动，由衷慨叹他们当年的艰苦和崇高。那哪里是一种普普通通的婚姻呀，那完全就是一种信念和理想的结合。

据兵团史料记载，在当年那批志愿参军进疆的8000名湘女中，1950年到1954年间就有近40名湖南女兵在进疆途中不幸牺牲。而在之后艰苦的军垦生涯中，由于缺医少药，不少湘女又因劳累和疾病辞世。剩余的湘女，随着岁月的流逝，逐渐老去，有的终生也没有回到魂牵梦绕的故乡，化为了天山脚下戈壁滩上的一枚普通坚硬的卵石。

我在翻阅兵团十三师的历史资料中，惊喜地查找到了一位叫彭丽娟的湘女。她是1951年2月从湖南长沙市应征入伍。在春寒料峭的时节，未满18岁的她来到了红星二场。刚到就积极投入红星渠的修建工作中，她巾帼不让须眉，用瘦小的身躯，依然背起了几十斤重的石头运往工地。1953年4月，她成为红星医院的一名普通护士。那时候，生活和工作条件都十分艰苦，她每天都要值夜班，还要到很远的地方从水井里挑水。一到冬天，由于寒冷，双手被冻皴裂，钻心地疼，但她从未喊过一声累和苦。1955 年 5 月，由于工作出色，被选拔为护士班班长，分配在了痊愈科，每天要 24 小时照顾病人的吃喝拉撒，但她兢兢业业，毫无怨言。1963 年 6 月，组织为了培养她，派她到石河子医专学习，她从而成为一名优秀医生。1969 年 3 月，她又成为一名保健科医生。1979 年，她光荣地加入中国共产党。2010 年 5 月，在红星医院申请二甲医院建设中，尽管已年逾花甲，从医疗质量持续改进管理到诊疗常规、操作规范、岗位职责及医疗安全管理，她都全程参与，倾注自己最大的能量。如今，她长眠在东天山脚下。

我不知道她具体的埋葬位置，当我站在积雪未化、银白辽阔的哈密大地，眺望那气势磅礴的东天山时，我流泪了。那一刻，我才真正明白了什么叫屯垦戍边，什么叫保卫边疆建设边疆，什么叫奋斗终生的湘女！

三

黄田农场第九连党支部第一书记、连长在介绍“湘女石”的采集过程时，深情地讲道：“2005 年 12 月，为了纪念‘八千湘女上天山’，湖南经济电视台历时两个月，走遍新疆各地，最终在我们庙尔沟（九连）选定重约 100 吨的湘女石，启运到湖南省。如今，安放在湘江风光带的“湘女石”，就选自我们这里。”

关于选定和启运这块“湘女石”，还有一个感人的故事。

2005 年，是新疆维吾尔自治区成立 50 周年。新疆人民为了感谢和纪念六十多年前“八千湘女上天山”的丰功伟绩，决定与湖南经济电视台联合特别采集一块天山巨石，立于湘江边，向戈壁滩上的第一代母亲致敬。要求原料必须是原生态的，没经过人工切割雕琢、有足够的硬度、体积巨大，能表现经过亿万年风雨侵蚀后的沧桑感。他们认为唯有这样的石头，才能承载起湘女入疆的那段伟大历史，才能表现“湘女，就像是戈壁滩上的无名之石，面对风沙、疾病、痛苦，甚至死亡，都无怨无悔，默默经营着爱情，守望着乡情，传播着文明”的精神内涵。为挑选这样一块意义非凡的巨石，湖南经济电视台“寻石组”在天山南北的高山河谷奔走寻找两个月，最终在庙尔沟选定。2005 年 12 月 28 日，经过两天的艰难吊装，长约 6 米、高约 3 米、宽约 2 米、重达 100 多吨的巨石，被装上了斯太尔王重型平板车。之后，从新疆哈密出发，经甘肃、陕西、湖北、湖南四省，历时 9 天，行程 8000 余里，于 2006 年 1 月 5 日上午 11 点到达长沙。1 月 6 日中午 12 点 30 分，迎接天山湘女石抵湘仪式在湖南广电中心门前举行。2006 年 1 月 20 日上午，“湘女石”被正式安放在湘江风光带。“湘女石”背靠湘江，寓意着湘女们虽身处遥远天山，但仍然在聆听着湘江的涛声，心系着家乡的亲人。

我没有亲眼见过安放于湘江边的“湘女石”，但我亲眼见到过黄田农场第九连连史馆图片中的这块尚未吊装启运的“湘女石”，我回想着这块“湘女石”，想象着安放于湘江边的那块“湘女石”，泪水打湿了我的眼眶。那块“湘女石”承载了多少湘女的心愿和情感呀！它终于让她们回到了阔别已久的家乡，亲昵地偎依在了父母身边。她们当初来到天山的时候是花季少女，在广袤无边、荒无人烟的戈壁滩上，落地生根，拓荒创业，在无时无刻不思念着父母和家乡的同时，受尽了艰难困苦，有的耗尽了热血和生命，终身也没有回到魂牵梦绕的故乡，永远留在了这块艰苦奋斗的土地上。

我想，那些曾经为保卫边疆建设边疆奋斗终生的湘女们，在艰苦卓绝的环境中，为了边境的安宁，矢志不渝地奉献了终身，她们有着多么高尚的思想境界啊！正是有了她们的终身付出，才有了共和国的繁荣和发展，才有了如今的岁月静好和边疆人民的幸福安宁。

由此，使我感慨地想到，一个人能真正地为共和国献出青春，在最艰苦的地方，甘愿奉献，无怨无悔，被后辈敬仰，被史册铭记，是多么值得人生骄傲的事。

记　游

王寒冰

一

12月，在新星。

这些天天气一直不是很好，落下了2023年年末最后的一场雪。机票高铁改了又改，我带上很厚的衣服和明明知道拿了也不会看一眼的六级词汇书，就这样匆匆启程。

建筑的距离越大，人的距离就会越小，挤掉世界的虚空之后，剩下的只有真实的情感，不管是纯洁的，还是丑恶的，这些情感被无限放大起来，变得浓烈，像酒精一样渗入每个人的肌肤血液里面。异处的陌生感和异域的特色混合交织在一起，人们之间的情感在新星变得越发浓郁。一些从不认识的人聚集在一个从没到达过的地方，吹吹从没感受到过的风，经历一些从未体验过的事物。属于不同人的命运丝线在这里开始缠绕，或紧或松、或混乱或简单，都会给人生带来改变。

去往新星的路上一波三折，飞机延误、高铁停运，一场大雪试图去阻断运行着的一切。“而世之奇伟、瑰怪，非常之观，常在于险远”，途中的一波三折也许是非常之观对于向往者的考验。因为天气的缘故，提前到达新星的只有我们四个年轻的写手。

同行的学妹心怡是本地人，飞机抵达后，她的爸爸亲自来接我们去自家店里吃饭，这是我第一次品尝到正宗的新疆菜。新疆的面叫作拉条子，口感十分筋道，用料也很是实在，淋上特色的浇头，别是一番风味。来到新疆，不得不提的便是羊肉串，这里的羊肉没有膻味儿，只有羊肉原本的香气，连一向不吃羊肉的我都吃了几口。或许这个地方足够纯净，所以连羊肉都不会有难闻气味。心怡特意拿来当地特色的里坤酸奶，这里的酸奶是用生牛乳直接发酵的，喝起来会有些酸，不过酸味儿也难掩它的香醇。

到达一个新的地方，人们总是去最繁华的地段，了解最出名的人物。其实想要真正了解一个新的地方，根本不用去多么豪华的酒店或者社区，市井小巷和城市里千千万万个小人物才是这里的根脉。

晚些时候，我们四人一起去了当地一家名叫一阳的咖啡店。这家咖啡店颇具现代潮流，但人却能感受到潮流下蕴藏的新疆特色，从彩色的墙壁、从精美华丽的摆件、从墙边的花纹和窗帘帷幔。我们在这家店待了很久，四个从前毫无交集的人在此刻被上帝交缠在了一起，在对方的记忆中刻下或轻或重的划痕。在店里播放的音乐下，我们谈文学、谈记忆、谈爱情、谈人生，20 岁左右的生命，无论谈论什么都会有种属于年轻灵魂的稚嫩与轻盈，人生是旷野，要去尽情享受。一直待到天色变黑我们才离开，决定去品尝当地正宗的新疆炒米粉。

前往炒米粉店的路上，我们所乘坐的出租车的司机是一位年纪 50 多岁的新疆阿姨，阿姨很是健谈，她告诉我们小姑娘一定要好好养生，保持轻松愉悦的心态，这样上了年纪才少些罪受。

提起新疆炒米粉，作为网红美食，全国各地都有很多家，在洛阳时我也经常吃，但要说绝对正宗的炒米粉，那是从未尝过。心怡带我们去了一家当地很不错的炒米粉店，老板娘很是热情。正宗炒米粉果然和我以往吃的都不同，一碗炒米粉里除去米粉鸡肉之外，主料还有年糕、鱼饼、馕，且辣也并不是工业辣精的味道，而是口底生香。在新星吃的每一顿饭都量大且料足，我想这也应当是种特色。

因为酒店离此处并不是很远，所以我们便走着回去。这里的人比起河南少了很多，路灯下只依稀有一两个影子。回去的路上，我们经过了心怡的初中与高中，听她讲述她当时的记忆。走在学校附近的街头，有那么一瞬间的恍惚，好像我也曾在这里生活过，自己的生命丝线被拉扯了过来与心怡的生命丝线缠绕在了一起，紧紧系上，又松松解开。

拐了两个街角，我们进了一处公园，这处公园是河南援建的。其实不只公园，马路、学校、这里的许多建筑上都有河南的影子。两处地方明明相距上千公里，联系却又这么紧密，河南在这里貌似无处不在。

二

我们在新星的第二天就下了雪，听领游的兰妹讲这里很少会下雪，我想我们真的是有够幸运，见到了下雪的新星。这里的雪跟我以往见到的都不同，很干燥，像白色的沙子一样松散，把雪抓在手里揉搓，还没有融化掉就散落在地上了，如果用这里的雪堆雪人的话，一定很不容易。

新星的气候对于自小生活在豫南的我来讲实在是过于干燥，且酒店地暖开得很足，我感觉自己几乎要被蒸发掉，即使喝再多的水都赶不上水从身体抽离的速度。

在大雪中，我与作家们一起参观了新星博物馆、农场。将新星博物馆所讲述的一切与它的现代化农场放在一起，给人一种很强的割裂感。新星革命历史的艰辛与如今的各类农场设施的现代化中间隔着巨大的鸿沟，而鸿沟里到底有几分痛苦大概只有亲身经历者才知晓。

革命年代的新星是荒凉的，一切归于零刻度，唯有盐碱风沙。

革命年代的新星是丰满的，一切焕发新生机，依赖革命真情。

那时的新星了无生机与生机勃勃并存，这个地方太过偏远、太过荒凉了，甚至连居民都少得可怜。但这个地方又那么地富有生机，军人、党员与无数援疆志愿者舍弃原本平静的生活而来，秉持着人定胜天的心念，知难而上，将无数的鲜血和汗水都留在了这西北的荒原。即使是已见春天的今日，我在新星亦不能适应干燥的气候，可想而知那些在革命年代从全国各地前来援疆的志愿者所承受的是怎样的苦难，那些苦难是无法讲述的，住地窝子、治盐碱地、修长水渠……这些阻碍积压在一起凝聚成一摊沼泽，让人深陷进去，挣扎不得，呼吸无望。

我清楚，我是无法承受这样痛苦的。

正因为清楚，所以更加无法想象。

那一定是壮烈的。

没有衣物、没有粮食、没有水源。援疆战士们在基本生活都无法保证的地方，用被煤炭染黑、被鲜血染红的双手点燃荒原新的火种。

不能打败他们的，都会使他们更加强大。水泡成厚茧，划痕如沟壑，这一切都是点燃火种的燃料，最后融入红星精神，成就永世不灭的星星之火。

我突然想起路边的胡杨树，活一千年不死，死一千年不倒，倒一千年不朽的胡杨树。他们是生长在荒原里的胡杨，或许更甚于胡杨，耕耘于边疆的红星精神应当是不会腐朽的。红星精神会引领一代又一代年轻人砥砺前行，终成燎原之势。

从博物馆出来后便走进一处花房，真的是花团锦簇、百花争艳。各式各样的花铺满整个温室，让人目不暇接。可是回忆起来，那么多娇艳的花朵在脑海中的映像都不是很清晰了，我唯一清楚记得的便是那位在花丛中翩然起舞的新疆女人。

这位新疆女人是退休的铁路工人，她告诉我们她十分热爱自己的工作，退休后仍旧十分怀念铁路。谈话间，她示意自己的朋友放上一曲音乐，要为我们这些从中原远道而来的客人展示维吾尔族舞蹈。即使舞姿不如年轻时轻盈，即使眼角已然有了细纹，她依旧散发着蓬勃的生命力，起舞周围的磁场变得暖洋洋，就像求死者偶然遇见太阳。这种生命力是新星所特有的，我得以从这位美丽的新疆女人身上瞧见历史黄沙后的革命援疆建设者们。虽然时间轨道不同，可他们身上带有着相同的气息，这是我在别处所没见过的。

这种气息是对生活极度的热爱。

新星带给我最深的感触便是这样的气息，是清晨天山顶上漫出的金色日光，是溪水河流上的波光粼粼，是呼吸着的洼地森林。是极致的生命力，是溢出来的热情，是身处逆境仍逆流而行的一叶扁舟。

“而世之奇伟、瑰怪，非常之观，常在于险远，而人之所罕至焉，固非有志者不能至也。”用半山的这句话来形容新星是再恰当不过的。

三

雪停下之后，与同行的作家们去了天山。冷晴的天气里，就连阳光都是透明的蓝色底调，清清冷冷，一丝温度都没有。不过正是这样的冷冷日光，天山上的雪才显得越发干净，就像是没有一丝涟漪时候的贝加尔湖，想让人不顾一切地沉进去。雪山上信号很弱，厚重绵密的雪将世界上所有的声音都吞噬了进去，一切归于沉寂，只能听到自己被无限放大的呼吸声和踩雪声，那一刻我觉得如果我在这里消失的话，没有人能够找到我。

天山，大概是一种纯净水式的孤独。太过干净的事物一定是远离人间烟火的，即使有杂质出现，也一定会被涂抹掉。人们总是希望在心中的乌托邦里生活，可大家都遗忘了一件事情，只要有人存在的地方，就不会完全地美好，即使表面风平浪静。也许天山正是察觉到了这一点，所以才会不顾一切地吞噬掉我们的声音，想要抹掉我们留下的痕迹。

风吹落雪，像沙子一样的残雪朝着我席卷而来，粒粒分明的雪砸在脸上随即掉落下去，好像从没来过一样，可脸上微痒微痛的冰冷感觉提示着一切的发生。临走时，回望我们踩过的雪地，平坦的雪面上出现了深浅不一的脚印，看上去十分突兀，不过我想等到第二天阳光照向地面的时候，一切都会回到最初的样子。

一场暴雪，是可以湮没一切的。一场暴雪，即使我们消失，它也会依旧存留。

奇怪的是，越是美好的事物，人们越是想要留下自己的标记，可能是为了证明自己曾到过，可能是为了满足虚荣心，可能是为了占有。所以，大概只有真正纯洁无邪、懂得尊重自然的人才能够世代守在天山脚下而不被湮没。而我们，都只能是天山的过客，不及天地间的蜉蝣。

在新星去到的地方大都能望见天山，这里应当是远离尘世，不染红尘的。可天山脚下的人们生活得又是那么的肆意、自由、浓烈。这里什么都有，唯独少了些属于所谓发达城市的冷漠。

临行的早上，心怡带着我们去了一家希伯来餐馆吃早餐，老板娘做的饼很好吃，是一种既松软又有嚼劲的口感。这里的奶茶是咸的，老板娘还加了奶皮子进去，说是这样喝着会更香。谈话间，老板娘知道了我们是从外地来新疆的，于是特别热情地询问我们这里的早餐合不合口味，和她聊了一会儿后我们才走。离开新星前，我特意去了当地最出名的阿不力米提江营养馕店买了些馕饼带回洛阳。下了车老远就看到各种各样的馕被依次摆在大大的木板桌子上。店门前是放满馕的木板子，店里面则是六七个维吾尔族青年在熟练地和面团、揉馕饼、翻烤箱。老板也是维吾尔族人，他讲的普通话让人有点难听懂，不过他人很热情，肢体语言也很丰富，所以交流起来并不是很困难。

居住在这里的人都很热情，也许是天山太过安静，所以一定要努力热闹起来，才有些烟火气，显得不那么孤寂。

下午，我一手拿着买来的馕，一手拿着行李箱登上了返回洛阳的飞机。随着飞机升起，天山也随之映入眼帘，它是高耸的、陡峭的、不可侵犯的。也许是天山将新星隔离开来，为世界留下这样一处纯洁如雪之地。

新星，混合着寂静与热闹在天山下翻滚尘土，包裹着质朴艰难而又坚定真诚的历史向前奔涌。我想，或许多年后再次来到这里，心情依旧会如当日。

天山脚下的踏雪沐光之旅

非花非雾

一

12 月 13 日，连日雨雪，12 日天刚转好，12 日晚 6 点，小雪又下起来。幸好地面没有积雪。早上不足 6 点，采风团成员陆续来到洛阳理工学院王城校区北校门前，一辆旅行大巴已候在那里，张丽娜副院长和王健博士早早等候在车上。没有见到扈耕田院长，大家纷纷询问。扈院长突然从车下上来，挥手热情地向大家问好，告诉我们此行由张丽娜副院长带队，年轻的王健老师和神秘的先头部队为我们全程服务。扈院长不能同行，确实有些遗憾。

丽娜副院长发愁地一会儿下车，一会儿上车，大家催促出发时，她果断地说："我乘大巴去高铁站，换乘高铁。这些天一直在观察天气和路况，真怕今天早上下大雪，飞机又延迟。目前公路滑，高速封，汽车走低速，恐怕误了飞机。"结果证明丽娜的决定果断正确，汽车向龙门高铁站出发，她说："请恕冒昧，我马上给各位订高铁和城际列车票，等我们上飞机再做介绍。"

在我们等候高铁的时间里，扈院长发来了壮行诗——《白雪歌送洛阳理工学院人文学院组织洛阳作家兵团十三师采风团西行》，依岑参《白雪歌送武判官归京》韵：

城南平明送征客，枝头犹见前夜雪。
闻道天山雪更厚，千里寒云拨不开。
遥思先辈心内热，壮怀不觉衣衫薄。
携来彩笔塞外去，新曲谱写鞭先着。
七十年来艰难甚，一草一木心血凝。
移来柳色妆瀚海，从此不须奏羌笛。
豪气能吞蒲类海，山南山北战旗翻。
诸君此行冲雪去，五日踏遍天山路。
愿得鸿篇追千古，光华直射牛斗处。

我们乘高铁转城际列车，提前到达新郑机场，候机之隙，纷纷拿出手机，方仔细品味扈院长的壮行诗。不禁为文人风度、文学素养所折服。

徐礼军老师忙和诗答谢：

谢扈院长送征有寄

寒雨连天夜出城，耕田教授早催征。
新星师友如相问，牢记初心踏锦程。

我们一行登上飞往哈密的南航客机，坐稳。由于郑州连日雨雪降温，飞机起飞前增加了一项机翼除冰程序，借机再次打开手机读诗，心有戚戚焉，遂狗尾续貂：

雨雪连天滞路程，顶风冒寒晨出城，
文友相携频转车，古都新星终成行！

由于凌晨四五点便赶路转车，飞机一进入平稳飞行，我便跌入梦乡。突然被窗外射进的阳光晃醒，恍惚一阵子，才明白已在“白云之上”。午后，打开舷窗遮阳板，只见云破处青暝浩荡不见底，忽而云散若烟，见崇山峻岭，沟壑间密布条条泉涧溪流，像树枝、像脉络。不见山峰有积雪与池沼，便疑这水之源头应为山之泉眼，而泉眼出自山腹，山腹中之水脉直通地球深处。连连慨叹西部地气地貌地缘之奇也。

一入哈密空域，便被要求关闭舷窗，不准窥伺、拍照。一下满心的神秘、庄重与敬畏感。飞机落地，我们终于扑进了哈密的怀抱。抬起头，看到的是哈密的太阳，多云的天空、凛冽的寒风，太阳如同维吾尔族少女般蒙上了一层薄薄的面纱。

哈密文广旅局的兰妹、十三师的张主任、洛理学生先头部队已经在接机处等候我们多时，洛阳理工学院文学采风团全员会齐，在红艳艳的“哈密”标志下留下第一张合影，在欢呼声中迈出哈密采风的第一步。

旅行大巴载着我们向哈密市十三师新星市进发，一路公路宽敞。中国全域都以“大美”开局，哈密是“大美新疆，甜美哈密”，路两侧树木极多，因已深冬，叶落枝秃，但可以想见春夏之葳蕤，秋叶之灿烂。一望无际的田野也呈现丰收之后的休眠状态。这一切都与中原内地差别不大。时时可见“大美新疆”“甜美哈密”的标语。在十字路口高高矗立的地标般的道路指示牌上，地名为吐鲁番、伊吾胡杨林景区、庙尔沟回王宫……时时提醒我们来到了西域，来到了入疆第一站——哈密。

十三师新星市所在的伊州区位于哈密市伊州区，没有摩天大厦，房屋建筑颇像洛阳涧西区 20 世纪七八十年代的风格。街道两边的绿化树以果树为多，密层层地挂满车厘子红的果实，在寒风中一点也不瑟缩。随行的十三师张主任说都是海棠果树，春天开起花来像香雪，落英缤纷像梦幻，秋天挂果后，就成了另一番景观。

采风团一行在哈密吃的第一顿饭是在十三师党校食堂里。汉族餐让我们略感意外，我们在飞机上正午 12 点准时吃了航空盒饭。都做好充分的心理准备迎接完全不同于内地的民族饭，哈密的正午 2 点，我们再一次吃午饭，看到米饭炒菜、米线、面条，还是有些扑空的感觉。同时又体会到走遍祖国各地，这些便捷的汉族餐像普通话一样，成了“普通餐”。

餐后开始考察采风第一站：绕十三师老营地“大营房”走车观景，“‘大营房’为新疆生产建设兵团第十三师师部所在地，位于新疆东大门哈密市东北约 2 公里处，城区现有人口 2.4 万人，20 多家企事业单位。大营房城区交通便利，环境幽雅，兰新铁路穿过城区，312 国道环城区东北。这里不仅是第十三师政治、经济、文化、科技的中心，而且逐步成为哈密市集工业、商贸、科技、文化、信息、房产为一体的园林式城区。在这片土地上，记载着哈密垦区发展的沧桑历史，也留下了兵团人屯垦戍边的光辉业绩……”

兰妹沿途导游，她是哈密文旅局的工作人员，援疆者的后代，从小在哈密长大，工作、成家都在哈密，对这座城市的历史和十三师援疆开疆拓土的故事亲见亲历，熟知成诵。在客观的讲述中，她激情穿插讲述了“八万湘女四万豫女两万鲁女援疆”“一双眼睛”的故事，一幅幅画卷在我们脑海里浮现，我们初次感受到了十三师初代援疆建设生产的将士们奉献牺牲的精神，不由得唏嘘目湿。

号称八万的湘女，其实是八千，同一时期还有四千豫女、两千鲁女入疆。她们都是有文化、各具才艺的女青年。兰妹解说当初有一百多女兵分到十三师，她们融入后先后嫁给团、营、连、排、班长，在边疆扎根，生下了“疆二代”“援二代”。

时值公历 12 月中旬，西域下午气温与内地无异，由于我们做足了御寒准备，穿得厚，体感不冷。

汽车在公路上向东飞驰 8 公里，到达采风第二站红星一场。

新型高科农业采摘园外，看见冰塘栖寒鸦，方知冰冻三尺非一日之寒。进入园区，在西域甘蔗林、香蕉林中穿行。我们对高科农业花费大成本引进热带水果植物，表示质疑，陪同的团场 80 后女干部和 90 后小伙子说哈密瓜和葡萄、苹果、大枣是夏季瓜果，冬季引进大棚植物，现在正在试验中，目的一是为本地提供观赏、休闲、研学场地，二是如果试验成功，将弥补季节空缺。花贝花市是一座大暖房，天下四海四季花木皆入眼可观。名贵藤萝形成的花瀑如梦的纱帘，笼罩着水榭曲廊，不愧“一帘幽梦”之名。穿廊而行，花木深深处有维吾尔族音乐响起，竟是一位维吾尔族中年女子在翩翩起舞——她也是游客，乱花醉眼亦醉心，兴之所致，给我们送上一个大彩蛋。她自我介绍是退休铁路工人，她热爱自己的工作，对轰轰烈烈的建设生活深深眷恋不舍。

沿途公路两侧大片平坦如砥的田地，红星一场女干部让我们猜是种什么的，最后告诉我们这就是种棉花的。同行的李焕有教授说：“轧棉根，拾柴火，晌午不得吃白馍，黄面窝窝吃半个。”种棉非常费工，又不值钱。我问：“曾经在秋季，河南民工采棉大军赴新疆打季节工。”90后小伙子说：“早就不用手工采摘了。农场实现机耕机播，棉花采摘前，喷落叶剂，待全部开花绽棉后，现代化机械采摘。杂质会比手工多些，但轧花工艺升级进化，净化率非常高。”当然，棉花纤维处理技术也是登峰造极的，这又属于轻工业的纺织业了。闭上眼，似乎两侧无垠的良田已是绿油油的棉棵，开了粉红、嫩黄的花朵，结出青桃子般棉铃儿，棉铃儿绽开了，像天上的白云，落到了人间，又像下了一场鹅毛大雪，天地一片雪白……

红星一场的场史馆在红星文化广场，初代年轻战士战天斗地开疆拓土的丰功伟绩，二代三代建设者的动人故事，让人感叹不已。在社区办公区洗手，遇汉服少女翩翩而过，乐曲与欢笑时时传来，他们已经在为庆元旦排练节目了。

夜宿之地在哈密市区“全季”酒店，华灯初上，夜色阑珊，边地之繁华如洛阳老城区一隅。

闹市区有十层以上高楼，小区民居房屋皆五层左右，二三层楼随处可见。我特意记下一闪而过的饭店名字，阿不力米提江营养馕、土猪肉特色餐馆、渝九川火锅、山山凉皮、青稞酒专卖、朝鲜风味烤肉、烧鸭冒菜、闽南行茶行、名镇巴里坤、洛城鲜羊肉汤、潼关肉夹馍……哈密的包容性与军民、民族融合性可见一斑。

下午7点下班，夜色渐浓，方见车水马龙，显出一座城市的繁华景象。

晚餐很丰盛，却依然是汉族餐。我调侃说走遍全国，所闻皆“中国普通话”，所吃皆“中国普通餐”。哈密兰妹说：“哈密的包容性很强，全国各地美食都能尝到。但我们的牛肉、羊肉一定得尝尝，它们喝的是天山纯净水，吃的是天山原生态草。而且馕坑肉是新疆特色美食。”

工作日禁酒令全国无死角，然哈密人的热情诚恳，已让我们醉了。

二

2023年12月14日，到达哈密的第二天。在哈密伊州区全季酒店，五六点钟习惯性醒来，挑帘眺望，楼下停泊的汽车和对面楼顶都落了厚厚一层雪。雪光映亮的天空灰蒙蒙的。

哈密的早晨在八九点以后了。洛阳和哈密的两位美女都在群里说哈密是很少降水的，是我们把洛阳的瑞雪带到了东疆。有趣的是洛阳天气预报14日有暴雪，学校放假，交通管制，各个部门严阵以待，却等来一场空。大家都笑道：“我们把洛阳的雪也支援给哈密了。”

早饭时，窗外楼宇间隙太阳探出黄白色的脸，夜雪覆大地，旭日升东天，哈密难得降水，雪后晌晴。上午10点，采风团一行穿上厚厚的御寒服，登上旅游大巴出发。

一出繁华市区，便见蓝天无云，一望万里。今天参观新疆生产建设兵团第十三师新星市博物馆、黄田农场九连、庙尔沟、东天山地质博物园、红星四场五连（全兵团棉花高产连队）。

新疆生产建设兵团第十三师新星市博物馆、规划馆、高级中学三处建筑群相邻，均为河南援建。新星市博物馆以“东疆大地，新星升起”揭示十三师新星市是孕育古代文明的大地上升起的新星；以十三师的前世今生以及各个时期的卓越功勋，彰显兵团精神。

位于哈密地区东部的黄田农场九连，是个少数民族特色村寨。路上，兰妹为我们讲述“青牡丹”“白牡丹”这一对恋人与哈密一世王抗争，殉情八大石的故事。

文友们凭窗惊呼，原来一道白雪皑皑的峰岭横亘前方——这就是天山东部余脉。当地生产生活用水一来自天山雪水、收入水库；二来自地下水。这些年为保护全球生态环境，防止地下水位下降，仅十三师就弃耕四十万亩田地以“保水”。目前，打地下水很难批复。

黄田农场九连以果树种植为主，居民皆为维吾尔族，每家分一亩地做宅园，盖起统一样式的小楼，四围种桑树、杏树、苹果树、枣树，每年一季一茬开花结果，绿化率达 40% 以上。民族特色“农家乐”也是创收增产的一部分。场部背靠天山，四周如画民居，是一处难得的体验民族风情、休闲游乐的好地方。

庙尔沟风景区匍匐在天山脚下，一进“大”景区山门，顿感“忽如一夜春风来，千树万树梨花开”。旅游大巴在“梨花林”穿行，我们都被这景观迷醉了，一个个惊呼不已。感叹唐代戍边诗人岑参为我们准备下的现成的诗句，感慨扈院长把采风团的微信群命名为“忽如一夜春风来”，一语成谶！

车往前走，林木渐稀，视野开阔起来，我们以天山为背景在雪原上拍照，雪后晴天下阳光格外透亮，欢声笑语打破雪地的空旷，传出好远。

我们以为这里已经是天山脚下，最美雪景，不承想兰妹又招呼大家登上大巴继续向天山脚下逼近。当山与坡被雪覆为一体，疑其再无可近之路，大巴却折转弯进入一道山沟，四围又一下子高树密布，再现梨花漫天冰雪玲珑的世界。正在目不暇接之际，望在仿生的景区大门，门内是童话般的小木屋。白桦一丛丛笔直朝天，摇曳着金黄的叶子，叶子上缀满小冰珠，在阳光下如金似玉，煞是夺目美观。这便是庙尔沟风景区。

一棵参天老榆树若一夫当关，迎面矗立，枝条婆娑，华屋大厦一般，覆盖几亩地面。年轻的维吾尔族讲解员乌尔比姆告诉我们这是公树，无榆钱，特行独立于此，尔来 580 年余矣。

进沟的路两侧古木参天，枝条相参，像一道花树装饰的甬道。处处可见 200 岁以上古树。路旁随处可见仿生的茶水间、观景亭台、休憩长椅、垃圾箱、卫生间，有一石碑镌刻大字："河南援建"。

林深处，依山体有哈密回王避暑行宫夏宫遗迹，藏宝洞，佛像佛龛遗迹。乌尔比姆介绍说1400年前西域都是信佛教的，这里是玄奘西行第一站，建有大规横寺庙群，所以才叫庙尔沟。伊斯兰教入西域后对佛教形成清洗式冲击，这些佛像被破坏，也有说是"文化大革命"时被破坏的。她说明代信伊斯兰教首领都叫回王，并不是狭义的回族的王。她还幽默地告诉我们："你们汉族爷爷姓什么，父亲就姓什么，儿子、孙子就姓什么。我们维吾尔族名字分两部分，前半部是自己的名字，后面缀父亲的名字。"也就是说儿女都以父亲之名为姓，所以一代和一代的姓是不一样的。

路上，遇到一棵580年的老核桃树王，硕大的枝条有的伸向天空，有的不胜重负，垂向地面，被木桩支撑着。树上还挂着未落的核桃，无论岁月如何变幻，风雨如何洗礼，老树王始终在这人迹罕至的庙尔沟里静默着，默默地向大地汲取养分，默默地春花秋实。一份沉稳、一份静气让我们息心定气。

临别时，乌尔比姆站在雪地上向我们频频挥手，嘱咐我们其他季节再来，说春天夏天再来吧，那时不仅千树万树花开如锦，地上也满是一茬茬开不败的马兰花。

东天山地质博览园里，胡杨树桩是从别处移植过来的，规模成群，它们在与烈日、狂风的争斗中变得扭曲百态，瘰疬瘿瘤，但始终是逆风挺立，顽强向上的。我们从大锁龙的骨架里穿过，骨架依山崖雕塑，崖壁上雕刻绘制着各种恐龙，记录着地质发展史。我们穿出大锁龙头部，直到高耸的"活火山"口。清洁工在做清雪工作，游乐设施暂时不能开放。我们走出博览园，仿巨型胡杨根雕塑的园门在纯净的白雪、透明的空气、夺目的阳光里，散发出异样的光辉与气韵，令人流连，引人幽思如驹驰骋寰宇。

当参观红星四场的干果包装车间与电商区时，也是一名女干部来迎接我们。电商企业是从江浙招商来的，独当一面的也是一位年轻美丽的女经理。

我不由得对此行的领队洛阳理工学院人文学院副院长、80后教授张丽娜感叹，哈密这些40岁左右的女干部素质真好，文化程度高、业务能力强，待人接物落落大方。丽娜副院长说："这里的干部精神境界都很高，军事化建制，管理严格，年富力强的女干部都从头到尾参与各项工作，与男同事一起开会到深夜。做文旅工作的人接待任务重，他们的领导更是忙得回不了家……"

由于雪大天冷，预约的红星四场的初代援疆老兵都九十开外了，不能成行。博物馆、报刊专辑，对他们的记录已经够多了，下一代、下下一代，援疆一直在代代相传，精神在不断赓续，援二代、援三代，新时代援疆人的奉献与业绩，也毫不逊色，别有光辉！

三

2023 年 12 月 15 日，到达哈密的第三天。哈密零下 7 摄氏度—零下 20 摄氏度，采风团上午 10 点 30 分准时出发，到 65 公里外的柳树泉团场。

汽车奔驰在白雪覆盖的原野上，原野平展如砥，老式电线杆与新型高科电线架交织成铅笔画，公路像在细线条间用炭笔画出的粗线条，汽车来往不断，运输车队绵延几百米，充足的电源与畅通的物流是经济的助力器。一排排木杆搭的葡萄架不高，像在雪原整齐排列着一只只长条板凳，葡萄枯藤都清了场，来年从根部发芽扯出新藤，方能结出更加粒大味美的葡萄。

汽车奔驰 1 小时 30 分左右，我们来到柳树泉团场，团场文旅宣传负责人张森带着白杨沟佛寺遗址解说员古丽，陪我们参观佛寺遗址。

路边的标语格外醒目："事成于和睦，力生于团结""铸牢中华民族共同体意识，各族群众像石榴籽一样紧紧抱在一起"。

年方三十的维吾尔族少妇古丽是社区聘用人员，平时在社区干群活动中心上班。她的老家是库车，在乌鲁木齐受过高等教育，嫁入柳树泉。采风团一行在雪坡上行走，一蓬蓬干草瑟缩在起伏的雪地上，随着冷风颤抖。这里不种庄稼，坡上春天长出牧草，郁郁葱葱绿毯也如雪毯一般，覆盖了坡岭沟壑。这里的田地不宜种传统粮食作物，村民养羊，种葡萄、小白杏儿。古丽说这里是玄奘西行所经之地，玄奘曾在这里住了 18 天。圣僧来之前这里信小乘佛教，受到大唐圣僧影响，这里开始信奉大乘佛教。我们右侧有一条深而阔的沟壑，古丽说那便是白杨河，现在冬季枯水断流，当年曾经流水汤汤，沟满河平，流向哈密、库尔勒，注入罗布泊。佛教圣地皆依河而建，右岸为佛殿区，左岸为生活区。寺院建于魏晋时期，距今 1700 多年，当年曾有僧众信徒 2000 多人，比庙尔沟的规模大。据唐代史籍记载，唐代伊州下辖的纳职城（今五堡乡四堡村内的拉甫却克古城）正北 20 里的地方有一所香火旺盛的佛教寺院，似指此处。

曾经的寺庙为土木结构，如今只留下夯土与土坯垒成的断壁残垣，土墙纹理间记录着岁月的脚步，曾经巍峨庄严的大殿，也只剩颓废的墙体与残留的基座，依稀想见佛像之巨大，法相之庄严伟岸。沟壑——白杨河床对岸有土堡遗迹，多而规模小。

古丽说这里是接受伊斯兰教最晚的地方，文化与信仰溯着取经之路直接与隋唐相连。传说李白出生地就在柳树泉农场八连的地方，这里抬头望见天山，明月从那里升起，李白诗句"明白出天山，苍茫云海间"正是对此处的写照。从古丽的表述中，可以感受到西域民族对中原文化的认同与寻源，和他们与中华文化融合的渴望。

柳树泉热带植物生态园也建得很好，在芭蕉等大型植物下徜徉拍照，确是休闲的好方式。

午饭是新疆特色的过油肉拉条子，可口耐饥。这里离市区远，居民 80% 是维吾尔族，饭店很小，药店、便利店、修理店都有，店面也都小，门全是紧闭着，里面有取暖设备。这里河南移民多，因为河南四季明显，冬季又不太冷，商铺都是开门营业，居民开门取光，晒太阳取暖，所以新疆人戏谑说：“进出不关门，都是河南人。”

午饭后在柳树泉行政村乘车赴九龙树景区，路上古木老树一团一片。有小村落，矮房土屋与河南乡村前些年的旧民居相似，院墙外也有禾秸堆放。不见人影，不知道是移民搬迁废弃了，还是人们都躲在屋里取暖小憩了。

旷野上，有几头花牛懒洋洋地吃着雪下干草，三只不知名的花白羽的鸟嬉戏欢叫着，飞向古树密枝间了。车上人也都打起瞌睡。

汽车穿过一片比较新的砖房院落，来到一片雪原停下。路边一片古木虬枝百结。张森说这就是“九龙柳”。河南农业大学鉴定其树龄为 1500 岁，为西北地区唯一的独木成林的古柳树！这片景观的维护者是一名维吾尔族中年人，瘦而结实，衣着单薄，不知是常年日晒还是风雪寒气冻的，脸和脖子黑里透红，他说：独木成林就是一棵柳树自身枝条垂地入土，不断生出新枝长出新干，更新代谢，所以千年不死。据说乾隆皇帝夜梦九龙缠腿，派使者到西域寻访扼杀。哈密王为表功，误带使者到九龙郡，砍了那里的柳树，此树方得保全。

树上，不同信仰的人绑上不同颜色的布条，进行祈福。树下有一泉水常年不断，据说饮之可治不孕不育。泉水下流成池，池水凝结成冰面，乘载多人纹丝不动。进入树中，如入枝条搭起的华厦广宇，遥想夏日月夜，必为乘凉佳处。

当地人奉九龙柳为神树，甚是敬畏，说如在树下讲不吉之言，做不堪之事，回去必生大病灾，附近居民屡试屡验。

沙枣泉行政村（五连）是维吾尔族风情村，干群活动中心一楼大厅有餐桌四十余张，村支书介绍当地婚礼、葬礼、割礼、古尔邦节、国庆、元旦等节庆活动，全在这里举行。二楼为妇女之家和会议中心。

刚上二楼，维吾尔族手鼓、热瓦普就响起来，四名身着艳丽裙装、戴满金首饰的维吾尔族妇女跳起维吾尔族舞，欢迎我们的到来。我们受到欢乐气氛的感染，在他们盛情邀约下，一起跳起舞来。台上端坐一排的演奏乐器的男人也都是老人了。

村党支部书记是十三师师部派来的，汉族同胞，他说为了丰富群众文化生活，还要成立五连“木卡姆”协会。木卡姆是十二种乐器，唱完需 24 小时，在新疆各地有不同特色的木卡姆。介绍了五连的状况，全村以前 1600 多人，现在 1957 人，留守的是老弱病残和小孩，慰问工作任务很重。这里是风眼，缺水，一场大风，雪全刮跑了。别的连队葡萄熟了，这边还没熟。卖得晚了，价格就低。在十三师进驻之时，村里也响应号召改土换田，打了许多坎儿井、建了许多大水渠，灌溉良田，曾经迎来农业生产大丰收。生活得到很大改善。近年来，随着地下水位的降低，水渠干涸，坎儿井断水，大片农田无法灌溉，只好弃耕。年近九十的老人忧心忡忡地说盼着解决农业用水问题。我们眼前浮现路过的灌溉大渠，这些渠都是就地取材捡来石头垒砌而成，石缝的黏合物是援疆战士们土法烧制的石灰，至今已经七十余年，依然坚固如初，让我们相信总会有一种东西能抵抗得了岁月的侵蚀，那就是混和着援疆战士血与汗的引水工程。

除了养殖，还种植核桃和杏树，核桃品种在这里发生变异，皮变厚了。村中40岁以下的人都出门做羊杂碎生意、水果生意，哈密最大屠宰场，就是沙枣泉人开的。到内地的人不多，武汉也有。上了年纪的维吾尔族人虽然追求时尚，但囿于文化水平低，只能讲普通话，写不好汉字；只会看抖音，不会做电商。年轻的社区工作者人力有限。他们正在搞电商培训班。条件和水平低了些，但发展空间颇大！

跳舞的盛装女子都60岁左右了，她们的裙装之下都穿了时尚的肤色打底袜裤，不再像之前传统的维吾尔族服饰在裙子里面穿一条花长裤。然而戴满夸张的黄金首饰，穿奢华的皮草依然是曾经的游牧民族的传统。

道别时，在一楼的墙面上看到元旦庆典的背景布已挂起，想必节目都筹备起来了。

晚上回到全季酒店，翻看手机朋友圈，黄田农场的宣传干部孙金霞发出一条“黄田农场百人旗袍秀展演”视频，百名各族女子（维吾尔族占85%以上）穿着改良旗袍，身姿婀娜，队形、仪态颇追专业走秀水平。我想十三师新星市里群众的文化娱乐生活如此丰富，一个爱玩爱乐的内地人来到这里定居，也毫不违和，一定不会寂寞。

四

2023年12月16日，哈密采风第四日。早上8点醒来，气温依然是零下20摄氏度，最高温度零下7摄氏度。室内温度适宜，靠近窗户的地方，虽然隔着厚厚的玻璃，依然感觉凉气侵人。

今天要赴红星二场举行红色军垦文化主题活动。兰妹给我们送来军装，让我们进行沉浸式军垦文化体验。大家换好“行头”，首先在“红星剧场”前留个影，客串一把文工团员。

此行参观的第一站是红星二场，河南驻马店对口援疆单位。车行“新星市”市区，一派城市新区“大厦初成、百业振兴”的景象。有一片片别墅区，各种配套设施和服务民生的行业，比前几日所见大不相同。

老八连战士是正牌的老红军，“一双眼睛”“集体洞房”的故事就发生在这里。第一代援疆战士大多都长眠地下了，老豫军后代都会河南话，全国各地来的军垦战士与他们朝夕相处，也都会讲几句河南话。

红星军垦博物馆位于红星二场七、八、九连活动中心。在场部领导和援疆豫籍干部的陪同下，采风团重温军垦部队“筚路蓝缕，以启山林”的艰辛历程。在红星二场三连与豫籍垦疆老战士们座谈，体会到他们青春岁月时，为国家奉献的赤诚与热情从未衰减，他们以子辈孙辈扎根十三师为荣，为新疆奉献一切，无怨无悔。老兵周鲁葛为我们演唱自己创作的歌曲《党恩深似海》，他说自己当年奔赴哈密军垦，住地窝子、啃干窝头、喝稀饭，风沙遮天蔽日，打在脸上生疼，睁不开眼睛。全班只有一副“防风眼镜”，一个人戴上走在前头，其他人闭上眼，一个牵着一个的后襟跟着前进。昼夜温差大，夜里零下几十摄氏度，住在地窝子里，冷得人不敢上厕所。就是在这样的情况下，他依然编写歌词，在工地传唱，激励战士们拼搏奉献。

在参观“地窝子”的路上，河南驻马店援疆干部王岩为我们带路，他穿着一双高筒棉布靴。“一定很暖和吧？在新疆买的？”有人问。

“几年前在河南买的。几年来，我一直要求援疆，直到今年才成行。只有三个月时间。俗称‘柔性援疆’。”

“这么短的时间就对这里如此了解！”我赞道。

“一到这里，就被这些事迹感动了。”王岩为我们讲起“十三连”的故事。军垦部队建制只有十二连。许多人在忘我奋斗中牺牲了，有河南老乡来探望，战友不忍说真相，就说他们调到十三连了。老乡信以为真，回去后还写信、寄东西到“十三连”。以至于后来，这些援疆的战士都把牺牲戏称为“去十三连报到”。去世的战士埋在公坟里，永远坚守在东疆。他们的墓碑上都只有父母是谁而已，从战火硝烟中夺取的江山，又风里沙里改良耕种，他们的命运与新疆紧紧连在了一起。他们还没有成家，没有子女。王岩说：“希望在他们的墓碑上刻上他们部队番号，给他们应得的哀荣，让他们获得更多的瞻仰与敬重！”

在地窝子的“集体洞房”里，只有一方天窗用来取自然光，地窝正中一张土床，上面铺着干草，就是这样一处简陋得不能再简陋的藏身之处，为战士们遮蔽了风雨寒暑，见证了他们一生中最幸福浪漫的时刻，参与了他们一个个感天动地的红色故事。

下午参观“火箭”农场，这里更是现代、超前，各种公共建筑和社区民居均优。这里从洛阳大量移植牡丹，建有大型牡丹园，每年花开之季有牡丹节。规划馆里，我们瞻望了“火箭”农场的今世与未来。

从规划馆出来，望着宽阔的现代的城市，心情也变得开朗轻松愉快起来。这里有唐人街美食城，离晚饭时间还早，我们选择了去看玉石城。展厅是农场提供的，展品都是黄姓奇石家个人的收藏。两层楼八九个展厅，令人叹为观止！

黄夫人亲自为我们讲解，说起黄先生从内地往返水果淘得第一桶金开始，讲到痴迷奇石，历尽艰辛，黄夫人眼泛泪花。我为黄先生庆幸得夫人如知音，夫复何求！

中午吃的手抓饭，一条羊腿腱子肉，叫“一帆风顺”。羊是巴里坤的盐湖羊，抓饭里是西域特有的黄色萝卜，我们已觉十分地道美味，岂料晚饭时又来一拨彩蛋。

采风团领队张丽娜教授带我们来到一处像河南小街的地方，进入一处会所般的二亩地的大院落，此处名为“心怡园”。

洛阳理工学院人文学院大一学生李心怡是哈密伊州区人，这一次被粼选为采风团四名学生成员之一。带着第一梯队先行赴疆，又当导游又当工作人员。“心怡园”就是李心怡同学的父亲李刚与母亲一起开的酒店。他们在其他地方还有几处特色面馆，叫“怡面馆”。李刚曾是村支书，曾计划引进洛阳牡丹建牡丹园。他说希望女儿在洛阳学习成才，希望洛阳朋友来哈密，都与他联系。

今晚是“心怡园”新冠疫情封园后开园第一宴，满满一桌丰盛的新疆特色菜让我们感激盛情。

心怡同学的母亲亲自打理，从采购到用人，从菜品到茶汤，里外协调，是个全能的总经理，她特意拿出珍藏的“班超”酒让我们品尝。果然好酒佳酿，微醺无梦！

五

2023 年 12 月 17 日，周日，哈密采风的第五天。哈密全区气温一直在零下 20 摄氏度—零下 7 摄氏度之间，这场雪下得挺大，积久不化，从市区到巴里坤县的长途公路和各参观点都很滑。安全起见，改为参观回王府和文博馆。

哈密回王府位于哈密市环城路以南，历来有“西域小故宫”之称，哈密回王被清政府称之回疆八部之首。当年一世回王进京朝觐，被京城故宫的雄伟奢华深深吸引，请来汉族工匠，在原蒙古王府的基础上，融合了满、汉、维吾尔、蒙古等各民族建筑风格，建成一座典型的宫廷建筑。拾阶而下进入景区，左首一座小小四合院，是回王议事办公所在，陈列着一世回王选贡品、二世回王力擒噶尔丹之子、七世回王议军事等蜡像群。回王府建在高高的王爷台之上，王妃住在一处小小偏院，着满族旗装，回王蜡像也是旗装，旗装自然是清朝官服。回王大殿规模宏大，气势雄伟，站着侍女，侧边坐着谋士，只有哈密王位虚位以待，供游客拍照之用。我心默向哈密王道了叨扰，才登上王座拍了一张照片，一激动，却把手袋忘在大殿里面，看来我不是当王之人，服不住宝座。

文博馆外展示的非遗文化“木卡姆”演奏雕塑，让我对它的实况表演充满向往，一座大厅陈列着一桌玉石千叟宴，比红星五场火箭连玉石城的更令人震撼。

中午品尝了正宗新疆大盘鸡、馕坑肉、红乌苏……车行环城路，火箭连的城区一座座 20 层以上的高层建筑拔地而起，一片片新型小区招引着哈密人和援疆者进入新的生活，我看到一片红楼整齐排列，场园与绿化带错落有致，大家都说是学校，车转到前面，果然见挂牌名为：“哈密市豫哈第三实验学校”，是河南援建的中小学。想起每年洛阳都组织中小学退休高级教师组成援哈支教团，我一直意气风发想一圆援疆梦想，盼着退休之日赴新疆支教。

在街上不断能看到河南美食店铺，下车前去寻找馕坑店，在街角又看到一间标志“河南”的“豫家烩面”馆，主营：烩面、卤肉、凉菜，这正是河南的特色风味。阿不力米提江营养馕店的生意热火朝天，店前搭着大棚，支着长长的排档，七八个师傅不停地团面、擀面、压花纹、烙坑……两三个店主招呼着顾客，不停地打包、收钱。摊前排起几条长龙，常客与游客源源不断！

我第二天就要作为第二组成员，离开哈密返回河南了，河南亲友嘱托一定要带回正宗的新疆“馕”。十三师的张主任提醒我：“拿回宾馆晚上一定要凉一凉，凉了锅盖般大的‘馕’才能定型。馕一定要单独打包提在手上，不要和行李混在一起。否则就挤碎了。很多外地人说没有吃到过囫囵馕。”

六

2023 年 12 月 18 日，哈密晴天，虽然最高温度还在零下七八摄氏度，但蓝天丽日，风微微吹拂。因为终点郑州阴天有雾，能见度低，飞机从上午 10 点延迟到下午 3 点。

飞机升至哈密上空，向东飞越黄土高原，奔向中原河南。一场新疆东天山之行，阳光在天，雪在脚下，瞬间穿越到烽火连天、兵临新疆、和平接受辽阔疆域的时代；穿越到百万雄师就地转业开始与天地争斗、将戈壁荒漠变绿洲家园的时代；穿越到科技援疆、教育援疆、文化润疆的新时代……感受到老一代人开疆守土、改天换地的牺牲精神，感受到新一代建设者精诚奉献之心，感受到大国疆域辽阔无垠，感受到中华民族团结融合……

与我同行的是洛阳理工学院对口援疆招生的学生李心怡同学，这名在哈密生活 18 年的少女，暑假开学才成为洛阳理工学院的一名大学生。这次采风，学院面向全校大学生招募志愿者，需要有写作功底、健康体质、良好素质，经过层层选拔，李心怡胜出入选。我问她来河南学习半年，感觉如何，她说：“洛阳好，像回家一样温暖、舒适。”

“那就留在洛阳，努力考研，不回哈密了。”

“不，河南的老师们都离开家乡到哈密去支援建设，我读完研究生，也要回去，把在河南学到的一切带回哈密。”

到哈密，赴一场红色之约

王群芳

为了一个美好的约定，迫于天气原因，行程几经变更，克服重重困难，终于抵达目的地哈密，开启了为期一周的红色之旅。

洛阳的雪没有如期而至，到了哈密，却经历了漫天飞雪。有朋友说，是我们把洛阳的雪带到了哈密，我想说，只有天知道这其中的秘密。

在为期一周的参访过程中，有白雪做伴，我们的活动显得更有情趣，也更有意义。我们相继参观了新疆生产建设兵团第十三师新星市博物馆、红星军垦博物馆、哈密博物馆，参访了黄田农场、柳树泉农场、火箭农场，游览了庙尔沟、回王府、东天山自然地质博览园，拜谒了地窝子遗址、焉布拉克古墓群、白杨沟佛寺遗址，欣赏了维吾尔族歌舞，品尝了新疆特色美食，聆听了不少传说故事，体验了红色军垦文化，还与部分老兵座谈，与维族群众联欢，深切感悟了兵团精神、老兵精神、胡杨精神的丰富内涵，可谓收获颇丰，受益良多。下面，撷取此行中感触最深的几个片段，写出来，与大家分享。

黄田农场九连的荣誉墙

12 月中旬，我们洛阳理工学院文学采风团一行 17 人，在十三师新星市文旅局负责人兰妹的引领下，冒雪来到了黄田农场九连党群服务中心。这是我们首次走进兵团农场，深入基层连队，了解屯垦战士的生产生活情况。

九连的支部书记热情接待了我们，首先带我们到二楼的陈列室参观。

在陈列室里，我们一边观看连队历史图片展，一边听取连队基本情况介绍。

九连（庙尔沟）位于喀尔里克山脚下，是一个少数民族聚居连队，昔日以养殖牛羊为主，职工群众收入低，对环境的依赖度高，也一定程度影响着庙尔沟景区的发展。2013 年起，开始实施连队整体搬迁工程，将异地搬迁与连队建设、旅游开发与新农村建设相结合，着力打造具有少数民族风情的旅游新村。2017 年，九连（庙尔沟）被国家民族事务委员会正式命名为第二批“中国少数民族特色村寨”。

“以前，连队地处山区，交通不便，信息闭塞，自然环境恶劣，搬迁之后，住宿条件好了，环境改善了，职工群众除了种植果树，还可以从事农家乐、刺绣、养殖、采摘等项目，收入普遍提高了，幸福指数也就高了起来。”连支书自豪地说，“等会儿大家可以到场区走走看看。”

大家已经开始下楼了，我却被陈列室内的一面荣誉墙吸引，久久不愿离去。这面墙最上端是“高尚荣誉，再创辉煌”八个字，墙面展示的内容如下：2014 年，黄田农场自营经济先进单位、民族团结先进单位、社会管理综合治理先进集体、职工自营经济工作先进集体第一名、团支部先进单位；2015 年，黄田农场首届职工文艺汇演优秀奖、十三师原连队居住区功能转换工作先进单位、黄田农场妇联先进集体、工会先进集体、五四红旗团支部、自营经济先进单位；2016 年，黄田农场先进基层党支部；2019 年，黄田农场先进基层党组织、维稳双联户创建工作先进集体。

我为九连在六年时间内能获得这么多的荣誉感到震撼，心想，最近几年应该还有不少荣誉吧。于是我快步下楼，追上连支书，悄悄询问此事，他朗笑着说：“哈，荣誉实在是太多了，现有的墙面容不下，所以没有及时更新。”

因为连支书还要带领大家参观，我不便干扰，心里却还在想：九连的这面荣誉墙，应该只是整个黄田农场近些年发展成就的一个缩影吧。

“我们这里种的果树主要有核桃、杏树、红枣、桑葚等。”连支书一边走一边继续介绍说，“那边是一些蔬菜大棚，附近还有几个养殖大棚。如果不是在冬季，如果不是在雪中，你们就能感受到场区这些年在绿化方面取得的成绩。现在这里 4 月有杏花，5 月有桑葚，6 月有杏子，9 月有苹果，10 月有核桃……而且，不只是我们九连，整个黄田农场在植树造林方面都是全国先进呢。”

我偷空用手机“百度”了一下，果然，近些年黄田农场在生态建设上获得了一系列殊荣：“全国植树造林”先进单位，“全国植树造林、绿化祖国”先进单位，“全国植树造林百强”先进集体，“三北防护林体系二期工程建设”先进单位，“全国植树造林、绿化祖国 400 佳”单位……倘若把这些荣誉也做成一面墙，倘若把整个黄田农场的荣誉都做成一面墙，那将是何等的壮观，何等的令人震撼？！

此刻，我想告诉大家的是：到黄田农场九连参观，映入眼帘的东西很多，最能折服我的，便是那面荣誉墙了。

柳树泉农场五连的木卡姆

我们踏着积雪游览了白杨沟古佛寺遗址，观瞻了独木成林的九龙树，又乘车来到了柳树泉农场五连（沙枣泉）。

五连所在的沙枣泉行政村，是维吾尔族人民聚居的地方。这里的职工活动中心，是一个规模较大的具有民族特色的建筑。进入一楼大厅，便令人感觉高大宽敞，显然是一个可以举办大型活动的地方。在此驻村的第一书记买买提告诉我们，当地的婚礼、葬礼、割礼以及古尔邦节、国庆节、元旦等活动，都是在这里举行的。

刚上二楼，就有几名木卡姆艺人，击打着手鼓，弹着热瓦普，唱着赞美家乡的歌，表示对我们的欢迎。紧接着，又有几位资深美女，身着艳丽服装，佩戴华美首饰，踏着音乐节拍，跳着维族舞蹈，近前对我们表示友好。很快，一些维吾尔族群众也翩然起舞，加入了表演的行列。他们唱着歌儿，跳着舞儿，表现得十分欢快。我们采风团一行受到现场气氛的感染，也情不自禁地融入其中，挥起双臂，扭动身子，模仿着他们的舞步，开始欢跳起来。尽管我们的舞姿算不上优美，但依然十分愉悦。

一阵欢歌曼舞之后，大家似乎都有点累了，便找凳子坐了下来。面前的桌子上摆满了核桃、杏干、沙枣等干果，大家都不客气，随意品尝。维吾尔族乡亲听说我们是从河南来的，倍感亲切，七嘴八舌讲起了近些年沙枣泉发生的诸多变化。有的说，现在我们都住进了楼房，柏油马路通到了家门口，小汽车开进了农家院，自来水通到了家里面，生活真是太方便了。有的说，这两年连队的核桃大丰收，每公斤能卖到二三十元，而且还特别畅销，收入比以前高多了。有的说，现在我们搞统一养殖，年底可以拿分红，吃穿住行都不愁了。还有的说，幼儿园、学校离家都不远，孩子们上学很方便，这以前想都不敢想呢。我们就这么面对面交谈，自然而又亲切，真的是各民族兄弟一家亲呢！

驻村第一书记买买提，则着重介绍了连队近些年搞集中养殖的做法和成效。他说，在以前，由于地理、气候等原因，五连所在地干旱多风，只适合种植小麦、玉米等经济效益低的作物，人均收入为全场最低。那么，如何让职工群众致富呢？师市、团场及连队想了很多办法，也进行了多种尝试。先是直接将扶助资金发给职工，但帮扶效果不佳；后来农场用帮扶资金买回牛羊等牲畜，分给职工发展养殖，大多数职工还是没有致富；最后才决定建设股份制养殖小区，将帮扶资金集中使用，采取“团连引导、能人牵头、职工入股、合作社经营”的方式，实行统一品种、统一防疫、统一品牌、统一销售、统一管理，以建立养殖示范小区、养殖示范户为突破口，最终取得了良好成效，实现了“家家有羊不见羊，户户入股可分红”。

经买买提这么一介绍，我们对整个连队的生产、生活及产业发展情况有了进一步的了解。

在大家与职工群众继续座谈的间隙，我和买买提进行了单独交流，也加深了我对他的印象。他曾当过小学老师、校长，先后在农场九连、五连担任第一书记，迄今已满五年。为了团场稳定、群众增收，他无数次深入职工群众家中，交流谈心，听取意见，也赢得了大家对他的支持和信任。我感觉，他是一个真诚、务实、质朴的人，也是一名优秀的党员干部。他很快就要到管寺管委会当主任了，衷心祝愿他在新的岗位上工作顺利，开心愉快，为团场建设和发展做出更大贡献。

临别时，我想到刚才维吾尔族群众欢迎我们的场面，问买买提道：“这里的人们都擅长歌舞吗？”

买买提微笑着回答：“正是因为现在生产方式改变了，人们生活富足了，业余时间也多了，传统音乐木卡姆就又火了起来。”

哦，到柳树泉农场五连参访，我倍感荣幸的是现场感受了木卡姆艺术的魅力。

是的，木卡姆不仅让我流连忘返，也将让我终生难忘。

老兵口中的屯垦往事

我们是穿着军装和老兵们座谈的，感觉无比的荣耀和自豪，当然，我们穿的是部队文工团的演出服。

为了让我们深刻体验红色军垦文化，兰妹可谓用心良苦，不仅给我们借来了服装，还先带我们到红星剧社拍照留念，又到红星军垦博物馆参观，然后才安排我们和老兵们见面。

出于安全、便利等方面的考虑，兰妹请来的都是红星二场三连的一些老战士。他们虽然没有穿军装，但军威犹在，豪气尚存。

周鲁葛，甘肃天水人，1954 年进疆，仍然谦虚地说自己是兵二代。他一开场就为我们演唱了自己创作的歌曲《党恩深似海》：“红红的太阳明又亮，感谢伟大的共产党，心系群众谋幸福，似海的恩情永不忘……”他唱了一段，仍然意犹未尽，大家都为他满满的激情而鼓掌。

他平复了一下自己的情绪，向我们讲述了自己当年在红星二场挖沟排碱、种地收麦的情景。“当时的环境是‘无风一片白，风起白满天’，为了整治盐碱地，手脚都是血口子。生活条件很艰苦，喝的是苞谷面汤，最多有几片葫芦瓜。”“麦熟的时候，每天要割两亩四麦子，早上两三点就开割了，整天也不知道累，晚上在渠里洗个澡就回去了。”“当时就知道拼命干活，生怕落在别人后边。”“现在是苦尽甘来，我已经退休 17 年了，工资每月六七千，自己却花不了几个钱。”

老兵中有人透露了一个“情报”，说：“老周现在是红星二场老年红歌合唱队队长。”周老这才接着说：“平时也没有闲着过，负责老年红歌队，经常带大家练练歌，中宣部还奖励过四万元呢。”

周老今年已经 78 岁了，不仅自己生活开心，还在为连队文化建设不遗余力，着实令人钦佩。

廖广献，河南息县人，1958 年自愿报名援疆，最初分在陶瓷厂，后来到吐鲁番修建红星三渠。“当时住的是地窝子，每天披星戴月，中午也在工地。食堂送的饭经常是凉的，也没有谁抱怨过。有时候晚上还得露营，就靠在大石头边上凑合着睡。”“1961 年经历过十二级台风，喝盐水泡馍，没有青菜，吃甜菜疙瘩，大多数人都出现了浮肿，上级调来黄豆、洋芋、羊肉熬汤，喝后才恢复了一些。”“最难忘的是 1962 年 5 月，我们一个班单独执行任务，遭遇狂风沙尘，大家像小娃娃牵羊羔，后边人拽着前边人的衣服，害怕被风吹跑了，三公里走了一个半小时，当时我是班长，必须走在最前面。”

有人问廖广献：“当时条件那么苦，你有没有想过还回老家去？”

廖广献回答：“那时大家都一样，没有什么杂念，有时互相拉拉歌，日子倒也挺开心。”他在1963年红星三渠修好后调到红星二场三连，一直干了三十多年到退休。“四海为家嘛，我现在三子一女，以及下一代都在农场，不可能再想着回去了。”

是啊，他们这些老兵，为了守卫边疆、建设边疆，真的是“献了青春献终身，献了终身献子孙”。

张建昌，1966年参加工作，现年76岁，属于标准的兵二代。

他一开腔就直言道：“我是一个文学爱好者。我先讲一个故事，我的指导员与毛主席握过手，他回来后和大家握了个遍，说要把毛主席的温暖传递给大家。”

有老兵向我们介绍说：“老张是个讲故事的高手呢。”

张建昌就又讲了两个发生在地窝子里的故事。其一，当年他和战友们住的地窝子里放着一个尿盆，新来的战士不知情，居然用里面的水去做饭；其二，他们的地窝子里住着五六个人，有一天，忽然一头牛掉了进来，把他们用树枝编的“钢丝床”都给砸坏了，幸亏没有砸住人。

他讲这两个故事时语速较快，讲完了大家才笑出声来。

有人鼓动他继续讲，他就又说：“当年我们吃饭都是先掠半缸子，为的是赶快先吃完，然后再掠满满的一缸子。”“当年我们都是用尿素袋子做衣服，穿着真是不舒服，现在想想也怪可爱。”“我们红星二场没有星期天，‘刮风下雨作礼拜’，也就是说，只有刮风下雨才能休息。”

他知道我们一行都是作家，大概是为了给我们提供素材，抑或是为了节约时间，所以讲的故事都很简短。

感谢张建昌先生为我们讲了一连串的故事，虽然算不上生动，但仍能觉出他是一个有趣而又乐观的人。

接下来，老兵们相继发言，讲述着相似而又不同的故事，修水渠、治盐碱、割麦子、地窝子、打坯子、建厂子、红旗连队、先进标兵……不知不觉几个小时过去了，同伴们还在向老兵们请教着这样那样的问题，我却联想到方才在军垦博物馆看到的诸多史料和图片，眼前顿时浮现出七十多年前第一代老兵挺进新疆、开山凿石、挖沟修渠、拓荒垦田、清洗盐碱、种植粮棉的雄壮场面来……

“谁言大漠不荒凉，地窝房，没门窗；一日三餐，玉米间高粱；一阵号声天未晓，寻火种，去烧荒。”这首至今无法考证作者的歌词，不正是当年老兵们战天斗地、拓荒垦田的生动写照吗？

此时，我很想给老兵们敬个礼，并且道一句：“向你们致敬！”

地窝子里的公共婚房

道别了可敬可爱的老兵们，已是午后时分，应该是从老兵身上汲取了力量吧，大家皆无饥饿之感，主张顺路直接去地窝子遗址参观。

上了车，兰妹介绍说，在红星二场场部西北约五公里的地方，便是兵团范围内保存最完整、规模最大的地窝子旧址，占地 50 多亩，共有 150 多个，是 1950 年部队入疆后开荒建场时的居所。

因为路途不远，即便车行雪地，很快也就到了。尽管大家对地窝子已经有所了解，但到了现场依然觉得震撼。皑皑白雪之下，一排排、一片片的地窝子，因为现已无人居住而处于坍塌状态，但分明又在向人们述说着什么。眼前有一片新修复的地窝子，是河南省文物局对口援建的，用掺着麦秸的泥巴糊了门洞，门洞上方镶嵌着一个硕大的红星，彰显着人民解放军的英勇和威武。

根据我事先查阅的资料，当时红星二场所在的火石泉地区是一片重盐碱滩，自然环境恶劣，木材匮乏，因此战士们就地挖穴，以穴为家。地窝子在建设之初都做了认真的规划，一排排大小相等，整齐划一，功能齐全，包括宿舍、食堂、会议室、菜窖、库房、马厩等各种生活生产设施。挖建地窝子的时候，首先将厚厚的碱土层挖掉，然后从地表向下挖一个斜坡作为地窝子入口，紧接着挖一个长方形深坑，再就地取材砍些红柳枝作为房梁屋架，上面铺一层芦苇，最后盖一层土，一个地窝子就成形了。广大军垦战士就是在这样的环境中居住，而且一住就是十多年。

“当时居住条件这么艰苦，军垦战士还编了个顺口溜，‘地窝子好，地窝子强，地窝子冬暖夏又凉，远看一片荒凉地，不知脚下就是营房’。而实际情况是，地窝子里夏天温度高达三四十摄氏度，冬天温度零下二三十摄氏度。”兰妹稍微停顿了一下，有点动情地说，“我们的军垦战士们实在太伟大了！”

“这就是革命乐观主义精神！”“这是战胜一切艰难困苦的法宝！”“这正是值得我们学习的老兵精神！”大家也都纷纷慨叹道。

我心想，刚才还听老兵讲，地窝子有牛掉进去过，可是在当年有谁在乎过个人的安危呢？

前边有一处标着“公共婚房”的地窝子，引起了大家的浓厚兴趣。兰妹又介绍道：“当时由于条件所限，无法为每一对新婚战士提供婚房，于是腾出一间地窝子作为公共婚房使用，每对夫妻居住不到一周时间就须各自搬回集体居住的地方。这公共婚房有别于一般地窝子，占地面积约三十平方米，呈偏圆形状，有团圆美好之意。”

为了让大家真切体验公共婚房的功用，兰妹一边解说，一边带大家下去参观。婚房内有一个泥巴床，床上铺着一层芦苇，当她很自然地坐在所谓的婚床上给我们讲解时，同行的一位作家也想坐下感受一下，俩人心照不宣地对视了一下，这一瞬间被人抓拍到了，一个羞涩含蓄，一个木讷拘谨，又都穿着“军装”，还真有点像当年老兵宴尔新婚的样子呢。

因而，也便有了一段新时代在地窝子“成亲”的佳话。

他们俩无意间的“结合”，也让我有了更多的思索：在那烽火连天的年代，在那不得不与自然抗争的岁月里，人民解放军面对的不只有荒漠戈壁，不只有狂风沙尘，不只有严寒酷暑，不只有辛苦劳作，不只有思乡之情，不只有战友之谊，还有人间最珍贵的夫妻之情、最难得的家庭之暖，以及组织对战士的关心、兵团对战士的关爱，还有老兵们在极其艰苦的环境中所表现出来的人间大爱、家国情怀。

地窝子里的公共婚房，让战士们有了家的感觉，也让他们能真正安下心来，扎根边疆。

令人敬仰的戈壁母亲

“没有老婆安不下心，没有儿子扎不下根。”

这句话听起来很质朴，却是很符合人性的情感表达。

20 世纪 50 年代初，为了使部队能够安心生产，扎根边疆，长期执行屯垦戍边的战备任务，加速军垦农场开发，中国人民解放军新疆军区从湖南、山东、甘肃、河南等地招募了大批女兵进疆，参与边疆建设，促成部队指战员安家乐业。

这些女兵们千里迢迢进疆之后，在极其艰苦的环境中，同男兵一样进行重体力劳动，在各条战线上发挥聪明才智，奉献青春和热血。她们在开荒造田、建设边疆的劳动中，与战友们结下了深厚情谊，也找到了自己的理想伴侣，为促进屯垦戍边事业的稳定发展做出了重大贡献。她们，被人们尊称为“戈壁母亲”。

记得在新疆生产建设兵团十三师新星市博物馆、红星军垦博物馆参观时，曾看到过两位“戈壁母亲”的代表人物。王焕兰，全国“三八”红旗手、兵团二级劳动模范，初中毕业就响应号召进疆支边，1958 年 1 月被分配到红星二场养畜队当饲养员，后成为兵团“十二面红旗标兵”之一；吕桂花，山东莱阳人，1954 年进疆支边，被分配到红星二场一连，修红星渠时日挖土方三十多立方米，被称为“不亚男儿”的女兵，多次受到表彰，1958 年被评为兵团二级劳模。她们都是在平凡的岗位上做出了不平凡的业绩，而且在家里也是好妻子、好母亲。她们都是可以载入史册的英雄的“戈壁母亲”。

一直陪伴我们参访的兰妹，也向我们讲述了“八千湘女上天山”的故事。1950 年至 1952 年，新疆军区共招收了约八千名湖南女兵，为天山脚下的荒漠戈壁注入了活力，也增添了温情和美意。她们像男兵们一样，无论春夏秋冬，住着地窝子，喝着涝坝水，开荒造田、拦河筑坝、修渠引水、打坯盖房，全身心投入屯垦戍边战场。“八千湘女”是“戈壁母亲”的群体代表，她们犹如吐鲁番的葡萄、和田的美玉、喀什的石榴、克拉玛依的石油，在天山南北散发着耀眼的光芒。

兰妹还采访过十三师的许多“戈壁母亲”，写下了大量有关她们的感人故事。她说，“她们付出的艰辛是一般人难以想象的，白天和男兵一样早出晚归，高强度干活，晚上还要洗洗涮涮、缝缝补补、照顾孩子。即便怀了孕，也照样参加劳动，当然会得到适当的照顾。长年累月，过度辛劳，不少人落下一身毛病”。她还说，“这些可亲可敬、无比坚韧的‘戈壁母亲’，已经成为兵团的宝贵财富，我们必须把她们的故事记录下来，传播开去，传承下去，让后人永远铭记”。

是啊，正因为有了这些吃苦耐劳、意志坚强、甘于奉献的女兵，才使大漠戈壁沸腾起来，才使垦田将士安下心、扎下根来，结束了自古以来屯垦戍边一代而终的历史，创造出了军垦戍边史上一个个伟大奇迹。

“戈壁母亲”，共和国建设史上一个伟大的群体。是她们用爱温暖了冷寂的荒漠，是她们用爱融化了广袤的戈壁，是她们用爱浸润了一片片绿洲，是她们用爱养育了兵团的后代。

有人说，当边疆的沙漠变成了绿洲，“戈壁母亲”们的腰身已不再挺拔；当荒原中的新城拔地而起，“戈壁母亲”们已是满头白发。我要说，她们所经受的一切、奉献的一切、成就的一切，已经成为历史丰碑上的不朽功勋，永远值得一代代国人敬仰！

为期一周的采风活动结束后，我的心情久久不能平静。我有很多话想说，有很多文字想写，又觉得自己走访的地方还不够多，采访的人还比较少，手头的文史资料还不够充分，对军垦文化和老兵精神的理解还不够深刻。于是，我让自己沉寂了一段时间，又通过各种渠道学习了一些东西，才敢提起笔来，写下几段粗糙的文字，既算是一种交差，也算是不虚此行了吧。

我本来还拟了几个写作题目，诸如《九龙树下的遐想》《忘不了那一张张烤馕》《坎儿井，也是一抹乡愁》《新星市，十三师的蝶变》《援疆，无须永远在路上》《白杨沟佛寺，我听到了远古的声音》等，权且留作下次进疆的作业吧。

期待下次能来一个说走就走的旅行！

红星照耀十三师

冯清利

一

红星闪闪放光彩　　红星灿灿暖胸怀

红星是咱工农的心　党的光辉照万代

1973 年夏天，著名作词家邬大为和魏宝贵应八一电影制片厂著名作曲家傅庚辰之邀，为影片《闪闪的红星》写下的这首主题歌，一经传出，便风靡风行，影响了几代人。潘冬子手捧闪闪红星的形象，深入人心。

经典永流传。

在新疆兵团十三师的日子里，时时处处，我都能感受到“红星”在闪烁。红星农场、红星渠、红星军垦博物馆、红星将领、红星忠魂、红星英烈、红星医院、红星影院、红星发电厂、红星面粉厂、红星鸡场、红星炭厂、红星牧场……

每一个地方，每一个名称，都不厌其烦、不惧重复地以“红星”冠名，没有比十三师更如此钟爱“红星”二字的吧？这是一种深深的红星情结。

不能不说，红色在中国人心中的位置要超出其他色彩的位置，红色是中华民族最喜爱的颜色。红色代表吉祥、喜庆、热烈、奔放、激情、斗志、革命等，它象征着永恒、光明、生机、繁盛、温暖和希望。

这是燃烧中的火的颜色，这是生命中血的颜色！

在中国的节庆文化中，红色占据着重要地位，人们通过书写张贴红红的对联、悬挂红红的灯笼，传递希望，表达美好祝愿。

最早使用五角红星作为军队战士帽徽的国家，不是我们，而是第一次世界大战中的苏联。

辛亥革命后，北洋军将五角红星作为帽徽，寓意汉满蒙回藏的共和，也希望五角星的幸运可以带给中国革命希望和胜利。

喜欢红星，实则偏重于“红”。五星使用红色，能激发战士以铁血意志为胜利而英勇斗争。

在中国革命和历史中，红色代表着中国的声音、先烈的信念、每一个人的梦想和追求。

中华人民共和国成立后，为了纪念那些为国家抛头颅洒热血的革命烈士，国家依然将五角星用于军队，并且以五星红旗作为国旗。

红星符合人们的审美，是人们心中最美的符号。

红星是胜利的标志、正义的化身、革命的象征。

十三师的遍地红星，既是对“红星”寓意的喜爱，更是对“红星”精神的传承。

二

小小竹排江中游　滔滔江水向东流
红星闪闪亮　照我去战斗
革命代代如潮涌　前赴后继跟党走
砸碎万恶的旧世界　万里江山披锦绣

位于哈密市的新疆生产建设兵团第十三师，前身为中国人民解放军第一野战军六军十六师，代号为“红星”。“生在井冈山，成长在延安；转战千万里，扎根东天山”是该师历史的写照。

十三师现有总人口 14 万余人，下辖红星一场、红星二场、红星四场、火箭农场、红山农场、黄田农场、柳树泉农场、淖毛湖农场八个团场。

八个团场，场场都有自己光荣的历史，场场都有自己辉煌的历程。无论是来自冀鲁豫，还是来自湘鄂赣，当年的指战员们以异乡为故乡，以他土为热土，把建设好新疆作为终身使命。

红星一场前身是第一野战军六军十六师四十八团，曾被毛主席授予“红星部”光荣称号。1952 年，部队挺进二道湖地区，修渠引水、开荒创业，是新疆最早屯垦戍边的部队之一。

和兄弟部队一起荣获过“红星部”光荣称号的红星二场，于 1952 年由第一野战军六军十六师四十七团集体转业建立。部队前身是在毛主席身边战斗和生活过的陕甘宁边区教导旅二团。

在红星一场场史陈列馆，我们肃立在军垦战士的塑像前，轻轻走过战士新婚之夜的洞房“地窝子”……

在十三师新星市博物馆，踏上一层层的台阶，我们去重温那段硝烟弥漫的岁月。

在红星军垦博物馆，我们认真倾听讲解员每一句解说的话，阅读每一段闪光的文字，观看每一张珍贵的照片，不忍错过每一句话、每一段文字、每一张照片。

在《红星二场及其前身部队西进歌》展板前，我们一起默默诵读：

诞生于南昌起义，征战在中央苏区。
三年国内战火燃，七天七夜保延安。
铁流两万五千里，长征路上鏖战急。
转战西北历艰险，横扫二马胡宗南。
八年抗日烽火起，平型关上马蹄疾。
高奏凯歌进新疆，剿匪建政垦荒忙。
晋察冀，冀鲁豫，浴血疆场杀顽敌。
创业东疆征西陲，屯垦戍边创辉煌。

一句句歌词的背后，是一场甚至几十场艰苦的战役在打响；
一句句歌词的背后，是上百乃至上千上万革命战士的牺牲。
这是用无数次鏖战、无数人生命凝结成的血水写成的“西进歌”。
字字铿锵，句句荣耀！
人们永远忘不了那些长眠的英烈，人们永远铭记他们的丰功伟绩。

★共和国元帅记挂的指挥员——刘云彪

刘云彪，福建省长汀县人。1930 年年初参加中国工农红军，1931 年加入中国共产党。历任红一军团第一师侦察连连长、骑兵侦察连连长、骑兵团团长。抗日战争开始后，任八路军 115 师骑兵营营长，参加了平型关战役、百团大战等战役。1942 年 4 月 12 日，因积劳成疾，在河北新望县逝世，年仅 28 岁。为纪念他的功绩，晋察冀边区把定唐县改为云彪县。1987 年 10 月，在他牺牲 55 周年之际，李中奇将军撰写了《回忆骑兵团团长刘云彪》一文，聂荣臻元帅签送《人民日报》刊发。①

在博物馆内，我看到了这份泛黄的《人民日报》。从文中的描述里，刘云彪的形象清晰起来：中等身材，消瘦，两只眼睛炯炯有神，说起话来嗓音洪亮，语气温和，让人感到既威严可尊，又和蔼可亲。

文中记述了一段红军东征时的故事，充分表现了他的机智和勇敢。

1936 年 2 月，红军开始东征。他骑着一匹白色战马，指挥全连直插阎锡山的巢穴山西。在兑九峪一举歼敌一个步兵营，俘敌 300 多人。

在率部乘胜南下追敌到洪洞一带时，骑兵侦察连碰上敌一个骑兵连。刘云彪发现这连骑兵，马匹肥壮，装具崭新，兵士年轻，想到党中央关于扩红的指示，他有了新的考虑。

---

① 参见韩洪泉《中国人民解放军骑兵传奇》，《党史博采》2017 年第 7 期。

他命令部队以迅猛的动作将其包围，让神枪手打掉敌连长，边缩小包围圈，边进行政治攻势，迫使敌人全部当了俘虏。经对其进行抗日宣传后，绝大部分愿意留下抗日，遂扩编了我骑兵第二连，壮大了我骑兵队伍。

在他的积极努力和全连同志的奋战下，东征后，我军骑兵由200多人扩充到500多人。返回陕北后，经军团决定，建立了我主力红军第一个骑兵团。

让我们再来了解一位英年早逝的英雄。

★年仅32岁壮烈牺牲的副师长——罗少伟

罗少伟，陕西汉阴人。生前系第一野战军六军十六师副师长。1935年，罗少伟加入中国工农红军。

1940年，在山东抗日前线夜袭曹县韩村集时，罗少伟独自攀上日军指挥所屋顶，用手榴弹炸毁了敌指挥部。

1946年8月，罗少伟率部队偷渡无定河，歼敌800余人，胜利完成了迎接王震南下支队北返延安的任务。

1947年3月，胡宗南指挥20万大军围攻陕甘宁边区，罗少伟率领教导旅一团分三道防线阻击敌人，浴血奋战七昼夜，为保卫党中央、保卫延安立下了不朽功勋。

1949年，罗少伟任六军十六师副师长，随部队进驻新疆哈密。

当年9月，新疆和平解放。但是国民党反动派及封建农奴主并不甘心失败，他们裹挟农牧民抢掠烧杀、攻打地方政府、偷袭驻疆部队、破坏社会秩序，严重威胁新疆新生人民政权的稳定和边防巩固。

1950年3月，新疆剿匪指挥部成立。十六师投入清剿哈密叛匪的激烈战斗中。

4月1日，罗少伟乘车到哈密七角井检查部队防务，突遭40余名土匪袭击，不幸壮烈牺牲，年仅32岁。

噩耗传来，全师指战员无不痛哭失声。4月2日，当遗体被运回哈密时，战士们悲愤万分，一起振臂高呼：“为罗副师长报仇！”“为死难烈士报仇！”有的战士咬破指头，用鲜血写成请战书，强烈要求奔赴剿匪疆场。

在十六师将士举行的追悼会的挽幛上，一句“晴空万里，少伟何存？痛悼烈士，此心如焚”，使我们仿佛也身临现场，感同身受，义愤填膺。

忠魂不泯，浩气长存；

英烈永在，丰碑永铸！

经过一年多艰苦卓绝的战斗，哈密地区土匪和国民党残部叛匪的叛乱得到基本平息，新生的人民政权得到巩固和发展。

三

长夜里红星闪闪驱黑暗　寒冬里红星闪闪迎春来
斗争中红星闪闪指方向　征途上红星闪闪把路开

征袍未曾脱下，新的号角已吹起。从硝烟中走来尚未得到休养生息的指战员们，新疆的土地又赋予了他们新的任务。

十三师进驻哈密后，有三项主要工作：一是抓紧改造起义部队，剿匪肃特；二是抽调大批干部开展群众工作；三是积极发展农业生产，帮助驻地人民发展经济。

当时的哈密，匪徒嚣张妄为；气候异常，干旱少雨；粮食紧缺，交通不便，解决部队吃饭问题成了当务之急。

但最要命的是，缺水。哈密盆地是典型的资源型缺水区域，没有水，就没有绿洲生态；没有灌溉，就没有农业经济。

没有过不去的火焰山！

望着哈密周边终年积雪覆盖的天山山脉，战士们下定了决心：修渠引水，在戈壁滩上开天河！

1951 年 3 月 19 日，十六师 300 多名指战员召开修建红星渠誓师大会。四十八团、四十七团和师直 2000 余人开进戈壁荒滩，新的一场没有硝烟的战斗打响了。

摆在指战员面前的困难重重。设计的问题、水泥的问题、石头的问题……设计可以请专家，水泥需要从内地运，但没钱，没运输实力；自己烧水泥，没设备，没配方；开采石头，需要炸药、钢钎、汽车！这些，部队全没有。

没有解放军战士攻不下的堡垒，没有解放军战士战不胜的困难。指战员们有的是智慧。

没有砌渠工具，战士们自己架起铁匠炉，制作铁锤、钻头、铁锹、铁镐；

没有运石工具，战士们把圆木锯成一截一截，中间挖个孔，代替车轮，自制木轮车；

没有水泥，湖南参军学生潘妮根据自己父亲（建筑工程专家）的配方研制而成了一种叫作“代水泥”的水泥。

为提高功效、节省资源，战士们开动脑筋，想出了很多土办法、好办法，施工中一个又一个的难题解决了。

战士王德提出双锤打石眼儿、勤掏勤钻的方法，工效由每人每天完成 20 厘米至 30 厘米，逐渐提高到 110 厘米，最高时达到 540 厘米；

战士徐进义发明了“搭板装窑法”，从 12 人一天半装一窑，提高到 7 人一天装两窑；

战士郭金虎创造了土炉条代替铁炉条的办法，一年节省铁 5100 公斤；

四十七团二连试验成功“高线运水泥”的方法，在30米高的山上，用木轨把代水泥运到山谷里，只需一分钟。

1951年冬，挖土方、运石头、拉沙子、铺渠道、开山炸石、烧灰筛灰等工作全面铺开。

5000多年的中华文明，使中华民族形成了以爱国主义为核心的民族精神。自西汉实行“屯田定西域”以来，西域屯垦史上涌现了张骞、班超、郑吉、耿恭、林则徐、左宗棠等大批爱国英雄志士。

在中国历史的长河中，从来不乏爱国志士。

在十三师新星市的口了里，看得最多的、听得最多的，还是建设红星渠的故事。

红星军垦博物馆里一张背石头女兵的照片，尤其引人注目。

女兵叫赵秀勤，河南省南阳人。参加修建红星一渠时，她16岁。1951年8月来到新疆。

讲解员介绍说，那时，女兵一般三人为一组，大伙儿换着背。每次背石头时，赵秀勤需要弓着身子，两个战友将一块四五十公斤重的石头放在她背上，她双手从下托着石头底部，战友在两旁扶住，三个人从山上慢慢往下走，放到大约300米外的平地上，再由男兵装车拉至渠道处。

曾有记者找到了健在的赵秀勤，她回忆说，刚开始不会背石头，多数战士的肩上磨出了泡，磨出了血。衣服磨烂了，找点烂布补上，有的垫上些草继续背。日复一日，看到不断延长的修成的渠，战士们干劲更足了。

在赵秀勤看来，相较于男兵从事凿石眼子放炮、推磨筛陶粉等重体力、危险性大的作业而言，背石头没有那么苦。

2022年8月，赵秀勤到红星一渠、二渠参观。看到水位监测、排水、上下山的路等一切越来越好，她露出了甜甜的笑。

她感慨最深的一句话是：“再也不用背石头了！”

在博物馆里，我看到了更多英雄人物的照片和事迹介绍，我想有必要把他们介绍给更多的人。他们都是明星级的、永垂史册的人物，值得我们去认识。

★发明“拉山爆破法”的特等功臣王德

王德，河北省良乡县人。1949年1月，北平和平解放起义参军。后王德主动报名随部队进疆参加剿匪护政。在修红星一渠时，王德担任爆破任务。每天上工干活，他总是走在前面，提前将全班当天作业区的危石、碎石清理干净，部队上工即可立即作业。收工休息时，他总是落在后面，大家撤离工地回营，他给所有炮装上炸药，点炮炸石。艰难危险的活，他都冲在前面抢着去干，一年多时间里三次立功。

在总结战友姚炳荣“连环爆破法”的基础上，王德创造了“拉山爆破法”，一次炸石 30—40 立方米，提高了功效 8—10 倍。1952 年 4 月的一天，王德为撬悬崖炸松的山石，被砸断一条腿，不幸光荣牺牲，时年 25 岁。

★绰号“黑人”的兵团二级劳动模范吴三德

吴三德，陕西省韩城县人。1949 年 3 月参加中国人民解放军，在四十八团一营机炮连，同年 11 月加入中国共产党。修建红星一渠时，别人背一袋沙子，他背两袋，别人捡 16 立方米石头，他捡 28 立方米。他用三联模打土坯，每天工效保持在 3000 块。夏天干活只穿一条短裤，浑身晒得黝黑，绰号“黑人”。荣立一等功两次、二等功一次、三等功两次，被评为兵团二级劳动模范。1957 年，出席全国农田水利劳动模范代表大会。

★“不亚男儿”的兵团二级英模吕桂花

吕桂花，女，山东莱阳人。1954 年吕桂花支边来疆，被分配到红星二场一连，工作时吃苦耐劳，不亚男儿。修红星渠时，日挖土方 30 多立方米，多次受到表彰。1955 年加入共青团，先后参加兵团共青团代表大会、兵团首届青年社会主义建设积极分子代表大会，1958 年被评为兵团二级劳动模范，1979 年荣获“三八红旗手”称号。

1952 年 8 月 1 日，红星一渠终于竣工、开闸放水。此后，一个个水利工程相继建成，天山雪水顺渠而下，一变，成了奔腾不息的生命之水、希望之水、幸福之水。

从 1952 年到 1972 年的二十年间，九条大渠全部如期竣工：

红星一渠全长 32 千米

红星二渠全长 37.4 千米

红星三渠全长 47.4 千米

红星四渠全长 28 千米

红星五渠主干渠长 16 千米、支渠长 20 千米

庙尔沟干渠全长 32 千米

三道沟干渠全长 27 千米

红山口干渠全长 13.2 千米

淖毛湖大渠全长 30 千米

这些渠道总长 283 千米，相当于石家庄到北京的距离。这些枯燥的数字，是军垦战士在和平年代立下的新的辉煌战绩！

战争年代养成的战斗作风，成为战士们一生披荆斩棘的利器。进山可以开路，遇水可以架桥。战争年代所建之功与生产建设时期所立之业，不能说孰大孰小，他们一脉相承，共同熔铸成了红星的色泽与质地。

可以想象，在20世纪50年代至70年代生产力相对落后、经济还不发达的条件下，完成这么巨大的工程，每一米的掘进和延伸，付出了怎样巨大的牺牲！

壮烈也罢，不壮烈也罢，不同情形的生命奉献，无不为了这片土地上能吹拂和煦的春风、盛开幸福的花朵……

在这些渠的名字中，叫得最多的是红星渠。指战员们用战争年代赢得的光荣称号——“红星部”来命名这些水渠，是要让它成为建设祖国边疆的开端、作为献给新疆人民的第一件礼物。

我注意到博物馆里展出的一份手写的歌谱，歌名叫《幸福的红星渠》，四句歌词“红星红啊红星亮，红星精神永传扬。先辈开出幸福渠，造福边疆往年长”，唱出了人们对红星、红星渠、红星精神的赞美。

资料记载，红星渠建成后，极大地促进了农业生产。1950—1952年三年大生产，红星一场共生产粮食5万公斤，油料13574公斤，夏、冬菜64万公斤，有效地解决了部队部分供给，减轻了人民负担。

四

平地开荒、洗碱造田，是兵团人在天山脚下的又一历史壮举。

哈密垦区是出名的重盐碱地区。“无风一片白，风起白满天”。红星二场所在的火石泉地区曾是一片一望无垠的大碱滩，每亩碱滩上含有40多吨硝和碱以及6吨盐。

前苏联土壤专家来此考察得出的结论是，这样的土壤根本无法耕作。

无法耕作，也得耕作。这是比向天山要水更艰巨的战斗、更为严峻的考验。是战胜盐碱，还是向盐碱低头？指战员们坚定地选择了前者，坚决苦斗盐碱！

1953年4月，四十七团三连190多名战士首先在驻地红柳滩的东一、东二、东四斗拉开了全团开荒造田的序幕。战士们摆开阵势，一排排，一列列，挥舞铁锹、十字镐，刨开碱层，打起地埂，削破硝板，开挖渠道。

方圆十几里，从东到西，从南到北，火石泉大碱滩变成了热腾腾的战场。

在十三师文广旅局工作的兰妹一直陪着我们。她介绍说，战士们开荒建场时住的地方叫地窝子。这是一种在沙漠化地区、自然环境恶劣、木材匮乏情况下而挖建的较简陋的居住方式。

挖建时，先将厚厚的盐碱层挖掉，然后在地表向下挖一个斜坡作为入口，接着挖一个近两米的长方形深坑，再就地取材，砍些红柳枝作为房梁屋架，上面铺一层芦苇，最后盖一层土，地窝子就基本成形了。

夏天气温高达 40 摄氏度，冬天低到零下 20 摄氏度，一遇大雨，床头屋漏无干处。广大军垦战士在这样的环境条件下，一住就是 10 年。

新婚的战士怎么住？公共婚房，且只能住一个晚上，就要各自回到自己的住处。

真想象不出来这是怎样的一种住处！实地一看，同行的人，无不惊讶、感叹，不愧为中国最有骨气的房子。

那天，我们都穿着在文工团借的解放军服装。在一处公共婚房，兰妹示意我和她一起坐在床边，让同行的人录段小视频，再现一下当年的情景。

我双手端放在双腿上，联想到彼时彼景，顿感这种场合的庄重，遂感到呼吸也不均匀起来，当年的战士也一定拘谨而幸福吧！

倒是兰妹围的红围巾还真有一点喜庆的气氛。

每一名老军垦，都有自己讲不完的故事。那天，我们与十几名老军垦面对面，听他们的讲述，直到下午两三点，仍意犹未尽。好在十三师红星二场编辑的《老军垦画册》中，还有 14 个老军垦洗碱造田的故事。

★老军垦薛元生讲的故事

薛元生曾是四十七团的战士，参加开荒治碱时，他和战士们在地上打埂子围成格子状，光着膀子，赤着脚，手握铁锹，在齐腰的盐碱水里一泡就是十几个小时，甚至几十个小时。腿被盐碱水腐蚀出一条血口子，刺痛钻心。他说，现在有些老同志的腿依旧是雪白的，好像腿上的肉让漂白粉漂白了似的。

★老军垦周立成讲的故事

周立成曾是四十八团的战士，他说，放水泡碱是异常艰难的劳动。白天烈日晒得身上脱皮，傍晚蚊子扑到身上，叮得人奇痒难忍。战士们想办法穿厚一点的衣服，头上的帽子一直护到脖子下面，只漏出两只眼睛，可蚊子还能叮透。他干脆全身糊满泥巴，抵挡蚊虫叮咬。这种办法在部队迅速推广，都说管用。

从兰妹那里，也能知道很多老军垦的故事。这些年，作为军垦新一代的她，一直致力于整理搜集这方面的内容，她认为她有责任来做这件事。这是一个有担当的姑娘！

她说，当年的老军垦们，白天治碱，晚上挖芦苇，都是顶着晨星开工，伴着夜星收工，两头不见太阳。收工回到地窝子，疲惫不堪。吃晚饭时，黑灯瞎火看不见，有的战士吃着吃着，馍就从手上掉落，在地上一摸，摸到一个跟馍差不多一样大的石头，放在嘴里一咬，差点把牙硌掉。

她还告诉我们，每治好一块土地，战士们都要捏一撮土放到嘴里尝一尝，直到没有苦、咸、涩味了，这块地才能种庄稼。战士们说，我们的土地是一口一口尝出来的。

谁言大漠不荒凉，地窝房，没门窗；一日三餐，玉米间高粱；一阵号声天未晓，寻火种，去烧荒。

最难夜夜梦家乡，想爹娘，泪汪汪，遥向天山，默默祝安康。既是此身许塞外，宜红柳，似白杨。

这首描写军垦战士拓荒的诗，是兵团当时生活的生动写照。

当年的六军十六师指战员入疆以后，听，劳动的歌声漫山遍野！看，劳动的热情高又高。戈壁滩上盖花园，不再是梦想。

靠的是什么？靠的是兵团人将无坚不摧的意志转化成压倒一切困难的勇气，靠的是将一往无前的斗志转化成永不懈怠、永不放弃的毅力，靠的是将夺取胜利的豪情转化成积极争先、勇创一流的激情！

兵团人血脉里永远流淌着中国共产党人的忠诚，兵团人骨子里永远渗透着中国人民解放军的军魂。

五

红星闪闪放光彩　红星灿灿暖胸怀
红星是咱工农的心　党的光辉照万代

1954年10月，新疆生产建设兵团成立，这支英雄部队集体转业，开始踏上了建设正规化国营农场的新征程。

团场的工作方针是“发展团场经济，致富职工群众”，目标是“兴城、强工、优农”，方向是水利化、机械化、园林化，大规模的农田水利建设开展起来，农场规模迅速扩大，农林牧副全面发展，文教卫生初具规模。

一个欣欣向荣、百业兴旺的现代化国营农场在亘古荒原上奇迹般地出现了。

不能不说，是老红军、老八路代代相传的精神，感召和激励了全国一代又一代有志青年来到边疆，继承和履行着屯垦戍边的历史使命。

让我们再来认识几位明星级的、永垂史册的人物。

★第一次走进罗布泊找水的红星总场场长毛熙屿

毛熙屿，1914年出生于湖南省，1949年9月参加革命工作，曾任第一野战军六军十六师四十八团团长，1957年年底任红星总场场长。1958年9月，为解决水源，扩大耕地面积，他亲任总指挥，组成13人的小分队，决定进“死亡之海”的罗布泊找水。经过多天的艰难跋涉、周旋，他们战胜了热浪、干渴、断粮等种种困难，进入罗布泊腹地，找到了一片水源。这是解放后第一次有人进罗布泊找到水，为农五师以后两次派人进罗布泊提供了宝贵经验。因长年累月奔波，积劳成疾，毛熙屿于1958年12月病逝，终年44岁。

★支边后成长为高级经济师的席长学

席长学，1944年3月生，陕西省彬县人，1960年3月由兵团招收支边。他任红星一场场长后，年年超额完成承包任务。1990年至1998年，共实现利润1722万元。完成了“葡萄种植项目”“棉花基地建设项目”，新光开发区“万亩果园基地建设”取得好成绩。兴建了场办公楼、医院门诊楼、职工浴池、文化活动中心、教学楼、农贸市场。农场公路柏油化，连队道路砂石硬质化，全场1000多户职工自建了住房，100户职工住进了楼房，家家户户用上了自来水。

★支边后成为兵团二级英模的王焕兰

王焕兰，1936年10月生，江苏省南京市人，初中毕业就响应号召进疆支边。1958年1月，在她的再三要求下，她被下放到红星二分场养畜队当饲养员。通过开荒种菜、改进饲料管理等措施，带领大家克服了饲料不足的困难。同时注意圈舍管理，保证了猪圈卫生达标。在接受饲养巴克夏任务后，她一年有200天住猪舍观察看护种猪。在她的精心看护下，饲养班喂养的120头基本母猪，年终繁育增加183头，净增率达到了152.5%。1959年，王焕兰被全国妇联授予“全国三八红旗手”称号，1960年，先后被树为兵团“十二面红旗标兵”之一、兵团“二级劳动模范”。

王焕兰是20世纪50年代初大批进疆女兵的优秀代表之一。

像这样的女兵不胜枚举!

小时候随父母迁居河南南阳的李新野，1951年上高二时，她得到六军教导团在南阳招兵的消息，就报名参加了解放军。这也是一位“不亚男儿”的女兵。她精通农业技术，熟悉各种农活。1959年任红星一场一连连长，王震将军曾称赞她是兵团第一位女连长。后曾任红星一场参谋长、哈管局副局长等职。

为了使部队能够安心生产，扎根边疆，长期执行屯垦戍边的战略任务，当年，新疆军区曾从湖南、山东、甘肃、河南等地招募了大批女兵进疆。

最富传奇色彩的是“八千湘女上天山”，她们的故事曾被写成文学作品、拍成电视剧。

1950年7月到1952年5月，新疆军区共招收约8000湖南女兵。“八千湘女”的进入，为漫天黄沙、茫茫戈壁的世界增添了温柔和绿意。

“八千湘女”，犹如吐鲁番的葡萄、和田的玉石、克拉玛依的石油、喀什的石榴，散发着耀眼的光芒。

这些被称为“戈壁母亲”的女兵们，和男同志们一道开荒种地、兴修水利，与少数民族群众手拉手、结对子，传播现代理念、帮助生产生活，增进了各族群众交往、团结，在各条战线上发挥着聪明才智，奉献着青春和热血，有力促进了屯垦戍边事业的稳定发展。

新疆逐渐进入了大发展时期。

1954 年到 1966 年期间，新疆的耕地面积由 113 万亩增加到 1212 万亩，工农业总产值增长了 11 倍。八一钢铁厂、七一棉纺厂以及拖拉机厂、发电厂、水泥厂等一批大型工厂拔地而起。

十三师是新疆生产建设兵团事业发展中一支重要的力量。

在农业发展中，十三师着手构建棉、果、畜“三足鼎立”，粮、经、草“三元结构”的农业经济格局，即哈密垦区以发展棉花、林果、蔬菜种植为主，巴里坤垦区以粮食种植和畜牧业为主，伊吾垦区以哈密瓜种植为主。

进入 21 世纪以来，自动化节水灌溉、GPS 自动导航播种驾驶技术、棉花大面积机械化机收等农业“六大”精准技术全面推进，高标准农田达到 5800 亩，精品果园 1.1 万亩，农业机械化率达到 98%。

工业是团场经济的支柱之一。十三师在红星二场积极打造“十三师丝绸之路经济开发区”“十三师光伏产业基地”“红星二场火石泉产业集聚区”三大平台，做好招商引资工作，着力引进创动科技、红星重工、顺风光电等一批“耗水少、污染小、产出高、规模大、能循环、带动强”的企业集团，由工业发展初具规模到发展新型环保工业。

在城镇化建设中，十三师思路清晰：围绕“一市一区五镇”（即新星市、大营房城区、火箭农场——红星二场一体化建设示范镇、二道湖镇、巴木墩镇、柳树泉镇、三仙镇）创新城镇一体化发展机制。

在文化和旅游业的深度融合发展中，十三师提出积极融入“大敦煌文化旅游圈”和“东天山旅游联盟”，充分挖掘十三师的红星军垦文化、丝路绿洲文化、古代游牧文化、多元民族文化等，打造具有兵团特色和十三师区域特点的文旅产品，助力十三师“军垦文化名城”的打造和“兵团先进文化示范区”的建设。

2019 年，十三师全年接待游客 61.46 万人次，实现旅游收入 3.69 亿元。2020 年受新冠疫情的影响，十三师仍实现全年接待游客 56.63 万人次，旅游总收入 2.67 亿元。

2023 年，总投资 3.3 亿元的体育公园、体育馆、地质科技博物馆、沙漠主题公园、红星军垦文化传承教育中心等十余个项目顺利推进。

随着红星一场提出的建设乡村旅游服务、高端农产品种植、农商产业育成、城郊康养居住、现代化养殖加工“五大基地”推动三产融合发展模式的实施，我们有理由相信，乡村振兴的基础必将得到夯实，乡村振兴的路会越走越宽。

在红星精神照耀下的光荣部队、魅力之师，必将创造新时代新的奇迹。

六

民族团结是我国各民族人民的生命线，促进兵地融合发展是发挥兵团作用的重要途径。

曾荣获全国农垦战线12面红旗、创造新疆当代史上许多“第一个”的红星二场，在兵地共建、促进兵地融合和民族团结上，也不甘落后，走在前列。

他们的做法可行有效。坚持党的领导，依照“六联机制”开展工作：一体化党建联建、社会维稳联防联控、文化交流互访联办、农业技术示范联合、教育医疗成果联享、资源环境治理联动；建立兵地连村“互学、互帮、互助、互促”四互机制，像石榴籽一样紧紧抱在一起。

兵地“一盘棋”。他们坚持打破行政界限，在旅游规划、项目开发、游线设计、营销推广等方面形成兵地深度合作，形成资源共享、设施共建、产品共推、市场共拓、效益共赢的局面。

红星二场与二堡镇仅一渠之隔。为了搞好兵地共建，双方开展了全方位、宽领域、多层次的协作。

2013年，双方曾签订《兵地融合共建发展框架协议》。

在道路共建中，双方共同修建的友好路，成为连接兵团团场与地方乡镇的重要通道；

在水利共兴上，加强场镇沿线水利设施建设项目。每年洪水期可减少场镇农、林、牧、副、渔各业损失170万元，可减少防汛抢险救灾等费用80万元；

在利益共享上，修路过程中，二堡镇党委积极协调做好34户农民的让地工作，并无偿提供戈壁沙石料。北京天行健光伏发电项目，得到镇党委的大力支持，实现顺利并网；

在维稳共担上，红星二场党委坚持主动作为，建立兵地一体的维稳机制，多次实现与二堡镇共同组织民兵联合演习。

除了兵地之间关系融洽外，战士与群众之间也建立了鱼水深情。在红星二场，军垦老兵李宝山、周美清夫妇与艾合买提·玉素甫的故事家喻户晓。

李宝山是一名军垦老兵，1950年到哈密屯垦戍边。当时他所在的红星二场一连与二堡镇五大队仅一路相隔，双方虽有兵地之分，语言不通，但友好地打着手势、相互交流。

李宝山是一连政治指导员、治碱队的队长，艾合买提的父亲玉素甫·哈特是一名铁匠，在长期交往中，两人结下了深厚情谊。1957年，玉素甫家发生变故，李宝山赶忙前去探望。艾合买提5岁时，左手四根手指意外受伤，李宝山借来一辆自行车，急赶20多公里奔赴团场医院，付了全部医药费，救了艾合买提。

数十年来，玉素甫父子一直是李宝山夫妇永远的牵挂。他们夫妇也多了一个维吾尔族儿子——艾合买提·玉素甫。此后，艾合买提·玉素甫还经常带着他的一双儿女看望老两口。

到花贝花市参观时，一位漂亮的维吾尔族姑娘主动打开录音机，在欢快的乐曲中为我们跳起了新疆舞。我们都以为她是花市里的一名员工，原来她是从别的地方过来看花的。

姑娘有一个独特的名字——努力曼。

对，任何事情，只要努力，不怕慢！

每到一处，都能感受到少数民族人民的热情。

当我们走进伊州区柳树泉农场沙枣泉村时，维吾尔族村民敲起手鼓，弹起热瓦普，跳起欢快的舞蹈。

我们被浓浓的民族情谊包围着，也幸福着他们的幸福……

人物印记篇

宋国华　不能给山东人丢脸

孙兰玲

“从东海到天山，从华东到边疆，祖国的土地宽又广，这是我们的无上光荣，让我们纵情地歌唱，让我们纵情地歌唱……”伴随着一路高歌，1953 年 12 月，宋国华和一批批山东女兵队伍浩浩荡荡奔向新疆。

1953 年 3 月，县里干部陪着从新疆来的几个穿着军装的人，说新疆要在山东招收一批女青年参军入伍，并到各乡大张旗鼓地宣传。怀着对未来美好生活的向往和憧憬，宋国华毅然决然地要报名参军到新疆去。母亲极力反对，理由是：条件再艰苦，一家人都团圆在一起，相互有个照顾。再说一个姑娘家，到那么远的地方去，万一有个三长两短，让家里人怎么办？但最终，宋国华还是说服母亲踏上了西去的列车，那年她只有 18 岁。

“劝君更尽一杯酒，西出阳关无故人。”走到半路才知道，这条路远得像是没有尽头，路上的那份苦，她再也不想经历第二遍。

“坐的是带敞篷的军用汽车，一个车厢里坐 40 多号人，挤得满满的。”宋国华回忆，走到兰州，大部队停下来休整了 9 天。黄土高原缺水，水窖里的水浑浑的、黄黄的，没法子，人总得喝水啊。路上有年龄小的女队员受不了苦，想家，哭鼻子，大伙儿就在车上搞点娱乐节目，唱唱歌，安慰她们。

路上的辛苦和煎熬自不必说，啃着干饼子喝着水，经过 3 个月的奔波，宋国华和女兵们终于到了新疆哈密，被分配到工程队。老人介绍，工程队主要是给各个地方盖房子、修渠道。当时的哈密城也没有多少房屋，几条土路，非常荒凉。

当时的哈密，有个叫白沙窝的地方，一听名字便知是个大沙包，宋国华和其他的战士们就在那儿，先把沙子背出去，然后再打土块盖房子。虽说是在工程队工作，可住帐篷，伴随她度过了很长一段时间，老人回忆，条件最艰苦的时候，是住在一个白帐篷里，她还住过帆布帐篷和军用帐篷。冬天，零下三四十摄氏度的天气，冻得人腿都迈不开，白布帐篷里的温度也高不到哪去，为了取暖，大家伙只好挤在一起。

20 世纪 50 年代的新疆，大风天气很频繁，帐篷里的东西被大风刮走是常有的事，因此宋国华和大伙在出工前，都要用石头把放在帐篷里的碗、被子压着，可尽管如此，肆无忌惮的大风还是给他们的生产生活带来很大困扰。

老人介绍，有一天，漫天的黄风刮走了他们的被褥和饭碗，没有碗，她们只好用铁锨盛饭，当时的艰苦可想而知。

后来宋国华所在的工程队又来到吐鲁番地区修渠道。然而不管是盖房子还是修渠道，样样都需要材料，她们的任务是背石头。石头很沉，最小的也有四五十斤，大家身上的衣服不耐磨，磨破了一遍又一遍，补丁都能摞三层。脊背上、脚底板被石头磨出了血，一双手也被锋利的石茬划满了裂口，一碰就钻心地疼。等到背上、手上都结出厚厚的老茧，就不觉得疼了。“苦啊，太苦了。”宋国华感叹，当初是咋熬过来的。可是年轻的时候，人就像上了发条，打了鸡血，浑身都是使不完的劲儿。她心里想的是绝不能给山东人丢脸！

宋国华用山东女子的坚强与朴实在离家数千里的茫茫戈壁滩，开荒种地，生儿育女，深深扎下了根。随着戈壁荒漠变花园的奇迹，众多像宋国华一样的山东女兵、湖南女兵、河南女兵们用青春、用一生做嫁妆，把荒漠变成了花园，变成了故乡。

梁玉美　来生还要一起走

孙兰玲　杨述平

将军当红娘，组织当月老，来自渤海之滨的她们嫁给了新疆、嫁给了兵团。60多年来，正是因为她们，大漠荒原才有了欢乐，有了香火，有了炊烟，有了家庭，有了温情，有了根基……

1954年，当梁玉美看到一张贴在山东省莱阳县街头的招兵启示时，高兴地跳了起来。那时，她19岁。“我去新疆看看！”于是她报了名，并把这个消息告诉了母亲。母亲哭了起来：“你一个姑娘家去新疆那么远的地方，我不放心，报了名也不许去。”第二天，梁玉美就开始给母亲做思想工作，就这样，报了三次名，她才说服母亲，踏上了去往新疆的列车。

最初，通往新疆的“旅途”充满歌声和欢笑。大家都是年龄差不多的女孩子，登上火车后，打打闹闹，从西安换乘汽车后，大卡车上架了篷布，一车坐20—30人。为防止沿途残匪的偷袭，大家不再唱歌喧哗了。在戈壁滩上，水很珍贵。因为极度缺水，人人嘴上都裂开一道道血口子。一个多月后，她们终于来到了红星一场三连破城子，这一来，就再也没有离开过。

兵团创业初期有个顺口溜，“粗粮吃细粮卖，十天一个大礼拜，兵团姑娘不对外，衣服没领子和口袋”。这句话，高度概括了当时的生产环境，条件艰苦，每10天休息一次，自己的婚姻更是不能自己做主。提起恋爱结婚的经过，87岁高龄的梁玉美还有些不好意思。女兵进疆后，组织上牵线，介绍了一个比她大10多岁的湖南大龄青年。梁玉美思想通不过，告诉班长，自己现在还不想考虑个人问题。每天下工后，班长都会给梁玉美做思想工作。带着山东人的倔强，梁玉美说：“班长，你啥也别说了，我今后都不打算找对象，我就一个人过。”

半年后，组织上又给梁玉美介绍了比她大5岁的转业军人赵岐山，这一次她没有拒绝，与赵岐山见了4次面后，在组织的安排下，梁玉美和赵岐山带上大红花，在战友们的见证下，吃了瓜子糖，就算是结婚，并养育了5个孩子。再后来，为了支持丈夫的工作，梁玉美放弃了自己的工作，随丈夫一起到原红星一场化工厂，在这期间，她当了8年的义务保育员。

从1956年结婚，到2002年老伴去世，梁玉美用“相濡以沫”形容这段婚姻，“我和老赵走过了46个春秋，那是我人生中最幸福美好的时光”。

如果时光倒流，还会嫁给现在的老伴吗？“当然嫁，你不知道，他年轻的时候很帅的。我腰腿疼，家中很多琐碎的小事，都是他操心……”说起丈夫，老人眼中写满了回忆，写满了幸福。

跨越半个多世纪，当年的窈窕淑女，如今都成了八九十岁的老奶奶，许多人已与世长辞，埋骨边疆。但是，屯垦戍边的火种已经在这片热土上生根、发芽，她们养育的第二代、第三代，如今已成为建设兵团、保卫边疆的中坚力量。

董秀香　治碱开荒我不怕

孙兰玲

在哈密城区，一栋高层楼房上，我们见到了1952年来疆的山东女兵董秀香。在签名册上她郑重地写道：“我是一名山东女兵——董秀香。”

坐在轮椅上的董秀香，重温了那段激情燃烧的岁月。

1952年，只有17岁的董秀香，从山东永城报名参军来到新疆，经过3个多月的长途跋涉，她来到了哈密大营房。

刚来时，大营房很荒凉，只有一片平房，每天她们都要学习，学习之余，安排她和其他的战士们，到农田挖老鼠洞。“那时候的老鼠真多呀，田里没多远就有一个洞，顺着洞，我们就能挖出来老鼠，然后用铁锹拍死”。挖了半个月老鼠洞以后，董秀香就被分配到了现在的红星一场二连，开荒治碱。在老人的记忆中，开荒治碱是最艰苦的日子。

那个时候，没有机器，缺少工具，怎样才能把盐碱“赶走”？董秀香她们的办法，是靠人工捡拾碱块，把碱块挑到排碱沟里化掉。

“那时候的碱像冰一样，厚厚的，要用十字镐掘开，砸成小块，我们女同志就负责挑碱。”挑碱没有具体的分工，但每个人都是不停歇，有时候为了多挑点碱出去，大家还一路小跑。

一开始，因为年龄小加上个头不高，董秀香总是挑不过大个子的同伴们，每次装碱块时，她就给自己的筐子里多装一些，每天上工，她都要比别人去得早。

董秀香说：“我没有多少文化，什么活别人能干，我都能干，什么苦，我都能吃，我不怕。”两个月锻炼下来，她挑碱的速度，超过了很多同伴。有时候挑一天碱，肩膀上、脚上都磨出了血泡，顾不上冲洗，累得趴在地上就不想动弹了。尽管每天都很累，可回到地窝子里睡一觉，第二天早上一睁眼，浑身的力气又回来了，满脑子想的还是怎样多干一点。

挑完碱以后，更艰辛的治碱工作开始了。每天要打几十米埂子，用当时的话说，打的埂子不能“大肚子小脚”，要方方正正的。要强的董秀香不甘落后，她每次都要早早地去，晚上看不见才回来。那个时候干得好的女兵，连队会发一枚小红旗，董秀香经常都会得到一枚小红旗。有一次浇水，因为太过劳累，坐在地上的她一下睡着了，没一会儿工夫，大水把打好的几条埂子，全部冲垮了，在惊吓中，董秀香睡意全无，她想连夜修复这些被水冲毁的埂子，可是碱地里，修复埂子，可不是件容易的事，在稀泥里根本铲不上土。为了这事，她自责了好长时间，认为自己的工作没有干好，可连队的干部却没有责备她。从这以后，董秀香更加卖力，她夺得的小红旗也越来越多。

就这样，第一代山东女兵和军垦战士们，靠一双手和最原始简单的劳动工具，在戈壁荒滩上建家园。当年她们怀揣梦想，从齐鲁大地来到茫茫戈壁滩。如今的新疆，戈壁变良田，沙漠变绿洲，而她们已经成了满头白发的老奶奶，跨越半个多世纪，乡音依旧难改。69年过去，如今，挂在这些八旬老人们嘴上最常说的一句话就是："我们没有给山东人丢脸，来到新疆我们给山东人争光了。"

梁桂花　把青春献给新疆兵团

孙兰玲

1954年，在“有志青年到新疆去，为祖国大西北贡献青春”口号的感召下，只有20岁的山东女兵梁桂花报名来到新疆。然而通往新疆的旅途比她想象得更加困难，条件更加艰苦。

长达三个多月的进疆行程，是横亘在梁桂花和其她山东女兵们面前的一座大山。从山东出发坐火车抵达西安后，只能通过乘坐大篷车经过一路颠簸前往新疆。过了嘉峪关，一望无际的戈壁荒滩，经常几十天见不到一个人，梁桂花和女兵们的思乡之情与对未知前路的害怕情绪涌上心头，大家哭成一片。每当这个时候，带队的干部总能耐心地与她们谈心谈话，安抚大家的情绪。又经过了一个多星期的颠簸，终于到达了哈密，梁桂花和同伴们看到路上像面粉一样细软的土埋到了小腿处，到处是戈壁荒野，没有树木，没有房屋，远远超出大家对艰苦条件的预想，很多女兵当场就哭了。但好强的梁桂花暗暗下定决心，不能光把“有志青年到新疆去，为祖国大西北贡献青春”的口号喊在嘴上，而是要坚守自己“留在新疆、建设边疆”的初心，将口号落实到行动中去，很快她就适应了环境，全身心投入了当地的生产建设中去。

翻过了路途遥远这座大山，梁桂花和女兵们又开始了在荒无人烟的新疆开荒治碱、屯田造林，这场更为艰巨、更加漫长的战斗。当时，梁桂花被分配到了现在的红星一场，面对望不到边的沙漠、戈壁、碱滩，数千年来，几乎没人梦想过能从那些地方长出粮食，但梁桂花和女兵们一道，用自己的血肉之躯，在荒凉的戈壁留下了青春和生命的印迹。

梁桂花深深地记得，当时每天天不亮，就和大家一起去抬碱包，虽然生产劳动非常辛苦，但在热火朝天的氛围中，梁桂花好强的心也被点燃了起来，总是想着再多干一点，帮战友再多分担一些，直到天黑了才收工，而手上早已磨出了大大小小的水泡。身体上的劳累、疼痛，加上身处异乡、思乡心切，每逢此时，为了不影响身边战友的情绪，梁桂花总是悄悄地躲在一边抹掉眼泪，和与她一起参加生产劳动的女兵们相互安慰着、鼓励着。

初来新疆时都是吃大锅饭，连队每到开饭时，会用几个大铁桶盛上面条送到地头，羞涩的她，总是站在队伍的最后，直到大家都盛完了饭，她才去盛。早两年来到新疆的山东女兵看到她吃得少，总是会把自己碗中的面条分给她，每次她都被这些小细节温暖，治愈着思念家乡的情绪，缓解着生产劳动的疲乏，再加上在生产劳动中她表现出色，总是在前冲锋陷阵、不甘落后，很快她就与这些早来两年的山东女兵，成为要好的姐妹，并建立了一份让梁桂花终生难忘、记忆犹新的战友情。

而今，67 年过去了，曾经风华正茂的梁桂花成了白发苍苍的老人。望向她的窗外，总是挂着一面崭新的五星红旗，她也时常教育自己的子女，没有党领导我们建设新疆，就不会有今天的幸福生活，要在心中时刻铭记党的恩情。老人说：“自己的晚年生活过得十分幸福，现在团场发展越来越好，我们的生活水平也越来越高，但自己永远不会忘记共产党的恩情，没有党，也许她活不到今天。”

闫文义　荣誉属于所有烈士

孙兰玲　谢增杰

71 年前，他们为了保家卫国，血洒疆场。如今，他们已是耄耋之年，仍难忘峥嵘岁月。他们就是抗美援朝的中国人民志愿军，是最可爱的人。闫文义老人正是他们中的一员。

今年 91 岁的抗美援朝老兵闫文义，说起 71 年前的情景，眼中依然闪烁着光芒。跟随他的讲述，让我们一起重回炮火连天的战场，重温激情燃烧的岁月，重识英雄的赤子情怀。

解放战争中，闫文义在太原城的碉堡、巷道里与国民党反动派“掰过手腕”。抗美援朝战场上，他在 1089.6 高地多次穿梭敌人封锁线，完成组织交代的任务，被授予“金日成三级勋章”，荣立 3 次三等功。

在朝鲜战场，闫文义担任团部的通信员，传达团、营干部命令。他说，当时部队的武器装备比较落后，没有报话机、通讯机，信息只能靠人传递。美军有飞机大炮，经常能听到敌机在头顶飞过，可是战士们都抱着视死如归的心态去战斗。

虽然不在最前线提枪打仗，但通信员往往要先行一步，传达上级指令，在传递信息时，闫文义好多次都是死里逃生。老人清晰地记得，在 1089.6 高地拉锯战中，要传达团长指令，距离我方部队不足 5 里地时，他进入了敌人的包围圈，闫文义慢慢地蹲下身子，捡了十几枚石头扔出去，炮就在石头落地的地方炸开了，乘着炮弹爆炸浓烟升起的短暂时间，他迅速向前跑，刚跑了几十米，第二枚炮弹就在他停留的地方爆炸了。就这样，闫文义穿越了敌人的 3 道封锁线，将信息传到。短短几里路，闫文义走了十几个小时。

“在朝鲜战场的两年里，班里的 16 个通信员，只有两个回来……”说起在战场上牺牲的战友，老人落泪了。他是幸运的。

朝鲜多山，需要走“之”字形路线，有时一天要传递好几个命令，穿过敌人的几道封锁线，走四五十公里、上百公里是常有的事。有一次，闫文义刚走过第二个山沟，就碰到了几个美国空降兵，距离他不到 50 米。闫文义没多想，掏出一颗手雷就朝着空降兵扔了过去，转身向山上跑去，这一次他又与死神擦肩而过。

因为灵活加上经常穿越敌人的封锁线，闫文义练就了一个特殊的本领：听炮声，就能判断炮弹的落地点。

当时，中国的慰问团到朝鲜我军某部慰问，20 多人的慰问团，要穿过敌人的 7 道封锁线。团场命令："这些战士必须要一个不少地到达目的地。"闫文义承担了临时指挥长的任务。出发前，他告诉大家："我喊'卧倒'时，你们就一定要'卧倒'，我喊'跑'时，大家要奋力向前，炮弹不长眼。"听着炮声落地，他们迅速向前跑，刚离开，身后的炮弹就炸出很深的大坑，每跑一段路，大家都惊出一身冷汗。

在战火硝烟中，闫文义的左手的无名指、膝盖、眉角处受伤。后来，闫文义又下排参加过多次战斗。

70 多年过去了，这段悲壮的历史成为闫文义永不磨灭的回忆。多少曾经日夜相处的战友，生命永远定格在了 20 余岁的青春年华。

在老人珍藏的发黄发黑的《立功证明书》上，这样写着："一九五一年十一月二十日，在鱼隐山时工作积极，战斗勇敢，在艰难情况下，在敌人炮火下，机动灵活完成了组织交办数次任务。立三等功三次。"

1953 年夏，闫文义先后前往 85 速成中学、武威学校等部队学校学习，之后前往新疆。在新疆军区警卫营教员排、军区学校、哈密军区组织科、哈管局人武部等多地任职。

离休后的闫文义生活低调，偶尔会给旁人讲起当年的零零碎碎，他也从不提及自己的功劳，"所有荣誉不是给我个人的，都是国家对所有烈士的褒奖，我们要永远铭记这些为新中国牺牲的英雄们"。

吕京都　我愿为党付出一切

孙兰玲　谢增杰

“在朝鲜战场，敌人先扫射然后轰炸，上甘岭战役中，一个团上去，只剩一个连的战士，再补充上去……在持续43天的战斗中，志愿军与联军反复争夺阵地达59次，志愿军共击退联军900多次冲锋。几千名战士阵亡。”说到这里，老人说，“和平来之不易，它是无数先烈用流血牺牲换来的，我们一定要珍惜、爱护。”

吕京都是浙江省永康市人，1949年，18岁的他前往浙江省干部学院学习半年，1950年被分配至北京铁道兵司令部任参谋。1950年6月，朝鲜内战爆发，1951年2月，铁道部奉命入朝抢修铁路，吕京都作为一名中国人民志愿军参加抗美援朝。“我们每晚行军四五十公里，昼伏夜出，风餐露宿。”当时，为了不让敌军发现，部队行军规定“一听、二看、三不准”：听飞机声音，看是否有敌特分子或敌机，不准抽烟、说话、打瞌睡。入朝第一晚，吕京都所在的部队就遭遇了敌机袭击。大伙迅速隐蔽，可还是有一名战士不幸中弹牺牲。

进入朝鲜后，为了不暴露目标，他们白天就在山洞办公，没有水他们就用雪就着自己带的炒面吃。

当时美军对一些重点目标或者建筑，先通过雷达扫射，找准目标后会出动重型轰炸机轰炸。

1953年，中美签署《朝鲜停战协定》。朝鲜人民从四面八方回到一片废墟的家园，搭起简陋的窝棚和戏台，大家同台演戏、唱歌，庆祝胜利。“我们返回时，很多人一直送出很远、很远。”

战争结束，有的回来了，有的永远留在那里，这些共和国的战士们用坚实的臂膀分担着年轻共和国的忧伤与苦难。

因在朝鲜期间，各方面表现优异，老人荣获“朝鲜民主主义人民共和国军功章”。

1958年夏，铁道兵集体转业北大荒，吕京都因为学过木匠，手也巧，在那儿当上了木工班班长，主要任务是盖房子。当时部队要建造土木结构大礼堂，可没人会搭建“人字架”。老人去拜师学艺，只用两天时间就学会了，就在礼堂如火如荼的建设中，老父亲病逝了，他没能回去。因为工作突出，他被评为“先进工作者”。

当时，卞祖宏是在北大荒给木工班开拖拉机的，在多次的接触中，与吕京都相识相爱。

1959年9月，吕京都和对象从北大荒赶赴新疆兵团。这一待就是60多年，他从一个意气风发的小伙走进耄耋之年，身材消瘦，两鬓霜染，却精气神十足。

他们成家后与四对夫妻住到一间房子里，摆满五张床，中间用床单隔开，大伙叫它“四海之家”。有次晚上老唐起夜，回来后摸错了床，弄得几家子大笑不止。

1960年夏，老人主动申请前往红星四场修渠。恰逢国家自然灾害，他们吃的是骆驼刺粉碎后掺点面蒸成的馍，喝的是没有几片菜叶子的汤，住的是夏热冬冷的帐篷。

第二年冬，红星四渠通水，连周边公社的人都赶过来庆贺，有了水，就有了盼头，就有了希望。

1962年，老人任红星四场学校校长。1973年，任原红星三场学校校长，直至1989年离休。随后又被教委聘用7年。

经历过战争的血雨腥风、生活的艰难困苦，现今已是91岁的吕京都每日看书读报，关心时事，偶尔也会练练陪伴他60多年的萨克斯。

谈及中国共产党成立100周年，吕京都动情地说，许多人抛头颅洒热血，用生命换来今天，“上学的人要好好学习，上班的人要做好本职工作，这样就是给国家作了贡献”。

于殿美　扎根边疆　亘古荒漠建家园

孙兰玲

没有亲身经历过的人，永远无法想象67年前的新疆有多艰苦。“滚滚黄沙遮天日，茫茫盐碱连天边；满目荒凉杂草生，野兽出没无人烟。”这是当年兵团战士和山东女兵们留下的顺口溜。2万名山东女兵在最不适宜人类生存的亘古荒漠上，兴修水利、植树造林、治沙治碱，开辟绿洲，建设美丽家园，她们把一生献给了兵团，火箭农场的山东女兵于殿美就是其中一员。

1954年，21岁的于殿美瞒着父母，报名参军来到新疆。67年过去了，至今她都深深地记得父母为她送行时，那写满担心的泪水。

“说好的楼上楼下电灯电话，可这里很荒凉，哪有想象中的那么好？”于殿美说。来的第一晚上，为了缓解女兵们的情绪，她所在的六军十六师四十八团（如今的红星一场二连），举办了一场集体舞会，可没有几个人参加。班长就一个个地做思想工作，渐渐地，于殿美和其她女兵们开始与战士们一起投入当地的生产劳动中。

20世纪50年代初，红星一场大部分都是戈壁滩盐碱地，一脚踩下去就往上冒碱水，根本没法种粮食。于殿美和战士们参与到开荒治碱和兴修水利中。

“那时候，冬天真冷啊！流的鼻涕，一会儿时间就能结成冰柱子，很多战士的脚都冻伤了。”回忆起那段艰苦的岁月，于殿美无不感慨。

当时，降雪较多，工地被积雪覆盖，平地积雪有60厘米到70厘米厚，低洼的地方更是厚达一两米，人在雪地行走非常困难。连队给每人发一双用羊毛毡擀成的一体靴（毡筒），对在冰天雪地中修渠的于殿美来说，毡筒是不能少的生产资料，没它过不了冬。这种鞋底子很厚，里面较宽，脚趾头可以活动得开，就不会感到很冷了。于殿美干过红砖磨碎、碾陶粉的活儿，用这种陶粉来代替水泥。每天干完活，人累得站着都能睡着。“那时候年轻，睡一觉就缓过来了。现在不行喽，身上的力气都不知道跑到哪去了。”

1956年，水渠修好后，于殿美开始和战友们种棉花，每个人管理着10亩棉花地。生性好强的她，为了把棉花管理好，常常睡在地边上。“采摘棉花，我也是一把好手，一天能捡几十公斤呢。”

在于殿美的记忆中，冬天的风雪大，春天的风也同样让她们无处藏身。有一次，在农田里干活，10多级的大风，刮得昏天黑暗，她赶紧和同伴们趴在排碱沟里，才没有被大风刮走。回到住处后，连队干部告诉她们：“风沙中，不能趴在一个地方，要动一动，不然风沙会把人埋住。”可想而知当时的自然条件有多艰苦。

海风的味道、晒干的咸鱼渐成记忆，大漠风沙中的土坯房才是众多像于殿美这样的山东女兵们可以触摸和真实生活的新家。

1960年，青年农场成立（原红星三场），于殿美被调到了这里。青年农场土地以沙性地为主，不用治碱，但风沙很大，她们来到这里的主要任务是平整沙包，栽种防风林。老人回忆说，当时没有树苗，都是到西河坝悄悄地砍些柳枝条扦插。看着戈壁上，自己栽种的柳条发出嫩芽，她们更加坚定了拓荒开垦良田的信心。

60多年过去了，青丝已变白发，88岁的于殿美老人住在团场的廉租房中安享晚年，她说：“现在条件多好呀，楼上楼下电灯电话，这些我们都实现了，我们没有给齐鲁的父老乡亲丢脸，我们用双手，在亘古荒滩上建起了美丽的家园！”

张月仙　不当干部当工人奉献一生不言悔

孙兰玲

“那个时候，苦是苦，但大家都是这么过来的，美丽家园我们要自己建，没有过去的苦，哪有今天的甜？”说起进疆时的艰苦岁月，火箭农场的山东女兵张月仙，爽朗的笑声感染着我们每一个人。

1952年，只有16岁的张月仙，从山东昌邑县报名参军进疆。一辆又一辆满载着山东女兵的汽车，过玉门、出阳关，使得已经沉寂了几个世纪的丝绸古道上，又迎来了滚滚尘烟。

西进新疆的张月仙先坐火车到西安，再坐汽车进新疆，一路向西越走越荒凉，她与同来的女兵们慢慢地觉察到这条路比想象的更加漫长。很多女兵在路上就不停地掉眼泪，张月仙年龄虽小，可她却总是安慰同来的女兵们。

来到新疆后，张月仙被分配到了和田地区二营六连，后来又被调到了墨玉县八连。那个时候，六连给她分了一匹灰色的马，每天她都要用马从很远的地方运送肥料，一匹马一次要驮四袋肥料，每天张月仙都牵着马儿深一脚浅一脚地走在碱土地里。卸下肥料后，别人都是骑着马儿回去，可张月仙总是陪着她心爱的马儿走回去，一天下来要走好几十公里。

“小灰马，是我的朋友，它驮着肥料已经很累了，我舍不得再骑着它。”善良的张月仙，说起那匹马儿，眼中写满了怜惜。在运送肥料的途中，她有什么心里话，都给马儿说说，灰马似乎也听懂了张月仙的倾诉，时而摇摇头，时而靠近她的脸，陪伴着她度过了最艰难的岁月。

有一次，在治碱地中，田埂被冲了一个一米多的大口子，很多女兵都无法堵住水口子，张月仙二话不说，跳入水中，用身体做“闸板”，最终堵住了水口子。在墨玉县工作期间，因为工作积极，张月仙被授予三等功。她说自己是山东姑娘，凡事说三分，干七分，当时年龄虽小，可从不服输。

1954年，张月仙光荣地加入了中国共产党。白天她和战友们一起劳动，晚上她就参加识字班。经过一段时间的学习，张月仙掌握了很多汉字，再后来她被调到阿克苏，又被调到喀什，最后被调到乌鲁木齐交通厅，当了一名统计员，同时还兼任单位的会计和档案管理员。

1957年，张月仙已经是乌鲁木齐交通厅一名干部了，可当时成立西北五省联合钢铁公司，也就是现在的哈密钢铁厂，急需大量人才，张月仙毅然决然地报名。

“去哈钢，那可是当工人。”单位领导多次劝说张月仙放弃这个想法，可张月仙偏要去。

“我就是想当工人，国家需要我们，我们就要奉献。”最终，张月仙还是带着家人来到了哈密钢铁厂。

张月仙说：“人活一世，总是要有一点精神的。”她不仅继承了山东女子的能干，还有坚强与无私。到了哈钢以后，张月仙自学电工、钳工，以备哈密钢铁厂建好后，把这些本领用上。每天她负责接待招聘来的工人，那段日子虽苦，可张月仙说，那是她一生中，最快乐最充实的时光。1962 年，哈密钢铁厂解散后，张月仙被分流到火箭农场直至退休。

无论是以女兵身份，还是以建设者身份进疆的张月仙，以及 2 万多名山东女儿，从她们踏上西征之路的那一刻起，就把自己的命运与新疆屯垦戍边大业紧紧地连在了一起，那段艰难无悔的青春深深地印在了她们的心中。

孙美香　大漠戍边终不悔

孙兰玲

“轮台九月风夜吼，一川碎石大如斗，随风满地石乱走。”这是诗人岑参的一首著名的边塞诗。诗中所描写的就是古西域（新疆）的恶劣自然条件。就是在这样的条件中，进疆老兵、女兵们，在这片亘古荒原上，抒写着兵团屯垦戍边的壮丽篇章。从此戈壁深处有了建设者的足迹，有了“军垦母亲”，有了炊烟，有了人间烟火气。

1952 年，只有 19 岁的山东姑娘，瞒着自己的父母，报名参军来到新疆，单纯的她只想着到外面的世界去看一看，没承想，这一看就是一辈子。在新疆的 69 年当中，孙美香当过保育员、挖过排碱沟、当过装煤工，还打过土块，那些艰苦岁月的磨砺，成为她一生无悔的选择。

“一来到新疆，到处是大戈壁滩啥也没有，连棵树都没有。”孙美香说。她和战友们住在地窝子中。

孙美香回忆，有位大学生写诗吟地窝子“新疆好，新疆好，住的楼房三尺高。下面顶了四根棍，上面铺着芨芨草”。当时的地窝子是一人多深的大土坑，在平地上斜挖下去，再平掏出一个大洞，地窝子的顶是用木头做梁，上面盖上胡杨木、红柳条、芦苇等。在地窝子中，孙美香度过了两年时光。几十年过去了，孙美香深深地记得，第一年在地窝子过冬时的场景。

“我住的地窝子，能放两张床，地窝子的门是用一个棉帘子挂着的。冬天冻得睡不着觉，早上起来，被子上、墙壁上，还有嘴上都结满冰霜。”

有一天夜里，下了很厚的雪，早上起来，孙美香发现地窝子的门口有一些狼的脚印，此后，连队干部便安排战士在女兵的地窝子前时不时巡逻一圈。遇到刮风天，睡觉时脸上得蒙块挡尘土的布！

来到新疆的第一年，孙美香被分配在了保育院当保育员。1953 年结婚后，她随丈夫来到了现在的三道岭，当了一名煤炭装卸工。

老人回忆，当时她刚生完孩子没多久，就参与到当地的生产中。每天孙美香要与同事们装 10 多车煤。

“只有眼睛和牙齿是白的，回到家中给孩子喂奶，把孩子弄得都像个小黑炭一样。”说起这个细节，孙美香不禁笑了起来。

后来老人又被调到了葡萄厂，1962 年，孙美香来到了红星一场三连，参与到开荒治碱中。

那个时候的红星一场“无风一片白，有风白满天”，白色的碱，一块一块的。为治理盐碱，孙美香与战友们开展了轰轰烈烈的挖排碱渠。没有机车，只能靠人工一铁锨一铁锨地把土甩上来。

挖排碱渠是最苦最重的农活。排碱渠深2—3米，宽好几米，每个人一天要挖十几方土，对于小伙们来说一天下来都吃不消，对女兵们来说更是难上加难。不服输的孙美香手上磨出了血泡，鲜血把镢头把子染得红红的，第二天继续坚持干，那个时候，每个战士的手上都是血泡摞血泡，但没有一个人叫苦叫累，大家都争着干、抢着干，生怕自己落后。

今天的红星一场良田万顷，瓜果飘香，更似镶嵌在东疆哈密的一颗明珠，这背后是千百个像孙美香一样的建设者以及长眠于大漠荒原的拓荒者用一生默默付出的结果。

69年过去了，当年风华正茂的女兵们，有些已不在人世，剩下的也都是耄耋老人。她们所经受和奉献的一切，这里的每一寸土地都铭记在心。

黄载悦　参加抗美援朝是我一生最骄傲的事

孙兰玲

“我是 1951 年 8 月进入朝鲜，那时才刚刚 18 岁，进入朝鲜的第一天，就有 17 名战友牺牲了，在山上走了 4 天 5 夜……”回忆革命的峥嵘岁月，现年 88 岁的黄载悦记忆犹新。

新中国成立前，十几岁的黄载悦是在地主家里当长工的，那个时候经常挨打，也吃不饱。1949 年，黄载悦光荣地加入了中国人民解放军，1951 年他主动报名加入中国人民志愿军六十军一八一师五十二团二营。

7 月 28 日出发，跨过鸭绿江进入朝鲜。到朝鲜后，部队都是晚上行军。一路上，敌机不停地向我军投弹。敌机一来，黄载悦与战士们就地散开、卧倒；敌机一走，他们又立马赶路。黄载悦清楚地看到，敌机对着朝鲜村庄扫射，火光冲天，惨烈的叫喊声不时传到耳边。

9 月 3 日，到达营地后到机炮连，黄载悦和 5 名战友被分配在了担架班，主要负责运送前线的伤病员。

“那叫惨烈呀，一晚上就有很多战友牺牲。有些战士被敌机打断了大腿，有些战士头上血流不止。”说起这些经历黄载悦的眼眶湿润了。

两个月后，担架班解散，黄载悦被调到了机炮连。老人说，883.7 高地潜伏战是他在抗美援朝战争中最难忘的一段经历。在攻打前，部队召开了动员大会，动员大家为祖国为人民做牺牲，投入战斗前，很多战士都在自己的衣领上、袖子上、裤腿上，写上自己的名字，做好了随时牺牲的准备。

当时 883.7 高地久攻不下，影响整个战争形势。敌军阵地高，易守难攻，于是志愿军晚上就在敌军阵地前 200—500 米处潜伏。“为了确保潜伏成功，战士们克服了蚊虫叮咬、闷热、口渴等困难。在敌军警戒过程中，有的战士腿部中弹，还有的被燃烧弹活活烧死。”讲到这里，黄载悦神情凝重，眼眶有些湿润。

在朝鲜战场，为了躲避敌军空袭，志愿军官兵基本上昼伏夜出，长期夜间作战，加上长时间住在坑道里不见阳光、营养不良等原因，许多官兵患了夜盲症，黄载悦也不例外。

一到傍晚眼睛就看不见，行军都要前面的人用背包带牵着才能走。当时大家都很担心，后来吃了祖国运送来的猪肝、白菜等，夜盲症症状才有所缓解。

“参加抗美援朝是我一生中最值得骄傲的事情，因为在炮火连天的战场我经受了血与火、生与死的考验，思想受到了洗礼，对党和祖国更加充满热爱之情。”交谈中，黄载悦老人的话语始终饱含深情，思绪回到了那段激情燃烧的岁月。

1953 年年底，在朝鲜坚持了 2 年后，黄载悦随部队撤出朝鲜来到了安徽全椒县。1960 年，他复员来到红星一场当农业技术员直至退休。在农业生产中，黄载悦发扬军人的吃苦耐劳优良传统，在农业生产技术管理中，他指导管理的葡萄高产，被中国农业部评为全国农牧渔业丰收葡萄高产栽培技术三等奖。

如今老人已经 88 岁高龄，他说，现在的生活多幸福啊，每个月几千元的工资，老有所养、老有所乐。

老兵万喜良　尽最大努力救治伤员

孙兰玲　王保宏

今年 87 岁的万喜良，是一名抗美援朝老兵，抗美援朝战争虽已走过漫长的 70 年，但老人依然清晰记得在朝鲜战斗的点点滴滴：入朝的第一天，扔了一箱手榴弹反击敌人、发明的马尾毛去血泡法，以及那些被炸死的战友……70 年过去了，记忆中的朝鲜战场是他从一名少年真正成长为战士的峥嵘岁月。

1951 年，只有 16 岁的万喜良随部队进入朝鲜。到达朝鲜已经天黑，由于连续几天行军，万喜良和战友们都十分疲惫，刚刚休息，班长一阵急促的叫喊声把他惊醒："小鬼，快跑，跑到前面的战壕，那里有一箱手榴弹，听到我的枪声，你就朝着东北方向，把手榴弹撂下去。"接到命令后，万喜良迅速向目的地跑去，20 分钟后，听到班长的枪响，他把手榴弹扔向敌军。万喜良说："那一箱手榴弹，也不知道是否炸到敌人，不过在战士们的共同努力下，部队顺利通过了敌人的封锁线。"

"敌人的飞机像麻雀一样，每天都在空中侦察，有时候 5 分钟一趟，有时候 10 分钟一趟，一旦发现目标就疯狂扫射。"为了躲避敌人的搜索，万喜良所在的部队只能白天隐蔽晚上赶路，首长要求每名战士在行军中，不准说话，不准有火光，一旦有敌机立马趴下，尽量避免和减少不必要的伤亡。

当时，万喜良个头不高，只有 1.58 米，大家都亲切地叫他"小鬼"，看到他十分机灵，于是把他分配到六十五军十九团三连当了一名卫生员。

在行军中很多战士脚上磨出了血泡，他就帮助大家挑血泡，可是很多战士脚上都磨出血泡，早上挑完晚上血泡又磨出来了，万喜良于是尝试着用一根线绳穿过战士们脚上的血泡，这样血水就可以顺着绳子流出来，可细线绳在战场上十分紧缺，而且容易磨断，于是万喜良又发明了用马尾毛代替线绳放血的办法，这一方法极大提高了功效。

由于战事紧张，伤病员常常不能及时送到后方，万喜良就和战友们找来担架，冒着敌机轰炸的危险，参加救护。在医护条件和医疗条件极有限的现实面前，他和战友只有一个信念，尽自己最大的努力救治更多的伤员。

当时，由于敌机频繁轰炸扫射，战场几乎没有前后方之分。万喜良所在的连队，每天都会接到很多的伤员。"几乎没有休息时间，困了就靠在墙边眯一下，伤员来了就开始抢救。"万喜良说，但当战斗打响，想到负伤战友正迫切地需要自己的帮助，而自己工作可以大大减少战友的死亡时，万喜良便硬是咬牙坚持了下来。

万喜良老人清晰地记得，1952 年 9 月 24 日那天的战役。当他与战友行军到一片稻田地时，忽然遭到了敌军的袭击，走在最前面的战士被炸牺牲，倒在了稻田里的泥水中。中间的战士腿、胳膊被炸伤，经过简单的包扎后，万喜良冒着枪林弹雨，把那名牺牲的战士背了回来。

“我很幸运，能在残酷的战争中活下来，但许多战士的生命永远定格在战场上了。”70 年岁月变迁，从战火硝烟的年代到新时代，每当万喜良回想起来这些过往，都会抑制不住淌眼泪。

特殊的年代，特殊的经历，万喜良说，作为一名抗美援朝老战士，深感这场战争胜利的意义重大，历史不能忘却，精神代代相传。

徐桂荣　戈壁大漠上的无悔人生

孙兰玲

“每一个人都在选择自己的路，我选择到祖国最需要的地方去，选择了到条件最艰苦的兵团去。作为医生，为群众治病疗伤，是我一生当中最无悔的选择。”当头发已经花白的山东女兵徐桂荣说出这番话时，脸上露着淡淡的笑容。

1952 年，在“有志青年到新疆去，为祖国大西北贡献青春”“把青春献给祖国，献给边疆建设事业”等口号的感召下，徐桂荣报名参军来到新疆，和绝大多数的年轻人一样，15 岁的徐桂荣一门心思只想去祖国最需要、最艰难的地方锻炼自己。就这样，她和大部队一道踏上了前往新疆的列车。

踏上火车，徐桂荣和众多女兵们一路歌声出乡关，一路歌声到西安，到西安后改乘大卡车。车队一路烟尘，经兰州、过酒泉、出阳关。看到荒凉的戈壁滩，很多女兵都哭了，但是开弓没有回头箭，大家只能选择继续西进。

到达新疆哈密后，徐桂荣被分配在六军十六师师部大营房当了一名卫生员。“15 岁，啥也不懂，培训了一个月后，就上岗了。”

徐桂荣回忆，初当卫生员时，主要是担水，冬天，用一个很大的热水壶，一手提着马灯，一手提着硕大的水壶，挨个地给大家送热水。

那时的病人和卫生员亲如一家。当时没有所谓的陪护人员，部队一般也不允许携带家属，因而在医院里卫生员几乎包揽了照顾病人的一切工作，处理大小便、洗澡洗头、端汤喂药、刷痰盂……一个月后，徐桂荣开始学着给病人测体温、打针。

1957 年，徐桂荣被调到了六军十六师四十七团，也就是现在的红山农场红星一牧场。那里冬季气温达到零下 30 多摄氏度，一双毡靴是过冬必备，但是对于需要来回跑动的卫生员而言，笨重的毡靴无疑会影响工作，可是又没有棉鞋，徐桂荣只得穿着单鞋，一个冬天下来脚上的冻疮不断，甚至严重到流脓水，晚上睡觉把脚塞到被子里，一暖和起来就奇痒无比。

徐桂荣说：“基本上我们就是病人的亲人，病人也是我们的亲人，细心地照顾好他们就是自己最大的责任。”正是在这样的信念的支撑下，徐桂荣常常在冰天雪地中为牧民送医送药，帮他们看病。

1960 年，徐桂荣回到自己朝思暮想的山东老家进修全科医学三年，原本可以想办法留在家乡，可这位戈壁大漠上的白衣天使，依旧选择了回到四十七团，她知道那儿的百姓需要她，牧民更需要她。

她深深地记得，43 年前的一个冬夜，在红山农场一牧场牧区，一名哈萨克族妇女难产，徐桂荣尽力保住了母子平安。“在巴里坤区域，27—40 岁的那代人基本上都是我接生的。”说起这个，徐桂荣脸上写满了自豪。

徐桂荣回忆，当时遇到的最多的就是肺结核和支气管炎病人，但是当时的医院物资匮乏，没有检查设备，全靠对病人病情的观察分析，然后做出诊断。接诊肺结核病人，没有任何隔离设备，甚至全院只有几个口罩，更没有治疗肺结核的链霉素可打，而徐桂荣和其他医务人员始终坚守岗位，践行入疆的初衷。

徐桂荣说，来到新疆兵团已经整整 69 年了，这 69 年，她习惯了兵团大地上的天山雪松、绿洲白杨、戈壁红柳、沙漠胡杨，因为这些都代表着一种特殊的风骨和精神。

包括徐桂荣在内的两万山东女兵扎根边疆，戈壁风沙吹不散她们的坚毅，时间长河也无法湮没她们的光芒。她们用自己的血肉之躯，在荒凉的戈壁留下了青春和生命的印迹。

林孟顺　铭记浴血奋战的烽火岁月

孙兰玲

战争的硝烟在我们这一代人的记忆中已经变得模糊，但对于曾经参与过抗日战争的老兵却仿佛烙在了记忆里，始终不能忘却。我们要记住老兵的故事，记住战争时期的惨烈，记住老兵身上那些抹不去的铮铮铁骨。

林孟顺是一名参加过抗日战争，解放太原、石家庄、张家口，解放西安战斗的老兵，听老人讲述与日本鬼子殊死斗争的故事，把我们又带回到了那个战火连天的年代。

1924 年林孟顺出生在河北省藁城县的一个农村，一家六口人依靠两亩薄田为生。记忆中，林孟顺的父母都是因为感染了日本兵投放的细菌去世，对日本侵略军的憎恨，从小就深深地埋在了他的心中。

“有国才有家，国没有了我们就是亡国奴。”17 岁那年，林孟顺参加了河北藁城县地方武装大队，白天他混进被日本军强制挖壕沟修炮楼的工队中侦察地形，晚上他又同战友们端炮楼炸据点，展开一系列战斗。

有一次，几个日本兵围坐在老百姓家院里吃晚饭，林孟顺和武装大队的队员们隔着院墙往里甩了一枚手榴弹，撒腿便跑，跑出百十步后手榴弹没有爆炸，原来第一次袭击敌人，他们太过紧张，忘了拉引线。后来，林孟顺又参加过多次偷袭，手法很熟练，也不再紧张。

在林孟顺的老物件中，除了几枚纪念章之外，唯一留存的便是一条军用皮带，这条皮带陪伴他走过了几十载春秋。他说，那是他从日本兵身上获得的战利品，这条皮带上沾染着亲人和战友们的鲜血，他时刻提醒自己要铭记那段历史。

当时，林孟顺所在的村来了很多日本侵略军。有一次，他趴在自己家的房顶上观察敌情，发现一个日本兵独自从村东头走过来，于是林孟顺屏住呼吸瞄准，射杀了那名日本兵，并将他的皮带抽下来。“日本人害死了我的父母，残害了很多邻里乡亲，杀一个日本人远远不解恨。”从那以后，每当杀一个日本人，他都要用指甲在皮带上划一个小小的印子。

1947 年腊月的一天，林孟顺和一名队员，趴在村外庄稼地里粪堆上埋伏放哨，两人正谈论着大年初一如何吃上一顿热腾腾的饺子时，不远处滚动的尘土中有坦克车向他们开来，紧随其后的是大批日军，回去报信已来不及了，林孟顺和战友只能鸣枪给村里的区小队预警，而枪一响，他们藏身的地方就暴露了。这时一发炮弹呼啸而来，落在距他一米左右的地方，幸运的是，这是一枚哑弹，林孟顺和战友侥幸逃过一劫。

日本投降后，林孟顺在华北晋察冀野战部队先后参加了解放太原、石家庄、张家口等重大战役，1948 年随十九团编入中国人民解放军第一野战军，1949 年挺进大西北，父亲火线加入中国共产党，参加解放西安、鏖战兰州城、横扫青海宁夏马家军等重大战役。

进疆后，林孟顺又与战友们投入剿匪平乱的战斗中。当时的东天山冬季气温达到零下 30 多摄氏度，不少战士被冻伤，有的还被截肢。即使在那样恶劣的条件下，林孟顺与战友们和土匪开展了大大小小 20 多场战斗。林孟顺深深记得，在剿匪中一名与自己同村的战友不幸迷路走失，一个多月后，当战友出现在部队营房里，俩人抱头痛哭。战友说，他是靠吃雪沿途要饭才回到部队的。说起那段战火纷飞的岁月，老人几度落泪。

1956 年林孟顺转业，被分配到了红星一场二连，开始开荒治碱，后来又被调到青年农场（原红星三场），直到离休。

林孟顺的晚年生活十分节俭，他时常教导孩子要节约，要懂得奉献。他说革命战争的胜利，是无数战士用鲜血换来的。

记住历史，记住无数像林孟顺那样为新中国的成立抛头颅洒热血的老兵们。

王文荣　把一生献给这片热土

孙兰玲

每一个红色足迹都深藏着一段红色记忆。60 多年来，进疆老兵克服罕见的生存、生产困难，扎根边疆，报效国家，在亘古荒原上创造出人类发展奇迹。

“我是鹰——云中有志；我是马——背上有鞍；我有骨——骨中有钙；我有汗——汗中有盐。”这是兵团著名诗人杨牧脍炙人口的《我是青年》的诗句。20 世纪 50 年代末，27 岁的王文荣从北大荒来到十三师红星四场，投入当地的生产建设中，他把一生献给了这片热土，从此再也没有离开过。

在部队，王文荣是一名文艺兵，吹拉弹唱他样样在行。1958 年年底，部队动员干部到新疆兵团投入当地的开荒建设中去，王文荣携妻子来到了十六师并被分配到了刚刚组建半年的红星四场一连当副指导员。

在兵团屯田垦荒，是一场更为艰巨、更加漫长的战斗。“来到红星四场的第一件事就是修渠，天寒地冻，但工程却不能停，完成团场分配的修渠任务，才能下山。”王文荣说。

从山口修到山下一共 18 公里。王文荣所在的一连认领了山口往下 7 公里的修渠任务。“这段工程石头多，修渠任务繁重，那个时候，真的不知道什么叫苦、什么叫累，只知道要抓紧完成任务。”王文荣回忆说。每天王文荣带着连队 100 多名职工，早出晚归，先把地表的石头全部搬开，而有些大石头只能用炸药炸开，然后再一块块地搬开。地表石头清理工作完成后，大家就用铁锹、十字镐挖渠系，再捡拾大小相当的石头，一个一个压茬码成“U”字形。当时，一个人每天要背好几方石头，很多战士的手、肩膀、大腿被石头磨得血直流，可没有一个人叫苦叫累，大家心中只有一个信念：把渠道修好，引天山雪水，开荒治碱浇灌良田。

建场之初，条件十分艰苦，修渠的职工就住在山口临时搭建的帐篷和用石头砌的地窝子里，劳动强度很大，而每天一顿饭只能吃一个高粱面馍馍。王文荣的爱人原敏生心疼丈夫吃不饱，把自己节省出来的三包预制粉和一包牛油干带到山口上让他吃，王文荣却把这些“稀罕物”交给了食堂，让大家充饥。

说起冬日里修渠，王文荣记得，有一次在山口发现了一只不知什么原因死去的黄羊，大家小心翼翼地剥去黄羊的皮，把肉送到食堂，黄羊皮被剪成很多小块，发给修渠的职工，大伙把黄羊皮两边穿上麻绳绑在脚上，一方面可以御寒，另一方面可以保护脚底板不被弄伤，可想而知，当时的条件有多么艰苦。两头不见光，早上天还没有亮就出工，晚上太阳落山了才回来，这是那一代人工作的场景。

1960 年，王文荣被调到红星四场子女学校当副校长，1961 年，他又被调到机关当宣传干事直至退休。

说起从事机关宣传干事的几十年，还有很多趣闻。当时宣传干事，不仅要写团场的好人好事，还要组织开展文艺活动，这对文艺兵出身的王文荣来说有了用武之地。每逢过年过节，或者生产劳动的现场，王文荣都要把团场的好人好事、劳动场景用艺术的形式在舞台上展现。有一年正月十五，王文荣用锅灰画眉毛、眼睛，用红纸蘸水抹唇和红脸蛋，他把两只红辣椒挂在耳朵上扮演做红娘的老太太，这身装备一出场，已经笑翻了观看节日的职工群众，精心编排的节目只演了几个动作就草草收场了，还有一次他自编自演的快板在团场的文艺演出中拿了大奖。

王文荣介绍，那个年代物资匮乏，从事宣传工作，只有一只笔，白纸都很少，更别说照相机、摄像机和手机了，他从事宣传干事的几十年时间里，没有用过照相机。当时采写的稿件，先在废旧的草纸上打底稿，经过多次修改后，再誊到白纸上，然后把稿件通过邮局寄到师部，一篇稿件最少 2 天才能够到师部。遇到一些加急稿件，都是经过领导同意后，用团场机关唯一一部电话把稿件简单念一下，团场的宣传阵地就是架设在场部的大喇叭，每天喇叭中都会播出王文荣写的好人好事、先进典型、农事生产等。

忆往昔，感慨万千。“一晃 60 多年过去了，红星四场乃至十三师的变化真大，戈壁荒滩变绿洲，群众生活红似火，但不变的是对那段激情燃烧岁月的眷恋和感怀，许多事历历在目，仿佛就在眼前。这里留下太多青春汗水和难忘的回忆。”已经离休的王文荣动情地说。

孙慎 “向文化大进军”知识就是力量

孙兰玲

20 世纪 50 年代初，新疆刚刚和平解放，我第一兵团十万大军和新疆和平起义的十万大军，在执行剿匪平叛、生产建设、建立地方政权任务的同时，开展了一场全军的“向文化大进军”，不仅有效地降低了文盲率，也改变了一代人的生活和命运。

今年已经 89 岁的老兵孙慎，曾在六军十六师四十六团、四十七团做宣传和文化教员工作，亲历了那场“向文化大进军”。回忆起“向文化大进军”，老人说：“有了文化，指战员们就插上了腾飞的翅膀。”

孙慎说，当时六军十六师的指战员们，绝大部分来自农民，大部分人不识字，学习文化成为全军指战员们的迫切需求。

不识字，带来很多麻烦。有一年的冬季，孙慎下到一个连队，听指导员做经验介绍。这名指导员讲了 1 个多小时，观点鲜明，重点突出，举的例子也很生动，孙慎边听边记，准备把连队的先进做法向领导汇报，但又怕记得不全，于是向这名指导员要发言提纲，指导员为难地说：“我不识字，哪有提纲啊，怎么想就怎么说呗！”后来这名指导员伸出了手掌上，用钢笔画着密密麻麻各式各样的“符号”，标着 1、2、3、4……，他害羞地说：“我就是看着这个说的！”

1950 年，从事宣传和文化教员工作的孙慎，按照指令参与到“向文化进军”中。当时，十六师四十六团、四十七团、四十八团各连队设立了文化教员，把全连指战员按每个人识字的多少，编成 10 人左右的互助小组，人与人结成对子，“任务到人，包教包学”。孙慎所在的四十六团三连有 7 个文教员，他们每天要把 10 个汉字写在纸片上，发给指战员们，然后每天教他们读字、认字、写字。

“当时没有教科书，也没有教学经验，在教的时候，都是先从大家熟知的，比如工人、农民、解放军、桌、椅、门、窗等开始。”孙慎老人说。

那段日子，部队驻地、操场上、行军途中都能听到诵读的声音；处处都贴着字块；人人口袋里都装着写字的小纸片，休息的间歇就拿出来看一看。识字中，指战员们用“攻碉堡”“抓俘虏”“围攻顽固派”“攻占文化山”等各种形式认生字，攻难认的字，每天连队还要公布学习成果。

说起识字，还有很多有趣的故事。全国战斗英雄、六军特级工作模范、四十六团侦通连连长王耀群当时已年过 40 岁，学习文字对他来说是一件很费劲的事，可是王耀群却有一股不服输的劲儿，每天早上他比别人早起一小时，默认生字，熄灯号后还在肚皮上画着生字的笔画。3 个月后，王耀群认字 1500 个，获得四十六团“学习模范”称号。

在教指战员们识字中，孙慎和其他文教员想尽一切办法用速成识字法教大家识字。战士朱振忠编了一首诗歌：“过去我们不识字，穷人个个睁眼瞎。如今有了速成法，我要好好掌握它。文化水平提高了，今后掌握现代化。”这说出了指战员们急切掌握文化知识的心情。在学习实践中，大家创造了拼音麻将、活字搬家、抽签花麻将、拼音扑克、拼音碰球游戏的方式，把学习活动开展到劳动工地，加快识字进度。

后来，孙慎和其他文化教员领着认会 2000 字到 2500 字的同志组句子、写短文，从写自己、写日记到写稿件、写家信，不断巩固并扩充了掌握的字词。

1953 年春，孙慎即将调离四十六团，他去连队向战士们告别。几位曾经让他帮着写家信的战士们兴奋地拿出他们的日记给孙慎看，他们的日记写得十分精彩，有思想、有内涵，已经不是几年前那些大字不识的战士了。

知识就是力量。当时四十六团有位战士写了一首顺口溜：“文化大进军，人人赛着跑；祖传文盲帽，党给摘掉了。老虎添双翼，展翅冲九霄；建设新新疆，咱要立功劳。”经过学习，在“五兵活动”（兵写兵、兵演兵、兵唱兵、兵舞兵、兵画兵）中，发表了很多刚刚脱盲指战员的作品。师政治部 1951 年年底出了铅印本的《红星战士诗歌集》，部分团场陆续出版了油印本的《红星战士诗歌选》。仅四十七团二连在一年中，开文娱晚会 31 场，演出节目 600 多个，出墙报、黑板报、专刊共刊出指战员的稿件 1200 多篇。

“向文化大进军”，使长期在革命斗争中锻炼出来的指战员们，短时间内打下了初步的文化基础，为以后的发展扫除了障碍。

李荣枢　倾其一生点燃教育之光

孙兰玲

每个年代都有其独特的年代记忆。每个年代的学堂时光也都承载着他们沉甸甸的记忆。

在育英小区红中大厦，我们见到了百岁的红星中学老校长李荣枢。原本很少言语的李老，向我们讲述了20世纪50年代初，十六师子弟学校（现红星学校前身）的发展历程。跟随老人的讲述，我们回到了那个物资匮乏，但又充满激情的岁月。

1952年，十六师子弟学校（红星学校前身）在大营房建立，设立小学一、二、四年级各1个班，共有55名学生。1954年2月，李荣枢从十六师干部调任到农五师（红星总场）子女学校当校长。

李荣枢介绍，初到学校时，条件十分艰苦，教室大部分是苏联红军留下来的营房，班级只能按照房间的大小来分，一个班从10—40人不等。一所学校仅有一块马蹄表、一只手摇铃。为了能让学生有教室、有宿舍，李荣枢与全校师生、教职员工发扬部队艰苦奋斗的精神，自己动手打土块、建校舍、砌围墙、平整土地，年复一年地挖坑植树，把旧营房改造成教室、宿舍，不断完善各种教学、生活设施，用辛勤的汗水改变校园的面貌。当时，没有桌子用土块垒，没有床就搭地铺，即使在那样艰苦的条件下，教育教学工作有序开展，1958年，师子弟学校（红星总场学校）开办中学，到1962年，红星总场学校也从最初的3个年级变成了十二年一贯制学校。

在校期间，李荣枢实施了教师互评作业、教案检查、教学公开课评比等一系列抓教学质量的措施，同时不拘一格地选择优秀教师加入教育战线中。这些教师中不仅有转业军人、大中专学生，还有支边青年。这些新鲜“血液”的充实，使得子弟学校成为哈密区域内一流的学校，升学率在同级别学校中遥遥领先。

在那个物资匮乏的年代，李荣枢用一颗博爱的心，让学生们感受到了家的温暖。1953年，一名12岁的学生和她的两个妹妹因为无人照顾，十六师领导把这三个孩子全权托付给了师子弟学校，学校把老二、老三安顿在了附属的托儿所，吃穿住全部由托儿所包管，稍大点后，三姐妹全部在十六师子弟学校读书，李荣枢和老师像对待自己的孩子一样，逢年过节都会把她们接到自己家中，给她们家的温暖，让她们在师子弟学校度过了愉快的童年、青少年时光。参加工作后，李荣枢还常去看望这三个学生，她们三姐妹接过了教育的接力棒，在教育战线上默默奉献着。

李荣枢不仅在抓教学质量上下功夫，更在开展第二课堂上培养学生的兴趣爱好，拓宽学生的知识领域和视野。李老说，当时每个学生一个学期的伙食费是 13 元，为了实现自给自足，学校在现在的红星钙塑厂附近争取了近 100 亩地，作为学生的校农场劳动基地。每个学期和假期，师生在校农场种植管理小麦、蔬菜等，每个班级按照学校的安排，轮流在学校菜地劳动，生场的蔬菜以师生自食为主，降低了伙食费。每到麦收的季节，学校都要组织小学三年级以上的学生到连队去参加义务劳动，让每个学生感受到劳动光荣的同时，也能感受到盘中餐“粒粒皆辛苦”的来之不易。

不仅如此，李荣枢还组织开展了科技活动、文艺活动、体育活动。组建了篮球队、乒乓球队、排球队、速滑队、航模队，与全师各单位进行友谊比赛。这些队伍都曾在代表哈密地区参加自治区的多次比赛中创造过好成绩。

当时学校每个班配备一个乒乓球台，下课后同学们都争着去打。对于爱好打乒乓球的学生，学校就重点培养，并选派学生参加哈密地区、自治区比赛，均取得较好的成绩。1954 年，学校的幼苗剧团与常香玉率领的香玉剧团的小演员们同台演出，1958 年还参与了欢迎朱德委员长来五师视察时的演出。李荣枢说，1965—1969 年的高中毕业生中，有 7 名学生成为专业文艺工作者，60 多名学生成为业余文艺团体成员。

20 世纪 60 年代初期，兵团要招收一批通信人员，师里把选人的任务给了学校。李荣枢就与校领导选送了一些家庭条件、政治条件都很好，但因入学迟，读高中较为吃力的同学，提前离开学校去学习通信业务，为他们就业奠定了基础，这些学生后来都成为各行业发展的骨干力量。

67 年过去了，校园里的学生来了又走，校园里的老师换了一批又一批，李荣枢偶尔也会去校园走走看看，但他常说，“十年树木，百年树人”，爱心的浇灌、辛勤的耕耘，才会有桃李芬芳、稻麦金黄，用知识的甘露、心灵的清泉培育学生的理想此生无憾。

马省铃　做好工匠手　戈壁滩上建花园

孙兰玲　初明远　车玉泉

“不占群众一分田，戈壁滩上建花园！”十万大军把青山碧水、耕地沃野让给人民群众，他们汇成一条条绿色洪流，守土保疆、建设家园，创造了一个又一个人类开发史上的奇迹。红星二场进疆老兵马省铃就是十万大军中的一员。

今年88岁的马省铃是一名进疆老兵，1949年参军后，只有16岁的他随部队参加了渭北战役、兰州战役。解放兰州后，他随部队西进，最终在六军十六师警务营当一名通信员。

“那个时候，我们警务营的战士，主要是给驻扎在沁城和下马崖的剿匪部队送补给。”

1950年的一个冬日，在零下30多摄氏度的一个下雪天，马省铃和班长以及一名司机拉着一卡车蔬菜、冬季御寒衣物和少量弹药去沁城，走到现在的骆驼圈子时，因为大雪天看不清路，汽车一头栽到了一个大坑里，怎么也出不来，冰天雪地，他们随时都有被冻死的危险。两个多小时后，他隐约听到远处传来马蹄声，并看见队伍中有红旗，这个时候，马省铃站在车顶上挥动红旗，他们才得以获救。

在警务营，马省铃和来自四川的18岁小战士叶登云十分要好，两人无话不说，当年要从4个队中抽调人员修建红星一渠，警务营的叶登云被选派去了，走的当天叶登云还告诉马省铃，等他回来好好庆祝一番。可叶登云走了以后就再也没有回来。71年过去了，说到小战士叶登云，马省铃不禁流下了眼泪。

“太可惜了，他才18岁啊！”马省铃抹着眼泪说。当时去红星一场修渠，战士们都是用人背、肩扛的方式运输石头，据战士们讲，那一天，叶登云背了两个很大的石头，在过桥时，失去平衡，掉进了急流中，因为水流湍急，战士们几次都没有救援成功，等找到他时，他已经牺牲了。一年后，马省铃被分配到了六军十六师四十八团（现在的红星一场），修建红星一渠。小战士离去的悲痛还在心中，马省铃化悲痛为力量，他总是比别人干的都多，想通过这种方式，告慰为修建红星一渠而献出宝贵生命的战友——叶登云。

拂晓即起，马灯昏暗。为了加快工期，冬天搭暖棚施工，外面天寒地冻，但是暖棚里大家伙摆开战场，干得热火朝天、汗流浃背。很多战士的手和膝盖都磨得鲜血直流，工地上每天有毛驴驮来铁锹把和十字镐把子更换。新把子把手磨出血来。

入夜，双手十指僵硬，握不成拳。为了保护膝盖和双手，战士们用废旧的车外胎裹住膝盖，用内胎护住手，可还是用不了几天就磨破了。当时，战士们编了这样一个快板书：“野麻当成钢丝床，吃根咸菜似香肠，天为帐，地当床，喝口开水赛鸡汤。哪里困难哪里去，兵团战士最坚强。”

“那段时间，说不好听的，3个月没有刷过牙，吃住都在工地上，一天至少干14个小时。”马省铃说。

渠道修好后，马省铃又开始修闸门、盖办公室和宿舍。那个年代到处是碱土，盖办公室打土块刚开始没有经验，他们用碱土打的土块风干后四分五裂，根本无法使用，马省铃就和大家找有沙子的地方打土块还是不能用，再后来他们选择用没有碱的黏土打土块，又结实又好用。

因为长期从事建筑工作，1959年，马省铃已经是农五师工程大队的标兵排长了，他经常被师部抽调，从事一些急难险重的任务。红星化工厂成立之初，马省铃带着木工班、钢筋班、建筑班没日没夜地奋战在工地上，提前两个月完成了任务。这期间，他的妻子住院，孩子报病危，他都没有回去。

“我这一生，盖过窑洞和办公楼，烧过石灰，修过公路、水库，挖过煤，20世纪60年代哈密第一幢2层土块修建的百货大楼是我盖的，新华书店、巴里坤学校、养鸡厂、红山水库都曾留下我和战友们的工作的背影。”

放下枪杆，拿起铁锹、几十年来，马省铃和战友们始终以战斗姿态向荒原、戈壁进军，开荒种地，营造树林，修建水渠、水库，挥洒汗水浇灌这片沃土，在亘古荒原上创造了碱滩变良田、荒漠变绿洲的奇迹。

杨瑞娟　绽放在戈壁深处的姐妹花

孙兰玲　初明远　车玉泉

“守着一座城，守着一方土，守着一辈子，守着我的故乡——兵团。岁月易逝，初心不改。”见到83岁的山东女兵杨瑞娟时，她讲了这番心里话，青丝已变白发，但老人早已把那些激情燃烧的岁月深深记在心田。

1952年，只有14岁的杨瑞娟和妹妹杨瑞云放弃了在山东济宁麻袋厂的工作，报名参军来到新疆兵团。

杨瑞娟姐妹俩和所有的女兵离开山清水秀的家乡的时候，都是穿着一身崭新的绿色的军装，怀着来到新疆兵团度过她们美好的军旅生涯的愿望而来的。可是到目的地之后，迎接她们的既没有一条条笔直的马路，更没有一排排整齐的营房，而是一片片无尽的荒漠和一排排低矮的地窝子，这样的所谓的房子，起初是杨瑞娟姐妹和其他女兵的宿舍，后来成了她们的家。

因为年龄小个头小，部队集合的时候，杨瑞娟姐妹俩特意站在后排，并把早已准备好的石块垫在脚下，这样个头看起来和其她女兵差不多。坐火车到了西安后，带队干部看到她年龄太小，劝她回去，倔强的杨瑞娟和妹妹却坚持要到新疆去，一个月后她们与众多女兵们抵达了六军十六师师部大营房。

起初，杨瑞娟姐妹被分配到学生连，每天都要学文化、看秦腔、看演出。1953年，姐妹俩被分配到了六军十六师运输队赶马车。每天她都要到戈壁滩上去捡牛粪。“碱土有好几十公分，一天要走二十多公里，也捡不上多少牛粪。”因为每天在碱土里走，杨瑞娟的脚皴裂了好多血口子，到了晚上，钻心地疼，她用热水泡泡，第二天继续捡牛粪。

1954年，杨瑞娟来到了四十七团，当了一名保育员，从此，她的人生和托儿所的孩子们结下了不解之缘。妹妹杨瑞云被分派在了四十八团三连从事开荒治碱工作。

在四十七团托儿所当保育员时，杨瑞娟只有16岁。16岁，在今天来说，也不过是一个初中刚刚毕业的学生。自己还是个“大孩”，照顾那些幼儿对杨瑞娟来说真的是力不从心。于是院长专门派她到师部来学习实践保育知识。经过几个月的学习，从孩子的日常饮食起居到教文化，杨瑞娟已经熟记于心。

那个时候托儿所有100多个全托的孩子，从3岁到7岁不等，照顾孩子可不是一件容易的事。孩子们不叫她们老师，都叫她们阿姨。每天天不亮，杨瑞娟就要起床打扫托儿所卫生，给孩子们做早餐，等孩子们吃完早餐，收拾完后，又开始准备午餐。

“日常护理还好，照顾生病的孩子，最是难挨。”杨瑞娟说。那个时候，她带着大班的 30 多个孩子，教他们识拼音，带他们做游戏，和孩子们在一起的时光，让她十分开心和快乐。

有一天，杨瑞娟发现班级中平时非常好动的一个小朋友，坐在角落一声不吭，小脸红彤彤的，她摸摸孩子的额头很烫，赶紧把孩子送到卫生队。经过检查后，孩子出麻疹导致高烧不退，那段日子，杨瑞娟日夜守护在小朋友的病床前，喂药、喂水。经过几天的精心调养，孩子病好了，当孩子的母亲接孩子回家时，十分感谢杨瑞娟对孩子的照顾。

那个时候，托儿所的床都是 1 米多长 80 多厘米宽，四周都是木栅栏。为了防止孩子摔伤，午休时，杨瑞娟几乎没有休息过，守护着孩子们的平安。还有一些几个月的孩子，因为父母亲都要参加劳动，孩子就放在托儿所，洗衣服、洗尿布，对杨瑞娟来说是常事，她耐心细致地呵护那些幼小的生命，因为那是希望和未来。

1963 年，杨瑞娟从四十七团场部托儿所调到化工连，最后又被分配到了五连，直至退休。

说起今天的生活，杨瑞娟说：“退休的时候工资 68 元，现在一个月 5000 多元，丰衣足食十分满足，是党给了我今天的幸福生活。妹妹杨瑞云已长眠于东天山脚下，凝视着这方热土，这里已然成为我们的故乡。”

黄琼德　大漠深处开创“甜蜜事业”

孙兰玲

每位湘女都是一本厚厚的书，封面素简，内容丰盈，“她们的心中珍藏着许许多多惊心动魄的美丽故事。经过了沧海桑田岁月熏陶，如今她们虽然已是两鬓斑白、步履蹒跚的老人，但却充满着‘革命人永远是年轻’的豪情和丰富饱满的韵致”。

1950 年至 1952 年，为了保卫和建设新疆，先后有近 8000 名湖南女青年应征入伍赴新疆，她们扎根边疆、生儿育女，成为令人敬重的第一代“戈壁母亲”，史称“八千湘女上天山”，十三师退休干部黄琼德就是八千湘女中的一员。

1952 年，刚过了 14 岁生日，黄琼德专程从广东来到湖南长沙，报名到新疆参军。她渴望穿着军装英姿飒爽的样子。然而，进疆的路并非想象中那么容易。

黄琼德先从长沙坐火车到西安，然后坐大卡车，一个车上 4 排背包，4 排人，非常拥挤。两个月的时间，她们才到迪化（今乌鲁木齐）。

进疆路上，面对着一路黄沙、戈壁，黄琼德和同行的湘女们用歌声排遣行路中的时光。“‘越过高山，越过平原，跨过奔腾的黄河长江，宽广美丽的土地，是我们亲爱的家乡。’我们一路就是唱着这首歌来到新疆的。我们就是跨过长江黄河，翻过六盘山，这首歌就是我们当时所经历过的。”黄琼德说。

过了兰州后越走越荒凉，这时候，大家编了顺口溜：“出了嘉峪关，眼前戈壁滩，向前看是鬼门关，向后看是泪汪汪”。看到一望无际的戈壁，大家都泪汪汪的，黄琼德年龄虽小，总是安慰同来的姐姐们。到达迪化后，经过考试，黄琼德被八一农学院园林专业录取进行了三年的学习。

1955 年 5 月，黄琼德被分到十六师葡萄场（现十三师火箭农场）工作。后来她又被调到红星一场连队当技术员、哈密农垦局（现十三师）农业科工作，在从事农业技术开发工作中，黄琼德把毕生的经历都用在了哈密瓜、葡萄丰产栽培技术的研究上，并取得了丰硕的成果。

1983 年，世界银行在新疆生产建设兵团实施农业综合开发项目，投资 9000 多万元，建 1.5 万亩优质葡萄生产基地。争取到这个项目意味着哈密农垦局（现在的十三师）农业结构调整将实现质的飞跃，可有利促进农业经济快速增长。而争取到这个项目绝非一件容易的事，黄琼德和她的团队决定啃下这个“硬骨头”。

“从 1983 年，开始写项目科研报告，三年时间，一共写了七稿，当世界银行官员来到哈密农垦局考察时，对我们的科研项目报告给予了高度评价，并计划在哈密农垦局实施‘万亩葡萄基地早结果、早丰产’兵团子项目。”黄琼德说。

在项目实施中，黄琼德和她的团队们，遇到很多困难。按规定，每个团场栽种葡萄坑得挖 80 厘米深，80 厘米宽，可很多职工认为小葡萄苗没必要挖大坑，黄琼德就带着技术员人手一把卡尺，一个坑一个坑去验收，达不到标准必须返工。

项目实施的前一年，黄琼德曾在寒冬腊月里，挖出已经埋好的葡萄，发现原本只有拇指粗的葡萄全部受冻，在多次总结后，黄琼德认为葡萄受冻是秋季水肥偏多。第二年，她要求农业技术员必须在 8 月初停止浇水，很多职工看到葡萄叶萎缩都闹着要浇水，有一名老技术员质问黄琼德："葡萄死了你负责吗？" 她毫不犹豫地说："葡萄死了我负责。"在黄琼德的坚持下，那一年葡萄通通没有发生冻害。

葡萄盛花期，喷施 920，什么时间喷、用量多少，这些技术参数黄琼德不止一次地亲自在农田中做实验，在不断的总结摸索中，黄琼德全面总结了《幼龄葡萄栽培规程》《葡萄丰产栽培规程》，印制成手册，人手一册，她指导的葡萄比预定期限提前一年达到丰产期，葡萄建园和早结果、早丰产项目获得兵团科技进步一等奖、自治区科技进步三等奖，葡萄丰收项目获得农业部 1993 年丰收计划三等奖。

1993 年，世界银行项目终于竣工，7 年时间里，黄琼德走遍了项目实施的每一块葡萄地，16900 亩高产葡萄园，是她在垦区大地上开创的"最甜蜜的事业"。

退休后，黄琼德依然忙碌在田间地头，手把手地教职工群众葡萄种植管理技术，她带出了一大批技术过硬的技术员后，才离开这片深爱的热土，开始安度晚年的幸福生活。

"我们新疆好地方，天山南北好牧场，戈壁沙滩变良田，积雪融化灌农庄。"从一个懵懂女孩成长为一名高级农艺师，黄琼德把一生的心血献给了这片热土。每年葡萄丰收时，她都会去葡萄园里走走看看，回忆那些峥嵘岁月。有过苦难与徘徊，有过荣耀与辉煌，黄琼德把这份宝贵的记忆交给新一代兵团人，继续在边疆热土上抛洒汗水，坚持信念与理想。

曾祥源　脱下军装还是兵

孙兰玲

6月的新疆兵团，鲜花遍野、牧羊满山、轻波灵动、景色绝美。但是就在半个多世纪前，这里还是一片茫茫的戈壁荒原，一批批进疆老兵响应党的号召，在大漠深处，在没有硝烟的战场上开荒造田、修渠引水，建设美丽的家园。他们把最美的青春华章，留给了大漠，留给了这片挚爱的热土。

今年已经90岁高龄的老兵曾祥源，曾参加过抗美援朝战争，回忆起那段战火纷飞的日子，老人含泪说："今天的幸福生活，是好多战士们用生命换来的，对我来说，还能活着，已经很幸福了，真正的英雄是那些牺牲了的战友。"

1951年2月，只有20岁的曾祥源报名参军，在东北新兵营训练了3个月，就随部队来到了朝鲜战场。战争初期，志愿军尚未掌握战场制空权，敌军的飞机"贴着我们头上飞过，敌军空投炸弹，炸出两三层楼深的坑，房子整个都没了"，曾祥源回忆说。

那时的曾祥源是中国人民志愿军一九二师侦察连的一名卫生员。他深刻地记得：部队接到支援上甘岭战役的命令时，急行军7天7夜。要求战士轻装简行，曾祥源背着急救箱随部队前进。很多战士脚上打出了血泡，他就给战士挑血泡穿马尾丝，当战士们稍作休息时，他还忙前忙后地到炊事班拿来热水，让战士们用热水泡脚缓解疲劳。

作为卫生员，曾祥源见过太多伤亡。有一次，在行军途中他们遭到伏击，一名战士腿被炸得血肉模糊，一名战士脸被炸伤，还有一名战士牺牲在了战场上，每每说起这些，曾祥源总是眼含热泪。

"没睡过一次安稳觉，没吃过一顿热乎饭，这是正常现象，打起仗来就什么都不想了，什么苦和累、生和死，都忘得一干二净，我是卫生员，就想着多救一名战士。"老人说。

1953年，曾祥源随部队回国。1957年12月复员后在钢铁厂炼钢、又种过田。1964年，曾祥源积极响应号召，携家人来到新疆兵团农五师（如今的十三师）二牧场，开始了漫长的屯垦戍边生涯。那时交通不便，生活条件非常艰苦，曾祥源与建设者们披荆斩棘，艰苦奋斗，在现在的马鬃山附近打井、建房屋和圈舍，发展牧业。

"打井的时候，没有机器，全靠人工挖。"曾祥源回忆。

那个时候山上没有水，曾祥源和四个打井的同伴们，只能四处找些冬季没有融化的雪，装在桶里，吃雪融水。没有粮食他们就吃草籽。晚上，就住在随身携带的帐篷中过夜。发现水源地后，他们往往要人工挖宽 1 米、深 4—5 米的坑，可是越往下泥沙带水越难挖，他们只能一桶一桶地把坑底的泥土吊上来，然后把底部用石头砌好，一口井就基本成形了。他记得挖第一口井出水时，打井小组的 5 个人，用打上来的第一桶水，好好地洗了洗澡。就是在那样艰苦的环境里，他们一共完成了 8 口井的打井任务，保证了团场人畜用水。

后来，曾祥源与同伴们又打了好多井。为了保证打井人员的安全，提高工作效率，曾祥源在井上安装了一组滑轮，井下放一个木箱用于运送泥沙，井上拴着一头牛，下面泥沙装好后，井上的人就赶牛，这样一箱箱泥土很快被运送了上来。1982 年，曾祥源被调到了红星四场，后又被调到火箭农场，但无论走到哪里，他总是发扬不怕苦、任劳任怨的老兵精神，干好自己的本职工作，直至退休。

在几十年的屯垦戍边事业中，曾祥源和众多老兵们始终听从党和政府的号召，扎根大漠、顽强拼搏，建成了美丽的兵团团场，成就了今天的幸福生活。

伉俪老兵难忘屯垦岁月

孙兰玲

老兵精神是革命精神的继承和发扬，是老一辈创业者在十分艰苦的创业进程中锤炼形成的宝贵财富。十三师的百余名进疆老兵、山东女兵、湖南女兵、河南女兵们为兵团的发展付出艰辛和努力。他们把青春和汗水留给了大漠，把忠诚献给了祖国。他们用自己朴实无华而又感人至深的一言一行，展现着军人的精神风貌，诠释着弥足珍贵的老兵精神。

伉俪老兵罗守成和颜开茹就是众多老兵中的一员，他们并肩走过了64载春秋，奋战在兵团屯垦戍边医疗事业上，在救治病患的同时，演绎了一段相扶相携的爱情故事。

1951年3月，年仅14岁的颜开茹作为第12批学员，从湖南湘潭报名参军来到新疆。到达哈密后，颜开茹被分配到六军十六师四十七团卫生队学习护理。当年4月，十六师成立护士训练队，颜开茹被抽调到护士训练队3班学习，那个时候她认识了同在训练队的老兵罗守成，每次学习中遇到他们总是相互探讨，共同提高。爱的种子在那个时候慢慢开始萌芽。

1952年，结束了师部护士训练队的培训后，颜开茹回到了四十七团，参加红星二渠的修建。而罗守成被分配到了十六师警卫营当了一名卫生员。

“那时候，真苦啊，每天手上都磨血泡，但还是要拼命干，生怕自己落后。”颜开茹说。巾帼不曾让须眉。修渠时，颜开茹和男同志干一样的活，背石头，但她从不叫苦叫累。

1953年到1956年，颜开茹分别在红星医院、兵团二医院学习助产师后，留在了红星医院当了一名妇产科医生，从此，她开始在妇产科领域中深耕细作。

当时的红星医院只有六栋平房，内、外科病区，医技病区，后勤四大部门挤在这些平房中，病床从过去的土块垒床变成了木头床。听诊器、血压计、体温表“老三样”加一个木听筒是妇产科的全部家当；B超也尚未普及，所有的检查都是医生用一双手凭经验评估。颜开茹总是认真细致地对待每一位患者，帮助她们接生孩子，做好绝育手术。

有一次，一个产妇急诊入院待产，就在手术前准备的过程中，胎膜破了，宫口迅速开全，手术已来不及，孕妇转入产房。突然，胎心出现减慢，颜开茹立即行产钳迅速娩出胎儿，随着哇一声啼哭，新生儿安全降临，看着宝宝红润的小脸，在场所有医护人员悬着的心终于放下了，长吁了一口气。

患者来就诊时，颜开茹都要亲力亲为地为她们做检查，她深知，在那个物资匮乏、医疗资源缺乏的时代，稍有不慎，小则落下病患，大则失去孩子和生命，所以对待每一个孕产妇和就诊的妇女同胞，颜开茹都十分仔细。

1957 年 7 月 1 日，颜开茹和同在医院工作的罗守成步入了婚姻的殿堂。婚后，他们各自奋战在红星医院不同的岗位上，但彼此间比的是技能、比的是奉献，比的更是精湛的医疗技术。家中夫妻二人的获奖证书、奖章装了满满一抽屉：兵团首届社会主义建设积极分子、兵团屯垦戍边奖章、全国农垦渔业部先进工作者。国家计划生育委员会、国家卫生部还授了颜开茹计划生育万例手术无事故先进个人。

岁月如梭，转眼颜开茹和罗守成在临床和检验岗位上已经工作了 40 年。1996 年，颜开茹离休，2001 年罗守成离休。

每当说起医院的变化，他们总说：“这些年来，医疗行业发生了翻天覆地的变化，胎心持续监护替代了木听筒；B 超、核磁和 CT 等更多诊断方法替代了 A 超；整洁明亮设备齐全的家庭化产房替代了破旧的大产房；微创手术的蓬勃发展，使病人的创伤更小，恢复更快，检验设备更是非常齐全。这都是我们祖国强大，医疗事业发展迅速。”

如今，罗守成、颜开茹夫妇青丝已经变成了白发，儿女们接过父辈手中的接力棒，奋战在医疗战线上，服务各族干部群众。时代变了，但扎根兵团的心没有变，奉献的情更浓。

曲秀兰　岁月是首不老的歌

孙兰玲

春秋 69 载，风吹雨打，那稚嫩的脸上已经布满了岁月的沟壑。已经 88 岁的山东女兵曲秀兰从未忘记那段激情燃烧的岁月。今天，当我们行走在十三师这片广袤的土地上，老兵的白发和身影随处可见。女兵精神世界像天山之巅的银冠一样闪闪发光。

1952 年，只有 19 岁的曲秀兰从山东报名应征入伍，来到新疆哈密六军十六师师部。

“坐火车到兰州下车后，就坐上了到新疆的汽车。因为路途远、人多，我们在车上水特别紧缺，看到远处的戈壁上有水，可是走到跟前就没有了。”曲秀兰说。

来到六军十六师师部后，曲秀兰和众多从家乡来的女兵们被安排在师部学习。记忆中的师部很荒凉，只有几排平房，没有一条像样的路，空气中充满了牛粪、马粪的味道。那个时候的运输工具多是牛车、马车，道路上随处可见牛马粪，这与家乡的海滨之城形成了巨大的反差。很多女兵都哭着要回家，可是带队的干部总说：“这里需要我们，不能因为眼前的一点困难就退缩。”于是，曲秀兰她们坚持留了下来。

每天学习后，她们就回到集体宿舍，说是集体宿舍，可宿舍里没有床，只能简单地在地上铺上麦草，将就着住了 8 个月。8 个月的培训结束后，曲秀兰被分到了师部当了一名通信员。

1953 年，曲秀兰在组织介绍下，与比她大 13 岁的警务排排长杨三合结婚。

“老杨人好，从来不发脾气，对我也很关心，就是年龄比我大，我思想通不过，可通不过也不行，还是结婚了。”曲秀兰说。

没有新房，没有酒席，在大家的祝福声中，一把糖，领导宣布一下，他们就算是成家了。

1959 年，师部决定在巴木墩组建红星四场，选了高泽远、杨三合等 13 人作为先遣小队，到红星四场开始了创业史。曲秀兰便跟随丈夫一同来到了荒无人烟的红星四场，从此她的一生便与这儿结下了不解之缘，她也因此成为进入团场的第一名女兵。

建场的第一件事就是修建红星四渠。先遣小队没处住，就借住在当地的老乡家，而后又把指挥部搬到了修渠现场，大家吃住在戈壁滩上，曲秀兰就和大家一起搬石头，挖水渠，挑土垫渠。

“无风一片白，有风白满天。”进入红星四场的拓荒者在这片热土上，为了战胜盐碱地熬红了眼、晒黑了脸。开荒治碱挖排碱渠是最苦最重的农活，排碱渠深两三米，而且冬季施工。泥水溅身结作冰，一锹土倒两三次，条件十分艰苦。他们用手执锄镐和肩扛人拉的方式，修建水渠、开荒种地、植树造林，用汗水来浇灌这片沃土，在亘古荒原上创造了碱滩变良田、荒漠变绿洲的奇迹。因为长期从事重体力劳动，曲秀兰患了心脏病，1962 年她退职休养。

69 年过去了，过去的艰苦岁月，如同一首不老歌，时常在曲秀兰的脑海中展现。如今的红星四场，先辈们修建的红星四渠浇灌着下游万亩良田。十连如同镶嵌在戈壁滩上的一颗明珠，场部周围的一连、二连、三连、四连棉田涌绿波，1998 年新建的五连更是创造了全兵团高产棉田的佳绩。每到瓜果飘香的季节，曲秀兰都要在家人的陪伴下，来到团场走走看看，因为那里曾是她留下青春、流过汗水的地方。

龚昌余　感恩党给了我两次生命

孙兰玲

没有人生而无畏，只是选择无畏，他们用血肉之躯换来永远铭记的胜利。虽然那段炮火连天的岁月已经过去60多年，但为民族浴血战斗的岁月，成为融入骨髓永不磨灭的记忆，哪怕老到有时候叫不出亲人的名字，也不会忘却。

龚昌余是十三师黄田农场的一名老兵。他上过战场，参加过渡江战役、解放舟山群岛，后来又参加了抗美援朝战役。老人说："是党给了我两次生命，没有党就没有我的今天。"

龚昌余的家乡在山清水秀的江苏邳县，因为家庭贫苦，为了躲避国民党抓兵，15岁时他就跑到南京，靠捡煤炭、拉人力车为生。后来国民党撤退时，龚昌余不幸被抓去当苦力，对他来说，活着的机会很渺茫。1949年南京解放，龚昌余被解放军救了出来，救他的战士问他愿不愿意当兵，他毫不犹豫地就答应了。那一年龚昌余成为中国人民解放军第二十四军七十师二零八团的一名战士。老人回忆说："这是党给我第一次生命。"

1952年7月，龚昌余跟随大部队奔赴朝鲜战场参加抗美援朝。当时的条件异常艰苦，为了躲避敌人的袭击，龚昌余和战士们白天休息，夜晚行军，但还是时不时会遭受到敌军的轰炸。

"入朝的第3天晚上，敌人的夜航机顺着山沟里飞过，弹片从头顶上穿过，那一次把我吓蒙了。"龚昌余说。

在朝鲜战场，龚昌余是连队有名的文艺战士，为了鼓舞士气，团部专门抽掉了6名战士组成慰问演出组，龚昌余和他们穿梭在各个阵地工事，为战士们带去了很多精彩的节目。因为表现出色，他被志愿军综述授予三等功一次。

龚昌余所在的连队负责东西长14公里的阵地工事，距离敌军最近的地方只有不到100米，因为经常穿梭在各阵地坑道里，龚昌余对当地的地形十分熟悉，他也练就了一个绝活：听炮声，判断炮的远近，这样可以有效地避过敌军的炮袭。那一天，他和副班长执行任务并肩而走，听到炮声，龚昌余本能地喊了一声"卧倒"，可副班长晚了2秒，炮弹还是炸伤了他的胳膊，肚子上的弹夹被炸坏，龚昌余和战友把副班长抬回来时，副班长就牺牲了。鲜血染红了他和战士的衣服。"那种悲痛的心情无法形容，但我们必须继续战斗，用胜利告慰战友。"龚昌余说。

抗美援朝结束后，龚昌余回到家乡，转业到当地一家印刷厂当工人，但他始终没有忘记自己是一名军人。1959 年，刚刚 30 岁的龚昌余响应党的号召，带着年轻的妻子支边来新疆哈密县地方国营黄田农场（今十三师黄田农场）。当时的黄田农场是一片荒凉的戈壁滩，荒无人烟，寸草不生，和他们一起来的有来自湖北、江苏的 1000 多名支边青年，开荒造田、平整土地。他们住地窝子，吃野菜，每天的劳动强度长达 14—15 个小时。1969 年，龚昌余突然患重病，肚子浮肿，整个人面色发黄，医生告诉他最多只能活一年。在那个资源匮乏的年代，为了挽救他的生命，团场党委在经济十分困难的情况下，安排龚昌余去上海看病。他在上海住了 8 个月院后，竟奇迹般地好了起来，医生交代饮食上必须做到高糖、高蛋白、低脂肪。在那个物资凭票供应的时代，团场将他的生活安顿得很好，康复后的龚昌余又在团场机耕队、面粉厂继续做贡献，直至 1992 光荣离休。

“党给了我两次生命，没有党就没有我的今天，今年我 92 岁了，住的房子是党给的，每个月近 9000 元的工资，生活中遇到困难社区总是帮助我，我是幸运而又幸福的。虽已近黄昏，赤诚永不变。”说出这番话，龚昌余脸上流露出会心的笑容。

张序兰　初心不改永远跟党走

孙兰玲

20 世纪 50 年代初期，伴随着 10 万屯垦戍边部队官兵雄健的脚步声，一批又一批女兵队伍也开进了新疆。1952—1954 年，山东籍 2 万多名女兵响应祖国号召，义无反顾地投入巩固边疆、建设边疆的滚滚洪流中，她们将自己许给新疆、嫁给兵团，用革命担当的精神书写了新中国屯垦戍边的历史伟绩，她们被称为当之无愧的第一代“军垦母亲”。山东女兵张序兰就是其中一个。

1952 年，19 岁的山东荣城姑娘张序兰报名参军来到新疆，来新疆的目的很简单：能够吃饱穿暖。幼年时，张序兰便失去了父亲，兄弟姐妹 4 人跟着体弱多病的母亲，生活过得十分艰辛，解决温饱是想都不敢想的事。当年 4 月，告别家乡的青山绿水，没有别离时的愁绪，更多的是到新疆建功立业，开启心中那个飒爽英姿的军人梦想。

来到新疆哈密后，张序兰被分配到了六军十六师学生队，每天学政策、学文化。看到没有几栋房屋的师部，很多同来的女兵们都闹情绪，要回山东老家，张序兰打心眼里不后悔来到新疆兵团。对从未吃饱过肚子的她来说，在部队里学文化、每天不用愁吃和穿，虽然条件艰苦了点，但比起在家乡的缺衣少食，这简直就如神仙般的生活。

一个多月学习结束后，张序兰留在六军十六师师部的职校，并在职校下辖的被服厂参加工作。那个时候的被服厂主要是给部队缝制军服。来到被服厂的第一件事就是学踩缝纫机。

经过一个月的训练，好强的张序兰已经是被服厂出了名的“制衣能手”，别人一天做 10 条裤子，张序兰每天可以做 15 条。之所以这么拼命地干，是因为她内心充满了对党的无限感恩之情。

张序兰说：在老家时，自己连一双像样的鞋都没有，更别说棉衣棉裤了。参军到兵团来，第一次领到军棉衣时，激动的眼泪花直打转，从穿上军装的那一刻开始，她就暗暗下决心：听党话，永远跟党走，感党恩，吃苦在前。

那些年，张序兰就是用这个标准来要求自己的，组织安排干什么，不讲条件，争先创优，绝不落后。从被服厂出来后，她又被安排到巴里坤机械五分场挖大渠，干和男同胞一样的力气活，她是巾帼不让须眉。

有一次，班里分来了一个男同志，安排他去拉爬犁，小伙子拉不动，张序兰带着他，把硕大的一个爬犁拉到地中，看到这一幕，小伙子十分不好意思。从这以后，每当有什么要出力气的活，他总是第一个报名。

最苦最累，也最让张序兰难忘的，还是收麦。

张序兰所在的巴里坤五分场，主要种植青稞和小麦。当时的小麦全部是人工收割，每逢麦收季节都要开展“大比武”，甭管男女，割麦的时候真是披星戴月，争先恐后，哪个小组要是落后了，一整天都感觉脸上无光。1959 年 9 月，天气突变，张序兰带着 10 人组成的突击小队，整整奋战了 7 天 7 夜，抢收青稞和小麦，饿了就啃点干馒头。7 天奋战下来，因为握镰刀时间太长，他们的手无法伸展，蹲着割、跪着割，很多同伴因为蹲太久，抢收完后好几天都蹲不下去。

因为各方面表现出色，1959 年 12 月，张序兰加入中国共产党。每逢周末，别人都在休息时，作为班长的她总是放弃休息时间，去捡肥料为班组做贡献。装麦子时，男同志扛一麻袋麦子，张序兰也扛一麻袋麦子，在那片热土上，张序兰奉献了自己的一生，直至 1980 年退休。她说：“我是从老解放区来的，不能给乡亲们丢脸。我把自己完完全全交给了党，干什么工作，我都要干到最好，党也没有亏待我。”

如今，张序兰已经 88 岁了，曾经风华正茂的她成了白发苍苍的老人。但终其一生，从不言悔。因为众多像她一样山东女兵们的命运已与共和国的命运紧紧连在一起，长眠于东天山脚下也罢，奉献青春年华也罢，不变的是初心。

程兆菊　绽放在戈壁深处的齐鲁之花

孙兰玲

人在大地上的足迹，或深或浅，或长或短，或明或暗，几番风雨过去，常常会被淡化，甚至被岁月抹去痕迹，但齐鲁大地的女兵们把兵团当成了家乡，把他乡变成了故乡，投入兵团建设的纯洁初心，一代代地传承。69年来，山东女兵程兆菊已经把根深深地扎在兵团这片热土上。

程兆菊出生在山东省莱州市掖县一个山清水秀的小村庄，从小家庭生活十分困难，为了减轻家庭负担，18岁那年，程兆菊决定来新疆兵团参军。

从祖国版图的最东头到最西边，离别的时刻，总是让人心酸。父母一把鼻涕一把泪，紧紧拉着她的手不放，这让程兆菊感到此次离别后的山高水长，前途未卜。

来疆的路途远不像想象中的那样充满欢歌笑语，随着越走越荒凉的茫茫戈壁，女兵们的心情也越发沉重。从满怀希望到无限失望再到几乎绝望，她们咬着牙、流着泪、硬着头皮跟着部队往前走。作为区队长，程兆菊总是鼓励身边的小姐妹们要坚强面对，既然选择了参军，就不能当逃兵，更不能给家乡的亲人拖后腿。

来疆的路上，程兆菊说多变的气候和颠簸的道路让她记忆犹新。早晚温差大，晚上裹着衣服冷，可到了中午，太阳一晒，车厢里像个大蒸笼，不透风，再加上扬起的尘土进入车厢，让女兵们呼吸都很困难。而汽车走的土路，车一走起来，非常颠簸，有人形容当时的行路是“车在路上跳，人在车上跳，心在肚里跳”。

到达哈密后，程兆菊被分配到六军十六师四十六团做了一名通信员，四十六团的团部在巴里坤，而她是团部唯一一个女兵。程兆菊的工作主要是接听上级的电话指令，收发重要文件，然后再把文件送到各班排。

有一次到连队送文件，遇到一只恶狗扑过来，程兆菊本能地握紧手中的文件，跑了过去。“还好，没有被咬伤，文件也完好无损地送到目的地。”程兆菊说。从那以后，但凡经过那里，她手里都要拿个木棒，防患于未然。

责任在肩，工作中程兆菊总是精益求精，1953年，因为工作出色，她荣立了三等功，被评为师级劳动模范。领奖的日子一天天临近，程兆菊和团部指导员带着自己的行李和心爱之物——中央慰问团来慰问时发的喝水缸子出发了。路上，马因为受惊，一路狂奔，程兆菊从马上摔了下来，同时摔下来的还有她带的那个喝水的缸子。指导员担心年轻的程兆菊摔伤没有，而程兆菊却担心自己的缸子摔坏没有。看到摔掉瓷的缸子，她难过地哭了起来。那只缸子是 1952 年中央慰问团来慰问时，送给山东女兵们的纪念品，对于背井离乡的程兆菊来说，不仅承载着党中央对她们的关怀，更是激发她在部队努力工作、为山东人争光的精神动力。程兆菊默默地捡起那只缸子，装在衣兜中，和指导员继续前行。

经过两天的艰难跋涉，他们来到了师部，可因为骑马时间太长，程兆菊无法正常走路，但在领奖台上，她露出灿烂的笑容。

1954 年，很多战士就地转业，程兆菊转业后被安排在团部幼儿园当了一名保育员，到师部参加为期一个月的培训后，她回到幼儿园，悉心呵护着园里的每一个儿童，并且把幼儿园各项工作开展得有声有色，1958 年，程兆菊被任命为幼儿园园长。后来，她又在商店、医院、团部机关工作。

在团部机关从事财务工作的几十年当中，程兆菊从一个“门外汉”到“行家里手”，她付出了比别人更多的艰辛和努力。小到春节联欢会给大家买瓜子、糖，大到机关干部的工资、福利待遇、办公经费、食堂的收支管理，她从来没有出现任何差错，因为工作细致入微、账目规范，她被上级财务部门多次点名表扬。

69 年过去，步入耄耋之年的程兆菊偶尔也会梦到家乡的老水井，梦到父母亲常坐的小石凳，家乡的印记已经渐行渐远，取而代之的是天山草场成群的牛羊，戈壁深处的胡杨和红柳，还有和她一样扎根兵团的儿女。她和众多山东女兵，如同天女散花般散落到了天山南北，从此兵团大地上盛开着娇艳的齐鲁之花，她们以山东人特有的善良和勇敢，把一生献给了遥远的西北边陲，献给了她最熟悉、最热爱的十三师。

王玉芝　在荒漠中“生根”的山东女兵

孙兰玲

王玉芝来自美丽的山东永城，从美丽的海滨小镇到广袤的兵团大漠。70年来，她把自己的一生献给了兵团，献给了戈壁荒漠，从此那个叫新疆生产建设兵团第十三师的地方，就成了她再也不忍割舍的第二故乡。

1934年，王玉芝出生在美丽的山东石岛镇。父亲是一名抗战老兵，在父亲的影响下，年幼的王玉芝参加了当地的儿童团少年队，主要给部队募捐。童年记忆里，村东边有个炮楼，炮楼的不远就是战壕，王玉芝总是在那里站岗，看到日本鬼子的小分队她就迅速跑回去通风报信。1944年，日本鬼子向村里投炸弹，她二话不说跑回家中扛起年幼的妹妹就往外跑。没多久，一个炸弹就落在了邻居家的院子里爆炸，看着被日本鬼子炸毁的家，只有10岁的王玉芝便暗下决心：要参军，要保卫祖国。1950年，父亲复原回家，看着父亲那身已经褪色的军装，她更加坚定了参军的信心。

1952年，18岁的王玉芝得知村里有去新疆参军的名额，她毫不犹豫地报名要去参军，可因为当时患了气管炎，体检没有通过。第二年6月她再次报名，这一次，王玉芝终于圆了参军梦。告别美丽的家乡，她与众多女兵一起，踏上了西去的列车。经过近3个月的艰难跋涉，她们抵达了六军十六师师部（现在的大营房），王玉芝被分配在了四十八团五连。

没有休息一天，王玉芝就投入开荒治碱任务中。“二道湖到处是大碱包，没有房子，没有路，没有树，反正我们是来搞建设的，就是来出力的。”王玉芝说。

7月的戈壁滩上，温度达到40多摄氏度，地面烫脚，可即使再热，她每天都坚持和战士们一起抬碱包，打埂子治碱。在连队一说起王玉芝，大家都说她能干、倔强。眼看着同来的女兵们都成了家，可王玉芝却一门心思干工作，把儿女私情放在一边，因此大家给她起了个外号“王碉堡”。

第二年春节，王玉芝被调到了四十八团团部的托儿所，当了一名保育员。1959年，王玉芝又被抽到乌鲁木齐学习报务，学习结束后她就留在师部从事机要电台工作。

“嘀嘀嗒嗒”，这是王玉芝最熟悉的节拍。70年后，说起那段报务工作的经历，王玉芝的双手都在桌子上不停地敲击着，那段生活对她来说是最难忘的。

学习报务之初，为了加快对明码和密码电报编码的记忆力，无数个日日夜夜，她自制密语学习小卡片，走到哪里都带着那些小卡片，就连打扫卫生也不忘背诵电报编码。电报由数字组成，每4个数字一组，报务员在抄报时，要及时将听到的嘀嗒声转化为数字并记录下来。“如果脑瓜不够灵、对声音的反应不够快，编码不熟练，是无法胜任报务员工作的。”王玉芝说。

训练没有任何捷径，只有反复练习。对于刚刚接受训练的王玉芝来说，键的弹簧比较硬，按键练习时，敲击键按钮主要是依靠右手中指，而指甲下面那一块肉是主要的着力点。训练没多久，她指肚就肿起来，继而生出老茧。正是靠着专注、专业、追求极致的敬业精神，王玉芝迅速成长为一名优秀的报务员。1965年，王玉芝还应邀参加兵团报务员大赛。

“文化大革命”开始后，王玉芝不得不离开她为之热爱的报务员工作，被调到了商业处直至退休。

2021年7月，河南发生了百年不遇的洪涝灾害，王玉芝在女儿的搀扶下，将2000元钱交到了大营房社区。她说：“我出生在红色革命家庭，父亲是抗战老兵，两个姑姑在部队，两个哥哥是解放军，我也是一名光荣的山东女兵。河南特大洪灾，出不了什么力，只能献出一份爱心。”

70年弹指一挥间。当年的小姑娘，如今已经成为白发苍苍的老者。每当行走在宽敞的街道上，会心的笑容总是洋溢在她的脸上。作为一名进疆女兵，王玉芝见证着这方热土的发展变化，也更加感恩伟大的党，感恩伟大的祖国。

李安　红星渠上留足迹

孙兰玲　初明远

今年90岁的李安曾是一名中国人民解放军战士，回首走过的70年，老人说："我是一名老兵，为了祖国的发展，我在新疆兵团工作生活了70年，我爱祖国，我爱人民，我爱这片热土"。

1932年，李安出生在陕西延安，在革命老区，受父辈们的影响，15岁那年，李安加入了中国人民解放军，在部队年长的战士都很照顾他。李安虽然年龄小，可跟随着部队参加过解放西安、兰州战役。1949年，他跟随部队进入新疆吐鲁番，没多久部队接到指令：回哈密剿匪。

老人回忆说：1950年元旦前夕，中国人民解放军六军党委召开生产会议，会议要求全军除担负剿匪肃特、维护地方治安外，还要大力进行生产建设。1951年年初，驻哈密地区的十六师政委关盛志、师长吴宗先经过研究后决定组建2000多人的修渠大军，从发源于天山的石城子河，开凿一条横穿戈壁的渠道，李安就加入修渠大军中。

3月的二道湖荒原，乍暖还寒。李安和战士们进驻天山和戈壁滩，开始了修建红星一渠的准备工作。戈壁滩上修渠，首先要解决的是战士们的住房问题。当时木料奇缺，李安和战士们吃住在渠边的简易草棚里。"没有固定的吃饭时间，那个时候饭都是沿着渠道摆放，谁饿了，路过时就啃几口馒头喝几口水，没有劳动生产工具，基本都是人拉肩扛。在戈壁滩上捡石头、运沙子、挖渠道，劳动强度很大。戈壁滩上的碎石多，十字镐挖下去经常会打出火花。修渠的地方距离天山很近，遇到下雨天，外面下大雨，棚里下小雨，刮风天气也是十分常见，风吹石头走，眼睛都睁不开。可大家都争着干，生怕自己落后。"

铺砌水渠需要大量水泥，当时，新疆没有水泥厂，而内地开往西部的火车也只通到兰州，从内地运送水泥费用很高。战士们发明了石灰和陶粉按一定比例配制的"代水泥"。李安所在连队主要负责碾陶粉。5人每天要碾出40袋陶粉，然后再用筛子筛出粗细均匀的陶粉装袋，就可以用于渠道抹缝了。当时，筛陶粉大都是在地窝子里作业，因为房间小、不通风，粉尘让他们呼吸都变得十分困难，就是在这样艰苦的条件下，李安和战友们加班加点，源源不断地生产"代水泥"，修完渠后很长一段时间，战士们咳出来的痰还是红色的。那一年，因为工作出色，李安荣立三等功一次。

1952年8月，红星一渠开闸放水，李安和战士们暗暗下决心：要通过勤劳的双手，用天山雪水把亘古荒原变成万顷良田。没多久，李安又接到命令，与战士们参与到红星二渠修筑的任务中。修红星二渠时，李安的主要任务是运送沙子。

那个时候，条件差，没有衣服穿，就绑一片麻袋在腰上，因为要赶工期，劳动时间长达 14 个小时。很多战士的手上、肩上都是血泡摞血泡，可没有一个人叫苦叫累。就是在这样艰苦的条件下，李安和战士们一直干到上冻无法施工，才离开施工工地。 入冬后，师部要召开表彰大会，李安所在的四十七团五连被抽调到大会现场做警卫工作。 1952 年的冬天格外寒冷，战士们住的房子没有火炉。为了取暖，他们点燃了两层煤砖，浓烟呛得大伙儿睡不着觉，过了一会儿，浓烟散去后，屋内的温度上升，很快战士们便睡下了。殊不知，一场灾难正悄悄来临，屋内的一氧化碳让大家失去了意识。李安不慎从炕上滚到煤堆中被烧伤。当时，初到新疆的山东女兵看到不远处的房屋冒出滚滚浓烟，急忙跑去救人、救火。凌晨 3 点多，李安被送往医院。其他一氧化碳中毒的战士，在冷风中被冻醒了，而李安整整在医院住了 8 年，大伙儿都说，如果不是李安被烧伤，一屋子的人可能再也醒不来了。

1960 年，李安再次回到了红星二场这片熟悉的热土，经过 8 年的调养，他的腿勉强能够走路。他要求返回工作岗位，党组织为了照顾他，安排他当了一名司务长，主要是管理修渠职工的伙食，直到 1974 年，李安的腿无法行走，他不得不离开自己的工作岗位，做截肢手术。

1985 年，李安光荣离休，他总说："这一辈子要不是那场意外，我能为家乡干更多的事，出更大的力，虽是四级军残的身躯，党却给予了我无限的关怀和照顾。"

每年春季，李安总是让自己的儿女把他带到红星一渠、红星二渠去走一走、看一看，轻轻抚摸那些被渠水冲刷过的鹅卵石，因为那里留下了他的青春，留下了他的足迹，更留住了他的记忆。

刘贤藻　歌声飘过 69 载　他乡是故乡

孙兰玲

“浏阳河，弯过了几道弯，几十里水路到湘江，江边有个什么县啊，出了个什么人，领导人民得解放啊……”窗台上兰花悄悄绽放，窗外鸟儿静静聆听，银发苍苍的湖南女兵刘贤藻，每天都要吟唱这首经典老歌。歌声飘过 69 载，湘江湖畔的清风已在记忆中渐行渐远，天山脚下广袤田野如徐徐画卷铺展开来，这里已成为她内心深处的最美的故乡。

1951 年，只有 15 岁的刘贤藻怀揣着对未来的美好憧憬，报名参军，开始向西进军的步伐。

一路好奇一路歌声。刘贤藻清楚地记得，她和战友们到达西安时，正好是“五一”国际劳动节。大队伍在西安停留了 8 天。这 8 天，能歌善舞的刘贤藻与 30 名同样爱唱歌跳舞的战友们组成文工组，开展了庆“五一”文艺活动。

扭秧歌对刘贤藻来说轻车熟路，参军前，她就经常在学校里表演节目。接到演出命令后，刘贤藻和同来的战友们，用白纸剪花，贴在袖口上，一会把队伍变成“五一”，一会儿变成方块队，他们把西进途中的劳累，用歌声装扮得多姿多彩。

到了迪化后，刘贤藻被编入六军教导团，因为能唱爱跳，经过两个月的学习后，她被分到了六军宣传队。1951 年年底，因为六军整编，她跟着所在的宣传队来到了哈密。到哈密没多久，她也加入了修红星渠的队伍。因为岁数小身子弱，大家对刘贤藻很照顾，总是让她干比较轻的活。

刘贤藻说，修渠时完全靠肩挑、背，靠双手，很多战士们的手因为常期搬石头，从事重体力劳动全都变形了，1955 年，中央慰问团来慰问演出，演出结束与战士们握手时，艺术家被战士们一双双严重变形、布满老茧的手深深打动。

白天干体力活，刘贤藻却从没有忘记自己对文艺的追求。北方的冬季十分寒冷，温度达到零下 30 多摄氏度，在宣传队，刘贤藻每天都要学打旗，还要利用工作之余练功。有一次她穿了一双单鞋练功，脚冻得都没有知觉了，回到宿舍穿上毡筒，恢复知觉后，她感觉脚底下黏黏的，脱下来一看，原来是毡筒中的一只老鼠让自己踩死却浑然不知。

“新疆是个好地方，金银铜铁遍地藏，今天我们得解放，感谢中国共产党。”这些歌在各劳动场合、饭前，刘贤藻都要反复吟唱。

因为工作业绩突出，1952 年六军十六师授予刘贤藻三等功。

1957 年，刘贤藻转业后被调到了北疆安集海地区，1958 年，她又被调到了石河子莫索湾莫二场（现在的一四八团），参与当地的开荒建设。

在一四八团的时候，刘贤藻和众多的拓荒者，住在地窝子中，条件十分艰苦。有一次，别人给她一些白面，让她改善改善伙食，她下班后随手把白面放在地上了，没想到夜里下起了大雨，鞋子都漂起来，更不用说那贵如黄金的白面了。

当时，有湘女写《江城子》词："谁言大漠不荒凉，地窝子，没门窗。一日三餐，玉米间高粱。一阵号声天未晓，摸黑去开荒。最难夜夜梦家乡，想爹娘，泪汪汪。遥向东方，默默祝安康。既是此身许塞外，宜红柳，似胡杨。"

这是那个时代女兵的真实写照，真实经历。

有一次刮大风，刘贤藻回到地窝子里，被子上厚厚的一层土，抖去尘土，他们继续盖着睡觉。刘贤藻总说，金寓窝，银窝窝，不如自己的土窝窝好。劳累归劳累，但文艺生活不能少，通过这种方式给战士们鼓鼓劲。在一四八团，刘贤藻加入了业余演出队，她经常给大家表演节目，打快板。有一次，上级来人让她们表演，可是没有快板怎么演呢？刘贤藻找来肥皂盒，里面装满玉米粒，各色的肥皂盒在她们的装饰下，按照快板的节奏发出统一的声音，那一次演出她们赢得了经久不息的掌声。

1979 年，刘贤藻被调回哈管处（现在的十三师）红星学校直至 1991 年退休。退休后的刘贤藻始终发挥着自己的特长，组织三四十人的老年合唱队，每天到老年活动中心给大家排练，教歌曲。刘贤藻说，69 载春秋，当初离开湖南西去新疆，并没有"衣锦还乡"的憧憬，或者是"少小离家老大回"的愁思，有的只是一腔报国的热血。从踏出湘江湖畔的那一刻，刘贤藻就决定要在这片土地上辛勤耕耘，把赤诚抒写在天山脚下。69 年过去了，她的信心依然坚如磐石——哪怕是故乡的亲人和风景，从此只能在梦里相拥，因为他乡早已成为故乡。

诗歌篇

扈耕田

十三师新星市访兵团老兵

戎马当年战陕甘，征尘未洗入天山。
雄心不共韶华老，笑看春风过玉关。

十三师新星市博物馆瞻河南遇老兵照

生就木兰里，锵锵征大碛。
心期定远侯，何意识罗绮。

十三师新星市博物馆瞻河南女兵农田建设中负巨石照

女儿本婉弱，百炼竟成铁。
肩负天山石，足骋蒲海雪。

参观十三师红星一场地窝子

天山雪海地窝存，遗迹犹铭岁月痕。
百五余间留旧貌，五十多亩勒殊勋。

皇皇伟业垂青史，熠熠精神励后昆。
今我来思心浩浩，苍茫独立忆前人。

再至庙尔沟杏花初开

天山四月犹飞雪，戈壁滩头寒意侵。
忽有高林入远目，恨无片绿慰羁心。
娉婷二树粉红闹，绰约千般格韵新。
恍入江南图画里，一枝能幻万样春。

初至庙尔沟寻回王夏宫旧址不见

古木槎丫对暮天，流泉飞瀑不记年。
碧草黄花春寂寂，断垣残像意闲闲。
无边积雪天山外，几处鸟声云树间。
欲觅夏宫何处是，且携好梦入桃源。

十三师新星市怀古

天山自古功名地，卫霍张班竞比肩。
鼓角依稀唐塞远，烽烟缥缈汉关闲。
驼铃悠婉来奇宝，松墨淋漓留壮篇。
明日伊吾共携酒，春风万盏赛谪仙。

白杨沟佛寺遗址感吾乡三藏大师取经事

行行未已孤蓬身，万里于此浣风尘。
遥望前程沙碛暗，回瞻来路冻冰深。
忽有白杨飞轻絮，更兼碧草送芳茵。
仿佛伊洛故乡地，唯恨乡音无处寻。

徐礼军

七律·借王震诗意礼赞新疆功臣

何忧白雪盖祁连，不惧乌云蔽岭川。
戈壁荒原迎劲旅，守疆卫士凯歌传。
忠诚作盾边关稳，铸剑为犁家国坚。
喜看兵团新气象，红星灿烂照屯田。

五律·东疆颂（新韵）

银燕越天山，苍茫云雾间。
瓜乡千里雪，煤海万车棉。
昔日荒凉地，今成富乐园。
红星丝路耀，大漠展新颜。

水调歌头·新星览胜

久有游疆意，今日入云端。
神都连线哈密，千里若休闲。
到处繁忙景象，更有歌声嘹亮，人畜尽相安。
遍览新星市，风景秀堪餐。
风云动，车行缓，历莽原。
古今中外穿越，浩渺果乡间。
可到鬼城探险，可进团场问暖，放眼好河山。
把酒酬宏志，谈笑凯歌还。

沁园春·新疆行

西域风光，千里冰封，万里雪飘。
望瓜乡内外，惟余莽莽；祁连上下，草木萧条。
山舞银龙，原驰蜡象，万类寒天试比高。
须晴日，看兵团气象，分外妖娆。
新疆如此多娇，引农垦军民竞赶超。
叹秦朝汉代，治边难久；唐终宋末，关外尤糟。
可恨清廷，昏庸无道，几度伊犁百业凋。
俱往矣，论山河昌盛，还看今朝。

郅敬伟

赴疆机上

鹏程西去访东疆，风物流迁兴绪长。
欲借天才图一愿，行囊空尽饱诗囊。

新疆之星

新星曜曜十三师，昭应吾心向往之。
锁钥纵横谋战略，垦屯今古稳疆基。
一旗红色传承久，万里丝程呼啸时。
西出阳关仍更饮，似归乡国对亲知。

注：白居易《山中问月》诗：“如归旧乡国，似对好亲知。”

团场采访值风

一样家常如故人，冬疆款我满堂春。
多情最是边风峭，不吝钻心入骨亲。

十五日哈密至柳树泉途中赏雪

平明开雪国，飒爽阅东疆。
银漠连天际，晴光射箭杨。
风流蓝似洗，云落白难藏。
玉化山陈迹，蛟龙离即翔。

哈密心怡园客饮

美酒佳肴一席丰，主人慷慨客心通。
莫言关外无亲故，哈密因缘总醉翁。

癸卯冬月游洛阳援建哈密牡丹园

西域生根绽国英，天香续说洛阳情。
凌寒斗雪风枝俏，宛若支边豫女兵。

东疆雪梦吟

君不见，突如其来东疆雪，
隐隐一夜改乾坤？
君不闻，呼啸朔风偃旗鼓，
于无声处贮惊雷！
玄空无涯茫无际，飞絮飘羽无穷数。
一统河山归大白，万般纷繁化虚无。
临窗卧醉意沉沉，似梦非梦走迷魂。
哪管高处不胜寒，造极天山叩天阍：
雪下重霄九，默然来去问何由？
生本精灵物，缘何落魄漫飘忽？
闻有玉龙三百万，莫非相斗落残鳞？
抑或上界开杀伐，天兵天将舞干戚？
所问动天听，宣谕下丹陛：
诸般萧杀象，非为普世仪。
汝既得天缘，权与授天机。
上有阆苑布琼林，四时仙葩绽瑰奇。
仙葩不供仙般赏，独为天下谋生息。
人间烟火食不化，琼花降作雪霰锡。
雪霰易消难为继，凭空哪得高寒蓄？
于是乎，点化飞龙卧疆原，定作逶迤天山躯。
天山连天向天横，万古承瑞修玉体。

夏日疆空天火炙，冰骨雪肌自销蚀。
一脉分流万派出，沾溉荒漠润戈壁。
古今屯垦西域土，阡陌纵横满生机。
粮棉丰登瓜果硕，林木森森草萋萋。
人间烟火熄烽火，奠安生民固疆基。
汝其有缘开慧觉，对此应解天人一。
聆听宣谕毕，吾心洞如炬。
天使拂尘飘然去，一境真幻犹迷离。
缤纷瑞朵落渐稀，重幕天门开复闭。
忽闻空中唱天鸡，炫光破梦日熠熠。
日熠熠兮杲杲升，新星市府国旗红。
大漠雪原孕春色，天山玉龙势欲腾。
雄心会当凌绝顶，栉沐疆天大国风！

赵宏欣

一次精神的洗礼

我冒着零下 20 多摄氏度的严寒
从洛阳来到新疆一个叫哈密的地方采访
没有来之前，我吃过哈密瓜的香甜
用一种味蕾的感觉，把这里向往

在这里，我采访到了兵团十三师的故事
一群身经百战的将士从硝烟里走出
背着枪杆，拿起镰刀锄头来戍边
用新的使命继续践行心中的信仰

地窝子冷，野菜团子凉，飞沙走石遇冰霜
生存的艰难没有让他们退缩
用坚定的意志，把旷寂的大漠戈壁开垦
种植粮食棉花大丰收，瓜果蔬菜齐飘香

他们还积极拓展新领域，追求新梦想
风力光伏发电，开发各类矿藏
硬是打造出了一个叫新星的城市
用现代化的气质，让文明之风荡漾

八个团场就是八颗星
7515.53 平方公里的广袤，被星光照亮
这是十三师新的星火燎原，分布在天山南北
一幅绚丽的画卷让人充满丰富的遐想

面对多少艰难困苦，他们矢志不渝

曾让多少个梦想和期盼，鼓满胸膛
多少次默念誓言，铸牢心中的信念
用怎样的不屈不挠，激发内在的力量

我参观了红星军垦博物馆、地窝子遗址
还与老军垦战士座谈，观看一个个团场
他们的感人故事和事迹时时感动着我
使我心灵震撼，内心如潮水般涌荡

这是一片精神和奉献的沃土
红星渠的水正在为丰收的来年灌浆
我也想让这渠水流经我的心田
把枯燥的诗文，丰富成激越的篇章

我完成采访任务就要走了
在这里经历了一次精神洗礼，满载而归
与钦佩、感动一起，与启迪、奋发一起
郑重地打进我收获满满的行囊

胡杨树与红柳花

在两千多年前的古丝绸之路上
哈密只是一个点
张骞两度出使西域在此经过
历史的纵深，遗留着驼铃声的悠远

时间来到了 1949 年
源于红一方面军红一军团的一支劲旅
按照中央的命令，抵达这里屯垦戍边
他们收起了战斗的武器，拿起了刀镰

这里干旱少雨，自然环境极度恶劣
这里尽是荒漠戈壁，连人的生存都困难
千里鸟飞绝，大漠风沙旋

只有天山的雪水，在瘦小的坎儿井里蜿蜒

千年胡杨树还顽强地活着
红柳花开在胡杨树的旁边
这一境况点燃了人们的希望
草木能活，我们就有生存下来的期盼

他们学习胡杨的坚韧，一千年不死和不朽
他们怀揣红柳的浪漫，抒发着内心的情感
只有克服艰难，才能像胡杨一样生存
只有百折不挠，才能像红柳花一样绚烂

垦荒、修渠、筑路、治碱，战天斗地
发扬南泥湾精神，开展大生产运动
历尽千辛万苦，他们终于生存了下来
把贫瘠辽阔的荒漠戈壁改变成了良田

多少年的艰苦磨砺，多少次日月轮换
几代人的奋斗啊，一代接一代承传
七十年后，这里奇迹般地变成了新星市
用胡杨树的精神，展露出红柳花的娇艳

感动，为那些军垦战士

我在采风的七天之中
一直处于敬仰、震撼和感慨的巅峰
那种红色的军垦精神，犹如一首高亢的歌
把我的心灵强烈地震动

在共和国的军垦史上，有这样一支尖兵
从战火中走出铸剑为犁，屯垦戍边
用艰苦卓绝，不屈不挠
书写出了可歌可泣的天山风景

那些苦，铭记成了军垦历史的记载
那些累，化成了天山上不朽的风
那种信仰，凝聚成了一个时代的符号
那种信念，化成了生命具体的言行

十万大军齐奋战，呐喊一声震雷霆
八千湘女上天山，全国各地支边涌
天山脚下展开了理想的画卷
用血汗着色，付出了全部真诚

把青春献给巍峨的天山
把爱情奉献给人类的感动
把热血泼洒给屯垦的土地
用理想捧出了天山阳光的初升

一次选择就是一辈子
一次抵达就是一生
落地生根，无怨无悔
用坚决的服从承担起了历史使命

面对精神，表现的是昂扬
面对信念，恪守的是坚定
面对信仰，坚守的是初心
面对灵魂，保持的是自省

有一次执着就有一次奉献
有一次誓言就有一次履行的过程
义无反顾，矢志不渝
就这样，在共和国军垦史上留下了身影

理想的歌是那么动听
奋进的艰苦总怀着希望的黎明
那一代人用真情奉献国家
那一代人令后辈从内心崇敬

如果一个时代没有前人去艰苦奋斗
那今日的甜怎么会被酿成
如果一个时代缺乏热血的喧嚣
那怎么能够使人的精神境界提升

理想和奋斗不是两个简单的词语
分明是灵魂的赤诚和燃烧的激情
如果要寻求具体答案，就到天山上来
看一看当年军垦战士的热血是怎样沸腾

雪　魂

我乘坐 CZ3396 次航班
从飘着雪花的河南来到十三师新星市采风
当天，这里也下起了雪
漫天飞舞的雪片，像白色的精灵

城市、原野、东天山都白了
仿佛雪成了这片地域的白釉
一时间
洁白成了这里的主题

我惊奇
这里的雪
怎么
这么白

当我走进十三师新星市博物馆
一曲军垦的歌，嘹亮唱起
刹那间，我的心灵被震撼了
原来军垦战士的精神才是这场雪的魂

此刻，外边的雪仍旧下着
纷纷扬扬的雪花呀，犹如军垦战士洁白的情怀

那情怀不含杂质
就像喀尔里克冰川上不化的雪

他们的灵魂、信仰和爱都是洁白的
犹如纯洁无瑕的天山冰玉
他们把青春、热血、汗水和生命给了这块土地
才生长出了坚韧、不屈、庄稼和梦想

还有那
孕育
的
雪

当我走出十三师新星市博物馆
这场雪又下大了，飞舞着漫天的豪情
我不由得感叹了一声
心灵竟然也被染成了洁白

附录：本书作者介绍（以文章先后为序）

赵克红：男，一级作家。中国作协全委会委员、中国铁路作家协会副主席，河南省作家协会副主席、郑州铁路局作协主席、洛阳市作协名誉主席，《香港文艺杂志社》顾问。作品在《人民文学》《诗刊》《中国作家》《人民日报》等百余家报刊发表。获第八届全国铁路文学奖、第八届冰心散文奖、第四届中国长诗奖最佳成就奖、第三届奔流文学奖诗歌奖、中国诗歌春晚2020年度十佳诗人、第六届中国《大河诗歌》双年度诗歌奖等。

王群芳：男。中国作家协会会员，洛阳市作家协会副主席、洛阳理工学院工会副主席，鲁迅文学院河南班学员。1986年1月开始发表文学作品，至今已在多家报刊发表作品200余篇，出版有长篇小说《月晕》《洛阳古今小说概览》（合著），书信集《三年陪伴》等。

丁丽：女，笔名非花非雾。中国作家协会会员。在国内外报刊发表作品三百多万字，已出版小小说作品集《梅花玉》《指尖花开》《花儿努力在开放》《烟花三月》《丁香洁》《周南驿小姐》等十余部。

徐礼军：男，又名元炜明，笔名淮南子。河南省作协会员、洛阳散文学会副会长兼秘书长、洛阳写作学会副会长、洛阳客家联合会文学委员会主任。曾在《人民日报》《法制日报》《河南日报》《洛阳日报》《洛阳晚报》《牡丹》和新华社等媒体，发表大量新闻、文学作品。多次荣获全国、省、市新闻奖，报纸副刊作品奖、名优专栏奖、征文比赛奖，著有个人散文作品集两部。

初明远：男，中共党员。1993年在团场参加工作，从一线连队职工做起，2018年任金色阳光书记。2020年9月调红星二场至今。曾多次荣获十三师、团场“外宣先进个人”“优秀通讯员”，《兵团日报》社“优秀通讯员”等荣誉称号。

吴国慧：女，笔名鹤挽汀。河南省青少年作家协会会员。曾于《欧洲时报》（中文版）、《中原》杂志、洛阳理工学院校报、洛阳理工学院微信公众号等刊物、平台发表多篇文章。

李心怡：女，河南青少年作家协会会员。曾获全国征文比赛一等奖，并出书。在《哈密日报》、河南援疆平台公众号、洛阳理工学院公众号、哈密融媒体中心等刊物、平台发表多篇作品。

李兰：女。中国青年作家协会会员。天津橙光科技公司签约写手。发表《青黛》《离别・红墙》等散文数十篇。曾荣获全国新课标大赛、全国政协模拟提案二等奖。

郅敬伟：男，网名河洛子。河南宜阳县政协原学习和文史委员会主任，县政协第七、八届常委。中华诗词学会会员、河南省作家协会会员、洛阳市作家协会理事、洛阳诗词协会副会长。著有《诗词发微》，主编多种文史书籍。所撰《牡丹钟铭》获中华世纪坛牡丹钟铭文征稿一等奖；所作《诗鬼赋》获“李贺杯”全国散文诗歌大赛二等奖。

徐慧前：男。现任濮阳市政协党组书记、主席。作品《我的高陵往事》入选《河南考古亲历记——中国文明探源实证》大型文史图书；《岁月无悔》《又见珠泉喷涌时》《金秋的收获》《筑牢中华民族文化之根 促进各民族共同发展》等文章发表在《中国政协》《中国水利报》《兵团日报》《文源》《安阳日报》等。

吴文奇：男。中国作家协会会员、中国石化作家协会副主席、洛阳市作家协会副主席，第十届全国作代会代表。鲁迅文学院高研班学员、洛阳理工学院兼职教授。著有小说集《我的红灯记》和散文随笔集《人生的曼妙时光——我在鲁院的日子》等；曾获中华铁人文学奖，家庭为全国第三届“书香之家”。

张丽娜：女。文学博士、副教授，洛阳理工学院中原—哈密文化研究中心成员，从事比较文学、边疆文化研究。发表文学研究论文 20 余篇，主编、参编著作、教材 8 部。曾获河南省“李芳式的好老师”、洛阳市优秀教师等荣誉称号。

赵宏欣：男。中国诗歌学会会员、河南省作家协会会员。现任河南省宜阳县文联副主席、《中国反腐倡廉发展史》编辑。《斗狗》荣获第九届全国微型小说（小小说）年度三等奖，短篇小说《热爱北京》荣获第二届河南省五四文艺奖小说类银奖，长篇小说《救赎》荣获洛阳市第九届精神文明建设“五个一工程奖”。出版长篇小说

《救赎》、小小说集《斗狗》、《李贺歌传》和诗集《拥抱太阳》等多部。

王寒冰：女。河南青少年作家协会会员，诗人、大型写作平台签约作家。曾获省级写作奖项，在新媒体网络平台发表小说数篇。

冯清利：男。中国作家协会会员、中国散文学会会员，洛阳散文学会会长、宜阳县文联主席。出版散文集《一路好奇》，作品入选《2023年中国精短美文精选》《2021年河南文学作品选散文卷》《洛阳文学年选散文卷（2020–2022）》，获2022年度中国散文年会二等奖、第五届奔流文学奖优秀奖。主编《宜阳散文选》。

孙兰玲：女，中共党员。先后在新疆兵团第十三师新星市融媒体中心、师文化旅游发展服务中心工作。曾获兵团卫视供稿先进个人、十三师十佳新闻工作者、十三师融媒体中心先进工作者、优秀共产党员、先进女职工荣誉称号。作品《我是爸爸的眼睛》《一座城温暖苹果爸爸》《热土》等20多篇作品获新疆新闻奖、兵团新闻奖。《党旗飘扬在脱贫一线》在全国脱贫攻坚优秀项目及优秀宣传成果评选推广活动中获一等奖，本人被评为最佳供稿奖。

扈耕田：男。文学博士、洛阳理工学院教授。中国河洛文化研究会常务理事、中国赋学会理事，河南省作家协会会员。